新潮文庫

銃を持つ花嫁

フィリップ・マーゴリン
加賀山卓朗訳

新潮社版

12007

私の長年の弁護士秘書・アシスタントであるロビン・ハガード——規格外に優秀な彼女がいなければ、私の人生は完全なカオスへときりもみ降下していた——と、驚くべき写真でこの物語のヒントを与えてくれたレスリー・ジーターに本書をささげる。

銃を持つ花嫁

主要登場人物

ステイシー・キム……………小説家志望の女性
ジャック・ブース……………司法次官補
キャシー・モラン……………写真家、元弁護士
レイ・ケイヒル………………銃殺された実業家
メーガン………………………ケイヒルの妻
パーネル・クラウズ…………メーガンの前夫
ケヴィン・マーサー…………ケイヒルの投資会社の共同経営者
フランク・ジャノウィッツ…キュレーター
ゲイリー・キルブライド……大物麻薬ディーラー、殺人容疑者
バーニー・チャーターズ……キルブライドの共犯者
オスカー・ルウェリン………司法省の調査員、元刑事
ヘンリー・ベイカー…………弁護士
グレン・クラフト……………ベイカーの事務所のアソシエイト
ジョージ・メレンデス………警察署長

Part One

WOMAN WITH A GUN

2015

第一部　銃を持つ花嫁

二〇一五年

1

「ワイルド・レヴァイン・バーストウ法律事務所です。どちらにおつなぎしますか?」ステイシー・キムは快活に応対しようとして、まるでうまくいかなかった。

法律事務所の受付の仕事は毎日あまりに退屈で、〝快活に〟ふるまうのがむずかしくなっていた。地下鉄で自分に発破をかけても、事務所のあるマンハッタン中心部のビルのカフェでトリプルエスプレッソを飲んでも効き目はなかった。

ステイシーは朝九時から夕方五時まで、一時間の昼休みを挟んで事務所の受付につき、エレベーターに近いロビーのガラスドアを見つめていた。この法律事務所には多くのクライアントがいるので、四六時中、電話の相手に誰と話したいのか、真剣な表情の来訪者に誰と面会したいのか訊《き》いている。それだけを何度もくり返すのだ。退屈な一日がまた別の退屈な一日になることが永遠に続く、恐ろしい悪夢のなかに閉じこめられているのではないか。そう思ったのも一度や二度ではなかった。

　中西部からマンハッタンに越してきた八カ月前は、すべてがまったくちがっていた。「ニューヨークで奮闘する作家。こんなにすてきなことはない！」最初のころは自分にそう言い聞かせ、ペン／フォークナー賞の受賞者で全米図書賞の最終候補にもなった作家、モリス・デフォードのことばに情熱をかき立てられていた。州立大学の芸術《M》修士《F》課程《A》の教授になっていたデフォードは、ステイシーの短篇小説「その日のかけら」を、在職中に読んだ小説のなかでも抜きん出てすぐれた作品と言ってくれたのだ。生き生きとした登場人物や複雑な筋立て、文章力の高さは類を見ないと絶賛し、その人物たちを自由に動かし、小さな宝石を壮大な作品に昇華させなさいと彼女に勧めてくれた。

　ステイシーはＭＦＡを取得するとすぐニューヨークに向かった。ビッグアップルに住むだけで、「その日のかけら」が灯《とも》したちっぽけな火が燃え上がり、文学界に高々と立ち昇る巨大な炎になると確信していたからだ。小説のことを思う存分考えるために、精神的に負荷のかからない給料の安い仕事を探した。法律事務所の受付はその条件にぴったりという気がして、採用されたときには舞い上がった。法律関係者の出てくるドラマをよく観《み》ていたので、セクシーな若手弁護士が何人もいて、小説に使えそうな気の利《き》いたことをあれこれ言うのだろうと想像し、職場で出会う多彩な癖のあるキャラクターを話に登場させようと愉《たの》しみにしていた。ところが、あっという間に現実に押しつぶされたのだ。

まず電話や来客の応対に追われて、小説のことを考える暇がなかった。次に、ワイルド・レヴァイン・バーストウ法律事務所のパートナーたちは破産、遺言検認、税法が専門で、彼らもクライアントも事務所の専門分野と同じく退屈だった。そして最後に、アソシエイトたちもパートナーに負けないくらい退屈で、誰ひとり気の利いたことなど言わなかった。

ニューヨークに出てくるときにステイシーがもうひとつ夢見たのは、すてきな男性との出会いだった。彼女は大きな茶色の眼につややかな黒髪、魅力的な笑顔の持ち主で、スタイルもよかった。二十八歳のいまも、「その日のかけら」のビルとアンジェラのように、自分の愛に応《こた》えてくれて人生を分かち合える特別な誰かと恋に落ちたいロマンチストである。マンハッタンでは文人たちと親交を深め、俳優や芸術家とランチをともにし、文学や芸術への愛を語る行動的な若者たちとつき合うのだろうと本気で思っていた。事務所の秘書仲間もステイシーを職場近くのバーやパーティに連れていってくれたが、そこで出会った人のなかに未来のヘミングウェイやピカソはひとりもいなかった。何人かとはデートもしてみたが、相手はみな彼女と寝たいだけで、交際を仄《ほの》めかしもしないので、応じる気になれなかった。

これといった人づき合いがないことや、死ぬほど退屈な仕事も、小説のほうがはかどっているなら問題なかった。しかし執筆は難航していた。短篇小説のときには、ある晴れた日の午後に構想が稲妻のように閃《ひらめ》いて、第一稿をオリンピックの短距離走者並みのスピードで書き上げたのだが、その二十七ページから先に進むのはひたすらむずかしかった。ノートにいくつかアイデアを書き出したものの、どれもピンとこない。ノートパソコンの白紙のページを見つめるたびに、ニューヨークに来たころの希望や感動を甦《よみがえ》らせようとしたが、感じるのは絶望ばかりだった。

それがいま変わろうとしていた。


「どうぞ」ミランダ・ペレスが受付に来て言った。ステイシーが昼休みのあいだ交替するのだ。ステイシーは安堵《あんど》のため息をついた。正午は一日のなかでも刑務所のような受付から釈放されるすばらしい時間だ。

「少し遅れてもかまわない？」ステイシーは訊いた。

「もちろん。どうしたの？　お目当ての相手とデート？」

「世の中そんなに甘くないわ。近代美術館《MOMA》でダリ展をやってて、おもしろそうなの。

混んでたら時間までに戻れないかもしれないから」

「だいじょうぶよ。愉しんできて」

冷房の利いたビルの外は蒸し暑かった。五番街で肩と肩がぶつかるほどの人混みをかき分けて進むのは、身長百六十センチに満たない人間にはかなりつらい。ステイシーは汗をかきはじめた。タイムズ紙の日曜版でダリ展のことを読んでから、どうしても見たいと思っていた。シュルレアリスムが大好きなのだ。実際、デフォード教授を魅了した彼女の短篇小説にはシュルレアリスムの要素があった。

驚いたことに、美術館内のチケット売場に人はそれほど並んでいなかった。ステイシーはチケットを買って展示室に入った。小規模な展覧会だったので、全部見終わってもまだ十二時三十五分だった。

ダリ展の隣はキャシー・モランの写真展だった。知らない写真家だったが、眼のまえの壁に並んだ作品に一瞬にして引きこまれた。一点は真夜中、ダイナーの窓越しに撮影したもので、街灯や向かい側にあるさまざまな店のネオンサインが窓ガラスに反射していた。カウンターのまえに坐《すわ》っているのは、ピアスをいくつもつけて腕じゅうにタトゥーを入れた若い娘で、コーヒーを飲みながら本に没頭している。いくつか先のスツールでは、工場の夜勤明けと思われる疲れた男ふたりが深夜の朝食をとり、その横のボックス席で苛立《いらだ》った様子のウェイトレスが警官ふたりの注文を聞いていた。

次の作品は、バースツールに腰かけたひげ面《づら》の男の写真だった。半分まで酒の入ったショットグラスを陰鬱《いんうつ》な表情で見つめている。モランは男の背後にカメラを配置し、被写体のやつれた顔がカウンターの奥にある鏡のまえに並んだ酒壜《さかびん》の隙間《すきま》から見えるように撮っていた。慰めたくなるほど男の絶望がひしひしと伝わってくる。

次に移ろうとして、左手の壁にかかった写真に目がとまった。ほかの作品とちがって、それは単独で展示され、音声ガイド用のイヤフォンをつけた集団に取り囲まれていた。ステイシーは人々を引き寄せている作品を見ようと近づき、若いカップルが移動したあとに入りこんだ。

その白黒写真のタイトルは、『銃を持つ花嫁』だった。横のキャプションボードによると、この作品は十年前にピューリッツァー賞を受賞していた。浜辺に立ち、海をじっと見つめるひとりの女。時刻は夜で、彼女は月光を浴びている。遠ざかる波が残した泡の跡が、彼女の裸足《はだし》の足から数センチ先の浜に伸びている。写真は被写体のやや右の背後から撮影されていた。女性の顔は写っていないが、肩紐《かたひも》のない白いウェディングドレスが、長い黒髪の垂れかかる日焼けした肩を際立《きわだ》たせていた。左手を腰に当て、右腕はレスリングのハンマーロックをゆるくかけられたように背中でねじれている。この写真の特異な点は、背中にまわした右手に、銃身の長い六連発銃が銃口を下向きにして握られていることだった。

ステイシーはさらに近づいてみた。いったい何が起きているのだろう。この人は結婚式の夜に夫を殺したのだろうか。あるいは、ボートで浜にやってくる誰かを待っている？　その人を殺すつもりとか？　それとも自殺する気なのだろうか。可能性が次から次へと頭のなかを駆けめぐり、ひとつ思いつくたびにまた別の考えが湧《わ》いた。

そもそもこの人はこんな昔の六連発銃で何をしているのだろう。手にしているのが最新式の銃だったとしても興味深い写真だが、西部開拓時代のリボルバーであることが謎《なぞ》めいた要素を加え、魅力が増していた。

腕時計を見ると、昼休みはあと数分で終わりだった。遅れて面倒なことになるのは嫌だったので、ステイシーはうしろ髪を引かれる思いでその場から去った。少しだけギフトショップに寄って、モラン展のカタログを買った。事務所に戻る途中、「その日のかけら」の構想が浮かんだときと同じ電撃的な感覚を味わった。『銃を持つ花嫁』の裏には物語がある。それを突き止めようと心に誓った。突き止められれば、もしかしたら――本当にもしかしたら――ニューヨークに来て書こうと思った長篇のプロットが手に入るかもしれない。

Part Two

THE *CAHILL* CASE

2005

第二部　ケイヒル事件

二〇〇五年

2

ジャック・ブースがカップにコーヒーをついでいると、オレゴン州司法長官のエレイン・ロストウから電話がかかってきた。ロストウのことは知っているが、それほど懇意にしているわけではない。家に電話をかけてくるのは初めてだった。

「起こしたわけじゃないわね？」ロストウが訊《き》いた。

「ええ。朝食をすませたところです」

「ならよかった。テディ・ウィンストンは知ってる？」

「地区検事ですね？」

「シレッツ郡の」

「一応知り合いです。法律関係の会議で何度か会ったことがあるので。ですが、知っているといえるほどでは。なぜですか？」

「パリセイズ・ハイツで今朝、殺人事件があって、手伝ってくれる人を誰か寄こしてほしいと頼まれたの」

「ずいぶん手まわしが早いのでは？」

「そうね。でも、テディは州沿岸部で一、二を争うほど強力にわたしを支持してくれてるから、借りがあってね。電話でとても不安そうだったから、協力すると答えたのよ」

「そこで何をすればいいんです？」ジャックは尋ねた。なぜ自分が出勤するまでロストウは待てなかったのだろうと思った。

「あまり時間がたたないうちに犯行現場を見てもらいたいらしいの」

「いまからパリセイズ・ハイツに直行しろということですか？」

「そのとおり。行ける？」

「ええ、まあ。ユニオン郡で起きた殺人事件の裁判に行く予定でしたが、被告が二日前に罪状を認めたので、空いています」

「よかった。逐一報告は入れてね」

ロストウが電話を切ると、ジャックは顔をしかめた。司法次官補の彼は身長百八十センチ超の瘦身《そうしん》で、ダークグリーンの眼、鷲鼻《わしばな》、カールした黒髪だった。長年ポートランドでマルトノマ郡地区検事をしていたが、一年半前、オレゴン州司法省の地区検事支援プログラムに空きがあることを知った。場数を踏んだ検察官を地方の小さな町に派遣し、複雑な事件を扱うには経験が足りない地元の地区検事を支援するプログラムだ。ただ、そうした町の検事が自分の手に負えないと認めるまで、ふつうはもっと時間がかかる。発生直後から彼の関与を必要とする今回の事件は、いったいどうなっているのだろうと思った。

シレッツ郡の郡庁所在地パリセイズ・ハイツまでは、車で二時間半かかった。西への旅は農地に始まり、森林や丘陵地帯を抜けて続いた。しばらくすると、海岸沿いのハイウェイに出た。海際《うみぎわ》を走る狭い曲がりくねった道路だ。危険を承知で西側を見ると、太平洋から巨人のように立ち上がったギザギザの岩や、浜辺に打ち寄せる波が見えた。砂浜は荒々しい断崖《だんがい》の下で終わっていた。

ジャックはハイウェイの出口からおり、デューン・ロードに入るところで停まった。パリセイズ・ハイツには以前来たことがあった。右に曲がれば、カーブした二車線道路を太平洋に向かい、朝食つきホテル《B&B》やケープコッド様式の家がぽつぽつと立つまえを通って、オーシャン・アベニューに至る。オーシャン・アベニューを左折すると、バーやレストラン、画廊、ブティック、アマチュア劇場をはじめとして、人気リゾートにふさわしい数々の施設がある。右折すると、海辺のモーテル、オーシャンビューのレストラン、カントリークラブがあり、やがて百万ドルのビーチフロント物件が並ぶ住宅地に入る。

彼はデューン・ロードを左に曲がり、海とは反対方向に車を走らせた。ハイウェイの下をくぐるとすぐに、安価なモーテルや、二、三階建てのビル、ディスカウントストアが並ぶ商業地区に入った。目的地のシレッツ郡庁舎もそこにある。一九八〇年代なかばからあったもとの庁舎を実用本位に建て替えた、特徴のない灰色のコンクリートのビルだ。

階段で二階に上がると地区検事局だった。ドアを開けたところが待合スペースで、受付係が木製のカウンターで見張りについていた。受付係の背後にはガンメタル製のファイリングキャビネットが一列に並び、通路で直角に曲がってその先まで続いている。カウンターの端にある低いゲートが開けば、その通路やほかの場所に行くことができた。

ジャックは受付係に名前を告げた。二分後、タン色のスラックスに、それと合わないブルーグレーのチェックのスポーツジャケットを着た困惑顔の男が現れた。テディ・ウィンストンは短身瘦軀《そうく》で、年齢は三十代後半。髪が薄くなりかけているところを豊かな口ひげで補っているものの、あまり似合っていなかった。

「こんなに早く来てもらえるとは。ありがとうございます、ミスター・ブース……」

「ジャックと呼んでください」

「ジャックですね。こちらはテディと。迅速な対応に感謝します」地区検事は言いながら、ゲートを通って受付のまえに出てきた。「差し支えなければ、事件現場に直行してもらいます。州警察の科学捜査班はもう行っています。話は行く途中ですればいいし。できるだけ手つかずの状態で見てもらいたいんです」


「詳細を教えてもらえますか？」ジャックは車が道路に入るなり言った。「エレインからあまり聞いていないので」

「レイモンド・ケイヒルが何者であるかは？」ウィンストンが訊いた。

「知りません」

「カリフォルニアの実業家で富豪です。一年のほとんどをロサンジェルスですごしている。子供のころ、夏はパリセイズ・ハイツの親族のビーチハウスに来ていたので、この町には愛着があったようです。金持ちになると、海を見晴らす家を建てて、毎年数週間こちらですごしていました。

昨晩、レイはメーガンとカントリークラブで結婚式を挙げ、そこで披露宴を催しました。ケイヒル夫妻は深夜零時を少しまわったころ、披露宴から車で帰宅。そして午前三時ごろ、警察に通報があった。現場に最初に駆けつけた警官が書斎でレイを発見しました。銃で撃ち殺されていた。

レイは蒐集家《しゅうしゅうか》で、家にはコレクションの貴重なコインや、切手や、アンティークの銃を保管する金庫があります。いちばん大事なのは銃かもしれない。いずれにせよ、金庫の扉は開いていました。撃ち殺されるまえに殴られた形跡があるのは、たぶん金庫を開けるように強要されたんでしょう。なくなったものが何点かあるようです」

「強盗犯に心当たりは？」

「ありません」

「つまり、容疑者はまだいない？」

「そういうわけでもありません。浜辺を歩いていた目撃者がいて、メーガン・ケイヒルがアンティークのリボルバーを持って波打ち際に立っているのを見つけました。レイのコレクションにあった銃と考えられますが、凶器かどうかは弾道検査をするまではなんとも」

「ミセス・ケイヒルはなんと言っていますか？」

「そこが問題なんです。彼女はショックで口が利《き》けない。誰にも、ひと言も話しません。いま入院中ですが、取り調べは医師の許可がおりないでしょう」

「彼女を見つけた目撃者にも何も話さなかった？」

「ええ」

「もしよかったら教えてください。捜査のこんなに早い段階から私を入れたほうがいいと思ったのはなぜですか？」

「シレッツ郡で起きる犯罪のほとんどは酔っ払いや家庭内暴力によるものです。私もこれまで殺人事件を四件扱いましたが、二件は犯人が自白。裁判になった二件は公選弁護人がついたものの、明らかに有罪だった。レイモンド・ケイヒルの個人資産は郡の予算より大きいんです。メーガン・ケイヒルを起訴すれば、彼女はその資産を弁護に使える。バーの乱闘や家庭内暴力がらみの殺人事件で公選弁護人を相手にするのは問題ないけれど、メーガンが最強の弁護団を雇うとなると、万全の態勢で臨む必要があります」


事件現場までは車ですぐだった。オーシャン・アベニューを右折して二キロあまり進むと、道路の海側にドライブウェイが現れ、そう遠くない崖《がけ》の上に広がる邸宅の平らな屋根が見えた。太平洋に面していない壁は落ち着いたグレーで、いい具合に色褪《いろあ》せてまわりの砂丘や空に溶けこんでいた。

ドライブウェイの入口にいた警官が地区検事に気づいて手招きした。車寄せに警察車が何台か駐《と》まっていた。ウィンストンは車を脇《わき》に寄せ、その一台のうしろに駐めた。ケイヒル家の玄関のドアは開いていて、なかで警官や鑑識の職員が動きまわっているのが見えた。

ジャックは地区検事のあとから磨き上げられた石造りの玄関ホールに入った。左手には、床から天井まである巨大な窓の向こうに、さえぎるもののない海の眺めが広がっていた。低い木製の手すりに束《つか》の間《ま》もたれて、広々としたリビングルームを見おろした。リビングのドアから外の開放的なテラスに出られる。テラスにはラウンジチェアやガラスのテーブルが置かれ、大きな日除《ひよ》けのパラソルが差しかかっていた。隅には温水浴槽があった。

青い開襟《かいきん》シャツにタン色のスーツを着た細身のアフリカ系アメリカ人の男が、リビングにつながる階段のおり口で州警官のひとりと話をしていた。髪には白髪が交じっている。ウィンストンとジャックが入る音で振り返り、鋭く青い眼を彼らに向けたが、すぐに笑みを浮かべた。

「アーチー」ジャック・ブースが言った。

「デニング刑事とは知り合いで?」ウィンストンが訊いた。

「私が司法省に入ってまもないころ、東オレゴンの事件でいっしょに働いた」

「やあ、ジャック」デニングが言った。

「書斎の鑑識の作業はすんだかな?」ウィンストンが尋ねた。「ジャックに現場を見せたいんだが」

「どうぞ」刑事は答えた。

ジャックはウィンストンとデニングに続いて廊下を進んだ。海の風景を題材にした油絵や写真が飾られていた。彼らは開いたドアのまえで立ち止まった。

「遺体はここで発見されました」ウィンストンは言いながら、広い書斎を指差した。

その部屋には窓がなく、明るい埋めこみ式の照明がついていた。暴力死のあとの臭気が消えかけていながらもまだ残っており、ジャックは鼻にしわを寄せた。

巨大なテレビがキャビネットの上の壁にかかっていた。キャビネットは開いていて、なかの電子機器や大量のDVDが見えた。その上にはさまざまなトロフィーが飾られていた。ゴルフのトロフィーのようなものもあれば、射撃のトロフィーのようなものもある。別の壁には、UCLA、ロサンジェルス・レイカーズ、オークランド・レイダースの優勝を祝うペナントに交じって、有名スポーツ選手や芸能人といっしょに写したレイモンド・ケイヒルの写真がいくつもあった。

ジャックはそうした飾り物を見るのは早々に切り上げた。部屋のまんなかに倒れている椅子《いす》が気になったからだ。遺体はすでに運び出されたあとだが、血はまだ残っていた。椅子の向こうの床に乾いた血痕《けっこん》があり、脳漿《のうしょう》のようなものもあった。椅子の左右とまえにも血が飛び散っている。ジャックは驚かなかった。ウィンストンから被害者は撃たれるまえに殴られたと聞いていたからだ。

デニングはジャックの視線の先を見た。「ミスター・ケイヒルは椅子に縛りつけられていました。椅子は彼が頭を撃たれたときに倒れたにちがいない。使われていたロープは鑑識が持ち帰った。遺体は検死解剖をする地元の病院にあります」

「犯人がどうやって侵入したかわかっているのかな？」ジャックは尋ねた。

「いや」ウィンストンが答えた。「夫妻が結婚式から戻ってくるのを待ち伏せしていたのなら、彼らを脅してなかに入ったのかもしれない。出入りできるのは、玄関のドアとテラスに出るドアです。テラスには浜から上がれる。テラスのドアは開いていたから、夫人を見つけた目撃者は家に入ることができた。メーガン・ケイヒルが浜辺に出ていったのも、まちがいなくそのドアからでしょう。メーガンが家を出たときに鍵《かぎ》がかかっていたかどうかはわかりません。わかっているのは、浜辺に行ったときに鍵をかけなかったことだけです。どちらのドアにも無理やり開けた跡はありませんでした」

「なるほど。ほかにこの部屋で見る必要があるのは？」

「あれです」ウィンストンはテレビの下にあるキャビネットの左側を指差した。壁のその部分は影になっており、ジャックは眼を細めて見た。近づくと、壁だと思っていたところは金庫の扉だった。扉はほとんど開いていなかったが、厚いスチール製の扉を木材で覆《おお》って、部屋のほかの部分の壁板と同化させていた。

「ケイヒルがコレクションを保管していた場所です」ウィンストンが言った。

さらにジャックが近寄ると、金庫の扉のすぐ横の壁にキーパッドがあった。扉を引き開け、温度管理がされた大きな部屋に足を踏み入れた。壁に銃のコレクションがかかっていた。ジャックは地区検事補だったころ、不満を抱いた被告に脅されたことがあり、護身用に銃を与えられたが、アンティークの銃の知識はまったくなかった。ブランダーバス一挺《ちょう》とライフル一挺はアメリカ独立戦争時のもののようだった。テレビドラマで見たことのあるデリンジャーもあった。しかし彼の眼を惹《ひ》いたのは、いくつかの空きスペースだった。

ウィンストンはジャックが見つめている場所に気づいた。「メーガン・ケイヒルが持っていたリボルバーは、まず確実にこのなかのひとつですが、コレクションを管理していたキュレーターのフランク・ジャノウィッツに話を聞くまでは断定できません。彼はLAから飛んできて、明日にはこちらに着くはずです」

金庫の中央にはガラスケースが整然と並んでいて、壊されていないケースにはコインが入っていた。いくつかのケースは打ち壊され、ガラスの破片が床に飛び散っていた。ウィンストンは一台のケースの脚のうしろに半分隠れた一枚の小さな金貨を指差した。

「ケイヒルのコインのコレクションはこういうケースに保管されていました。泥棒は何点か持ち去り、あとは置いたままですが、そうした理由は専門家のジャノウィッツの意見を聞くまでわかりません」

ウィンストンは幅の広い金属製の抽斗《ひきだし》の列を指し示した。壁にきちんと収まっているものも、引き出されているものもあった。

「ケイヒルの切手のコレクションです」彼は説明した。「切手も盗まれている」

ジャックはあたりを見まわし、いくつか質問したが、ウィンストンは、ジャノウィッツが損害を査定するまで回答できないと言った。

「ほかの部屋は荒らされていないようです。犯人はおそらくケイヒルを拷問《ごうもん》して金庫のコンビネーションの数字を聞き出し、欲しいものを盗《と》ったあと、ケイヒルを殺して逃げたんでしょう」

「だとすると、メーガン・ケイヒルも犠牲者になっていたかもしれない？」ジャックは言った。

「あるいは、共犯者だったのか」デニングが口を挟んだ。

ジャックは家のほかの場所を見てまわり、見終えると、すべては書斎で起きたという見解に同意した。それからウィンストンとデニングについてリビングルームにおりる階段に向かった。

「浜辺から家まで足跡がついています。目撃者が夫人を浜辺で発見して家まで送ったときに、ふたりが残した足跡です」ウィンストンは言った。「目撃者によれば、テラスのドアは開け放たれていたそうです」

ウィンストンがジャックのまえに立ってリビングとテラスに続く階段をおり、デニングがふたりのあとを追った。リビングからの眺めは息を呑《の》むほどだった。海岸に押し寄せる波もあれば、輝く黒い巨大な岩肌に打ちつけ、晴れわたった夏空に勢いよくしぶきを飛ばす波もある。岸のほうは荒れているのに、少し沖を見ると波ひとつなく穏やかな青だった。金で幸せは買えないかもしれないが、買えるものもたくさんあるとジャックは思った。

「目撃者がミセス・ケイヒルを発見した場所を教えてもらえますか？」ジャックは言った。ウィンストンは彼を案内して、浜辺につうじる傷《いた》んだ木製の階段をおり、町の中心部に向かって砂浜を歩いた。さほど行かないうちに地区検事は立ち止まり、問題の場所を指差した。ジャックは波打ち際まで進んで、じっと眺めた。一羽のカモメが浜辺に舞いおりてきた。ほかの二羽は上昇気流に乗って舞い上がり、広大な海の上でゆっくりと旋回していた。ジャックは、引いては寄せる波とかすかな潮風で催眠術にかかった気分だった。

意志の力で太平洋に背を向け、正気に返った。前方には、全面ガラス張りのビーチハウスが大きくぼんやり見えた。冬にはピクチャーウィンドウ越しに嵐《あらし》を迎え、夏には広いテラスに坐《すわ》って夕日を眺めることができるのだ。

「目撃者はいまどこに？」ジャックはウィンストンに尋ねた。

「郡庁舎で供述中です」

「戻りましょう。その人と話したい」

3

アーチー・デニングは捜査を指揮するためにケイヒル家に残り、テディ・ウィンストンは目撃者の供述を取っている刑事に電話を入れて、彼女を引き止めておくよう頼んでおいた。ウィンストンは郡庁舎に着くと、ジャックを警察署の奥にある取調室に案内し、ドアを開けて彼を先に通した。部屋に足を一歩踏み入れたジャックは、思わず立ちすくんだ。

「ジャック・ブース、こちらはキャシー・モラン」ウィンストンが言った。「彼女がケイヒル家の裏の浜辺でメーガン・ケイヒルを発見しました」

キャシーとジャックは見つめ合った。先に平常心を取り戻したのはキャシーだった。

「久しぶりね、ジャック」

ウィンストンは検察官と目撃者の顔を交互に見た。

「おふたりは知り合い？」

「ポートランド時代にね」ジャックが答えた。「私がマルトノマ郡の地区検事だったときに、キャシーはポートランドで弁護士をしていた」

「あなたは弁護士ですか？」ウィンストンが訊くと、キャシーは笑みを浮かべた。

ジャックはウィンストンのほうを向いた。「テッド、私がキャシーから事情聴取するあいだ、はずしてもらってもかまわないかな？」

ウィンストンは顔をしかめ、一瞬反対しそうだったが、折れた。

「もちろん、ジャック。そのほうがやりやすいなら」

「理解してくれてありがとう。終わったらくわしく報告する。何かほかに確認したいことがあれば、ミス・モランが後日あなたと話してくれると思うけれど」

「いいわ」キャシーが言い、地区検事は部屋から出ていった。

キャシーは小さな机の片側にある背もたれのまっすぐな椅子に坐っていた。黒いウインドブレーカーが椅子の背にかかっていた。ジーンズにグリーンブルーのケーブル編みのセーターという恰好《かっこう》だった。夏とはいえ、沿岸部は盆地よりたいてい何度か涼しい。まして彼女は、海風が大気を冷やす早朝に浜辺を歩いていたのだ。

「元気そうだ」ジャックは言った。嘘《うそ》ではなかった。最後に会ったときのキャシーは異様に瘦《や》せて麻薬に依存していた。それから五年で失った体重を取り戻し、健康的に日焼けしている。

「ありがとう」キャシーは笑みを浮かべて答えた。「半年リハビリをして、海風に四年半当たったら驚くほど効いたの。ジャック、あなたがどうしてここに？」

「司法省の地区検事支援プログラムで働いている。地区検事からこの事件への協力要請があってね」

「つまりテディ・ウィンストンは、メーガンが夫を殺したと思ってるってこと？」

「どうしてそんなことを？」

「パリセイズ・ハイツの住民は、ほかの住民のことをよく知っている。テディはひどく臆病《おくびょう》なの。メーガン・ケイヒルを起訴すれば、彼女は強力な弁護団を雇って弁護させるでしょう。テディにはそこまでの法的パワーを相手にする度胸はない」

「ウィンストンから聞いたよ。メーガン・ケイヒルを夜中の二時ごろ浜辺で見つけて、警察に通報したそうだね。少しは眠れた？」

　キャシーは首を振った。

「疲れてるだろう。何か食べたのかな？　サンドイッチかコーヒーでも？」

「ケイヒルの遺体を見たから食欲はないけど、コーヒーなら飲みたい」

　ジャックはドアまで行き、外にいた警官にコーヒーをふたつ頼んだ。

「早くここから出られるように手短にすませる」

「ありがとう」

「夜中の二時になぜ浜辺を歩いていたのか、聞かせてもらえるかな？」

ドアが開き、警官がコーヒーを持ってきた。キャシーはまずひと口飲み、ふた口めを飲んでカップを置いてから、ジャックの質問に答えた。

「弁護士を辞めたあと、わたしは仕事を探さなきゃならなかった。弁護士を始めた年に離婚訴訟でグレイディ・コックスの代理人をして、離婚後も彼のためにいろいろ仕事をしていたの。契約業務とか不動産取引とか。グレイディはオーシャン・アベニューにあるバー〈シーフェアラー〉のオーナーなの。わたしは学生時代、バーテンダーのアルバイトをしてたから、リハビリのあと、小さな町に引っ越して誘惑から離れるのがよさそうに思えて、グレイディに電話して状況を伝えると、働かせてもらえることになった。

今朝、その仕事が一時半に終わったの。美しい夜だった。満月で、雲ひとつない空、満天の星。パリセイズ・ハイツの友人のエレン・デヴェローが画廊を経営していて、わたしの写真を展示してくれてるの。少しまえから彼女の画廊で個展を開く相談をしていて、わたしは浜辺の風景を中心に撮りたかった。カメラはいつも持ってるから、浜辺を歩いてみようと思ったのよ」

「ケイヒル家の近所に住んでいるのか？」

「まさか」キャシーは笑った。「わたしには彼らのガレージを買う余裕もなかったわ。グレイディからバンガローを借りてるの、〈シーフェアラー〉から数ブロックのところに。でも疲れてなかったし、あまりにも完璧《かんぺき》な夜で、満月も出てた。展覧会に使える夜の写真が撮れないかと思って。ケイヒル家のそばの岩の景観が見事なの」

「あの場所は見たよ。それで浜辺を歩いていたわけだ」

「何枚か撮ったあと、波打ち際に立っているメーガン・ケイヒルに気づいた」

キャシーはそこで間を置いた。ジャックが取調室に入ったときには疲れきっているように見えたが、彼女の眼に突然、初めての出会いでジャックが見た輝きが甦《よみがえ》り、表情が生き生きとした。

「あの光景」感に堪えないという声だった。「生きているあいだに出会えるとは思ってもみなかった光景。あの女性は月光を浴び、日焼けした肩が際立つ純白のストラップレスのウェディングドレスを着て、裸足で、じっと海を見つめていた。数メートル先には、最後に遠ざかる波が残した泡があって。そしてあの銃……どう考えても場ちがいだった。銃のせいで、あの光景はほかのどこにもない不思議なものになっていたの。だから、わたしは撮った」

「彼女に撃たれるとは思わなかった？」

「正直言って、あの瞬間そんなことは思い浮かばなかった。何もかも本当に現実離れしていて。ただシャッターを切った。そのあとカメラのストラップを肩にかけて、両手を自由に使えるようにしてから彼女のところに向かった。

　ゆっくりと慎重に進んだわ。メーガンがどんな精神状態でいるのか、銃で何をしようとしているのか、まるでわからなかったから。つまり、わたしを撃つかもしれないし、いまにも自殺するところかもしれないでしょう」

「以前、彼女に会ったことは？」

「なかった。でも、レイモンド・ケイヒルには会ってた」

「ほう？」

「親しかったわけじゃないの。《パリセイズ・ハイツ・ガゼット》にケイヒル夫妻の結婚式の記事を書いた記者がいるんだけど、その人が昔、エレンの画廊でわたしの写真を見たということで〈シーフェアラー〉にやってきて、記事に使うケイヒル家の写真を撮らないかとわたしに持ちかけたの」

　キャシーは肩をすくめた。「お金は欲しかったし、まえからあの家のなかを見てみたいと思ってたから、やりたいと答えた。レイモンドに会ったのはそのときよ。でも、メーガンは家にいなかった。もちろん、彼女の顔は知ってたわ。《ガゼット》の社交欄に載った写真を見たことがあったし、言うまでもなく、彼女の離婚はゴシップ欄に取り上げられたから」

「離婚？」

「オークランド・レイダース所属のプロフットボール選手、パーネル・クラウズと結婚してたのよ。ふたりの離婚は泥沼化した。レイモンドはレイダースに興味を持ってたから、たぶんチームのパーティでメーガンと出会ったんでしょうね」

ジャックは社交界のゴシップに興味がなかったので、話を先に進めた。

「ミセス・ケイヒルに近づいたあと、どうなった？」

「彼女は振り向いた。眼の焦点が定まってなくて、茫然《ぼうぜん》としてた。混乱もしてるみたいで、髪に血がついてた。わたしは〝だいじょうぶ？〟って訊いた」

「返事は？」

「なかったわ。ただこっちを見つめるだけで。そのときからよ、銃のことが気になりだしたのは。メーガンは銃を脚の横にだらりと垂らしてた。銃を持っているという認識があるのかどうかさえわからなかった。もし彼女が凶器を手にしていることに気づいたらどうなる? だからわたしは用心深く近づいた。野生動物に近寄るみたいに。両手を上げて、掌《てのひら》を彼女のほうに向けて、危害を加えるつもりがないことを示した。もう一度、だいじょうぶか訊いたけど、返事はなくて、うつろな眼で見られただけだった。

強い風が吹いて、戸外にいることを思い出した。わたしはウィンドブレーカーでいくらか寒さをしのげたけど、メーガンは肩紐《かたひも》のないウェディングドレスでしょう。寒いに決まってる。暖かいところに連れていかなきゃと思ったの。それから救急車と警察を呼ぼうと。

わたしは銃に触れられるところまで近づくと、ゆっくり手を伸ばして、銃を持っている彼女の手を包んだ。メーガンは銃に視線を落とし、自分の手に銃があるのを見て驚いた様子だった。

これは危ないから預かる、とわたしが言うと、メーガンは抵抗しなかった。わたしは銃を引き取った。そうしてメーガンの肩にウィンドブレーカーをかけ、彼女の手を引いて、浜におりる木の階段まで砂浜を歩いたの」

「彼女は犯行現場に連れ戻されて抵抗した?」

キャシーは首を振った。「とてもおとなしくて、眠くなった子供のように従順だった。だから、わたしは階段をのぼりながら声をかけつづけたの。天気のこととか、本当にすてきな家ねとか、メーガンの気持ちを落ち着かせようといろいろ。彼女がおかしくなった原因は家のなかにあると確信してたから。そしてそう、わたしの勘は当たった」

キャシーは身震いした。「書斎に入ると……ケイヒルが床に手足を伸ばして倒れていた。血が見えた。彼の顔も……わたしはあわてて視線をそらしたけど……」

「わかった。犯行現場の様子は説明しなくていい。現場写真を見るよ。ミセス・ケイヒルは夫が死んだ経緯について何か話さなかった?」

「何も。とにかくひと言も発さなかった。わたしは死体を見て、とっさに彼女を書斎から引き離し、リビングに坐らせた。そのあとで警察に通報したの」

「現場で誰か見かけなかった?」

キャシーは首を振った。「悪いけど、役に立てないわ」

「だいじょうぶだ。ひとまずこれで充分だから。家に帰って少し休むといい。ほかに聞きたいことが出てきたら連絡するよ。もし何か手がかりになるようなことを思い出したら知らせてほしい」

「わかった」キャシーは立ち上がり、上着を着かけて、手を止めた。

「ジャック、この町に滞在するの？」

「ウィンストンが〈サーフサイド・モーテル〉に部屋を取ってくれた」

「じゃあ、数日はここにいる？」

「ああ」

「今夜は仕事だけど、明日は休みなの。夕食でもどう？　〈シーフェアラー〉のチャウダーは美味《おい》しいわよ」

ジャックはためらった。キャシー・モランはケイヒル殺害事件の重要証人だ。けれども行ってみたい気もした。まだ彼女に惹かれていたのだ。

キャシーは彼がためらっている理由を察した。「事件の話はなしで。できれば考えたくないし。この五年間の近況報告をし合いましょうよ」

「夕食、よさそうだ」

「七時でいい？」

「行くよ」

4

グレン・クラフトがヘンリー・ベイカー法律事務所のアソシエイトをしているのは、ロースクール卒業後、ほかに就職口がなかったからだった。出来の悪い学生だったわけではない。ポートランドの名門ロースクール、ルイス&クラークでは、同級生のなかで上位四分の一に入る成績だった。問題は雇用市場で、求人があまりなかったのだ。不況のせいで公選弁護人事務所や郡地区検事局に空きはないし、ポートランドの大手法律事務所が求めるのは、オレゴンのロースクールの首席レベルか、ハーバードやスタンフォード、ニューヨーク大学《NYU》のような一流大学を卒業した人材だけだ。ほとんどの中規模事務所は採用自体をしておらず、空きのある事務所は最高の人材だけを雇っていた。グレンの父親は、パリセイズ・ハイツ・カントリークラブでゴルフのラウンド中に、息子の気の滅入《めい》る職探しのことをヘンリー・ベイカーにこぼした。するとヘンリーが、ちょうどアソシエイトが辞めたところだからグレンに電話させなさいと言ったのだ。

故郷に帰るのは気が重かった。高校を首席で卒業し、アマースト大学（全米最高峰のリベラルアーツ大学）に合格したときには大きな夢を抱いていたが、アマーストでの競争はパリセイズ・ハイツ高校の競争よりはるかに熾烈《しれつ》だった。平均Bの中程度、法科大学院適正試験《LSAT》もまあまあといった成績では、上位十校のロースクールに入ることができず、ボストンやニューヨークに行く代わりにオレゴンに戻ることになった。しかもいまや出発地点のパリセイズ・ハイツに戻ってきたのだ。悲観的な日には、どこにも行っていないどころか、後戻りさえしている気がした。

ヘンリー・ベイカーはいい上司で有能な弁護士だが、小さな町での開業だから、入ってくる依頼をすべて引き受けることで事務所をまわしていた。つまりほとんどの仕事は、不動産取引、簡単な遺言書や契約書の作成などで、ゴミのようにつまらない。たまにヘンリーが刑事事件で裁判所に行くことがあっても、決して小説の敏腕弁護士ペリー・メイスンが扱う類《たぐ》いの事件ではなかった。ペリーは飲酒運転や万引きなど扱わない。グレンは、将来もっとすごい仕事に活《い》かすための下積みなのだと自分に言い聞かせて、やる気を保っていたが、それがどういう案件なのかは見当もつかなかった。

インターコムが鳴ったとき、グレンは未成年の少女とマリファナを吸って逮捕された地元の公認会計士の控訴《こうそ》手続きをしていた。ヘンリー・ベイカーの秘書の声は興奮していた。

「ミスター・ベイカーに女性から電話です。外出していると伝えたら、あなたと話したいって」

「誰から？」彼は尋ねた。

「メーガン・ケイヒルです！」

グレンは牛追い棒で突かれてもこれより早く立ち上がれなかっただろう。レイモンド・ケイヒル殺害事件は、パリセイズ・ハイツのトップニュースだった。それだけではない。まさにペリー・メイスンも被害者が富豪で被告がその美しい妻という事件を扱っている。

「なんの用件か聞いた？」

「いいえ。どうしましょう、先方と話しますか？」

口がカラカラに乾いたが、とにかく秘書に電話をつないでもらった。メーガン・ケイヒルはふだんロサンジェルスに住んでいる。パリセイズ・ハイツの弁護士に殺人事件の弁護を依頼するとは信じがたい。でも、もし……？

グレンは車で六キロほど南に走り、パリセイズ・ハイツや近隣の沿岸部の町の住人が利用する小さな病院に向かった。ナースステーションに行くと、個室を案内された。パリセイズ・ハイツ警察の警官になった高校の同級生が部屋の外に立っていたので、ふたりで数分、母校のフットボールチームの将来性について話したあと、病院に来た理由を説明した。警官はメーガン・ケイヒルの部屋に入って、グレンと会うかどうか彼女に確認した。グレンはナースステーションに寄るまえにトイレの鏡で身なりをチェックしていたが、廊下で待っているあいだにもう一度、髪をなでつけ、服を整えた。

「こんにちは、ミセス・ケイヒル」警官から入っていいと言われたグレンは、挨拶《あいさつ》した。「弁護士のグレン・クラフトです。電話でお話ししました」

「こんなに早く来てくださってありがとう」メーガンが言った。あまりに小さな声だったので、グレンは耳をそばだてなければならなかった。ドアを閉め、背もたれのまっすぐな灰色の金属製の椅子をベッドの脇に寄せた。メーガンは入院着姿で、髪は洗っていないし、顔に傷もあったが、美しい女性だということはわかっている。グレンは彼女と初めて会ったときのことを鮮明に憶《おぼ》えていた。蒸し暑い夏の夜だった。両親にヘンリーとアルマ・ベイカー夫妻も加わって、パリセイズ・ハイツ・カントリークラブの敷石のパティオで食事をしていたのだ。微風がフェアウェイ沿いの木立の葉をそよがせ、明るい月が十八番ホールの青々としたグリーンを銀色の光で照らしていた。そんな魔法のような空間に、見たこともないような美しい女性が現れた。ヘンリー・ベイカーはレイモンド・ケイヒルのちょっとした不動産の仕事をしたことがあった。ふたりは何度かいっしょにゴルフをしていたので、二番目の妻と離婚したばかりだったレイが、メーガンをヘンリーの隣のテーブルに連れてきて、新しい友人をみなに紹介したのだった。

アルマ・ベイカーはその二週間後に、ヘンリーのもとから去った。あの夜、ヘンリーは努めて平静を装《よそお》っていたにちがいないとグレンは思った。互いの紹介や世間話のあいだ、落ち着いていると本人は思っていたのだろうが、態度がどこかおかしかった。グレンが思うに、上司であるヘンリーも彼と同じくらいメーガンの美しさに動揺したのだろう。

「気分はいかがですか?」グレンは尋ねた。

「よくありません。頭をとても強く殴られて」

「医師の診断で何か深刻な問題でも?」

「脳震盪《のうしんとう》を起こしているそうよ。いちばんの問題は自分に何が起きたのか思い出せないこと。それに……」

メーガンは大きく息を吸った。眼に涙を浮かべている。グレンはすぐさまベッドサイドのコップに水をついだ。

「ありがとう」メーガンは落ち着いてから話を続けた。「ずっと泣いてるんです。ふたりで結婚披露宴をあとにしてからのことが何も思い出せなくて……記憶をなくしたことはありますか？」

グレンは首を振った。

「怖いんです。もし私の記憶が戻らなくて、レイを殺した犯人が捕まらなかったら……」

メーガンがぼんやりしてきたのでグレンは数秒、気をもんだが、そこで病院まで来た理由を思い出した。

「ミセス・ケイヒル、なぜミスター・ベイカーに電話したのか教えてもらえますか？私から用件を伝えておきますので」

メーガンはグレンを見た。また泣きだすかもしれないとグレンは心配になった。

「浜辺で発見されたとき、わたしが銃を持っていたのは聞きました？」彼女は尋ねた。

「《ガゼット》で読んだこと以外、何も知りません」グレンは答えた。

「警察はなぜ銃を持っていたのか知りたがってるけど、思い出せない」

やはり泣きだした。「わたしがレイを殺したと思われたらどうなるの？」

「あなたはやっていませんよ。そんな大それたことを憶えていないなんて考えられない。第一、どうやって脳震盪を起こして記憶喪失になるほど自分を強く殴れるんですか？」

メーガンはグレンに弱々しい笑みを向けた。「ありがとう。信じてくれる人がいてよかった。それがわたしにとってすごく重要なんです。警察はわたしがレイを殺したと思ってるみたい。だからヘンリーに電話したの。守ってくれる人が必要だから」

メーガンは本当に悲しそうで途方に暮れている様子だった。グレンは同情した。

「だいじょうぶです、ミセス・ケイヒル。ミスター・ベイカーはとても優秀な弁護士です。事務所に戻り次第、彼に連絡します。あなたが困っていると聞けば、すぐこちらに来るでしょう」


事務所に車で戻る途中、グレンは興奮を抑えられなかった。殺人事件だ！　まさかこの殺人事件を担当するとは！　すごいことになる。テレビや新聞で全国報道される。ヘンリーが主任弁護人だから話はすべて彼がするだろうが、自分だってインタビューを受けるかもしれない。

メーガン・ケイヒルと会った印象についてあれこれ考えた。パリセイズ・ハイツ・ガゼット紙の報道は銃について触れていなかったが、さっき聞いた話だと、彼女は家の裏の浜辺で発見されたときに銃を持っていたらしい。なぜ銃を持っていて、どうやって浜辺に行ったのか、何も憶えていないというのは本心のようだった。彼女を信じるのか？　信じたい。とても心細そうだった。信じたいのは、美しき囚《とら》われの姫君だから？　グレンは事務所に車を駐めるころには、事実をすべて把握してもいないのに結論を出すのは尚早だと思い直した。それでも、無実の人を弁護するのは悪くない。

オフィスに入るなり電話に駆け寄った。ヘンリー・ベイカーはポートランドの裁判所にいたので、本人につながるまでに途方もなく時間がかかった。

「ミスター・ベイカー、グレンです」

「やあ、グレン。声でわかるよ。息せき切ってどうした」

「いますぐパリセイズ・ハイツに戻ってください。大きな事件の依頼がありました。彼女はあなたに弁護を頼みたいそうです」

「落ち着きなさい。誰が弁護を頼みたいのだ？」

「メーガン・ケイヒルです」

「メーガンはなぜ弁護士が必要なんだ？」

「例の殺人事件を知らないんですか?」

「ずっと裁判所にいたから。なんの殺人事件の話をしているんだね?」

「レイモンド・ケイヒルが殺されたんです。日曜の深夜から月曜の早朝にかけて」

「冗談だろう?　私は彼の結婚式に出たんだぞ」

「だからきっとミセス・ケイヒルはあなたに連絡したんです。彼女は浜辺で銃を持っているところを発見されました。被疑者です」


メーガン・ケイヒルとグレン・クラフトが、ふたりとも観《み》たことのある映画の話をして時間をつぶしていると、ヘンリー・ベイカーが病室に入ってきた。彼女は話を途中でやめた。

「ヘンリー!　来てくれて本当にありがとう。グレンからあなたはポートランドにいると聞きました。はるばる戻ってきてくれたのね」

ヘンリーはメーガンのベッド脇に立った。「まったく信じられない。結婚式であなたとレイに会ったばかりなのに。なぜこんなことに?　本当に残念です」

メーガンは眼に涙を浮かべた。「よくわからないの、ヘンリー。悪い夢でも見ているみたい」

ヘンリーは椅子をベッドに引き寄せ、メーガンの手を取った。

「だいじょうぶですよ。地区検事のテディ・ウィンストンと話しますから。あなたがレイの死にかかわったとは警察も思っていないはずだ」

「それはどうかしら。キャシー・モランに浜辺で発見されたとき、わたしは銃を手にしていたんです」

「その銃が凶器ですか?」ヘンリーは尋ねた。

「わかりません」メーガンは答えた。「カントリークラブを出て、キャシーに見つけられるまでのことが何も思い出せなくて」

彼女の声に絶望がにじみ、グレンは自分が同じ立場に置かれたらどんな気持ちになるだろうと考えた。

ヘンリーがアソシエイトに訊《き》いた。「メーガンが持っていたのが凶器だったかどうか、知っているか?」

「いいえ。テディ・ウィンストンに電話しましたが、警察もわからないそうです。弾道検査の結果を待っているそうで」

「なるほど」ヘンリーは言った。「だが、かりにその銃が凶器だったとしても、誰も結婚式の夜にあなたがレイを撃ったとは考えないでしょう。式の出席者はみな、あなたちふたりがどんなに愛し合っているかを目にした」

メーガンはヘンリーの手をきつく握った。「ありがとう。会いに来てくれて感謝します。弁護してもらえますか？　わたしを守ってくれる？」

ヘンリーは言いよどんだ。「はいと答えたいところですが、私を雇うまえにいくつか考えたほうがいい」

「どんなことを？」

「この件にはいくつかのシナリオが予想されるが、私が弁護人として最適ではない場合もあるでしょう。いちばんいいのは、テディ・ウィンストンがあなたを容疑者と考えないこと、あるいは犯人を見つけることです。その場合、弁護士は必要ない。ですが、警察は勘ちがいして、まちがった人物を追うこともある。

私はあなたがレイを殺したのではないと信じています。それでも、無実の人が犯してもいない罪で起訴されることはある。加重殺人で起訴されれば、死刑を言い渡される可能性が出てくる。正直に言いますよ、メーガン、死刑がらみの殺人事件を扱うには特別な専門知識が必要です。私は死刑訴訟を扱ったことがない。殺人で起訴された人を弁護したことさえないんです。もしテディがあなたを加重殺人で起訴するなら、私はあなたの弁護をすべきではない。専門家が必要になります。顧問料は高額ですがね。とんでもなく」

「レイは裕福でした。わたしはその妻ですけど、殺人罪で起訴されたら、レイのお金は使えないの？」

「そこはなんとも。レイの弁護士と話して遺言書の条件を確認しなければならない。とはいえ、こうした配慮はすべて必要ないかもしれません。グレンから聞いたのですが、レイを殺した犯人は彼のコレクションから貴重品を盗んだそうですね。警察は盗んだ犯人を捜すことに注力している。その人物こそ明白な容疑者です。あなたが罪に問われない可能性は濃厚だと思う。当面は私がついていますから」

「ありがとう、ヘンリー。あなたは頼りになると思っていました」


グレンとヘンリーがメーガンの病室から出ると、パリセイズ・ハイツ・ガゼット紙の記者のピーター・フライシャーと、オレゴニアン紙の記者がふたりを待っていた。

「あなたがミセス・ケイヒルの弁護をするんですか？」フライシャーが訊いた。

「いまのところはね、ピート」

「彼女が夫を殺したんですか？」オレゴニアン紙の記者が尋ねた。

ヘンリーは思わず笑った。「もちろん、ちがう。ふたりは結婚したばかりだったんだ。もう何も言うことはないよ」

記者たちはこれ以上答えを引き出せないとわかるまで、ふたりを質問攻めにした。病院の駐車場に入り、記者たちから離れると、ヘンリーはアソシエイトのほうを向いた。

「どう思う？」

「ミセス・ケイヒルは本当に混乱しているようです。記憶喪失のふりをしているようには見えません。ですが、記憶喪失を装う人を見分ける訓練を受けたわけではないので」

「ああ、私もメーガンを信じる」ヘンリーはきっぱりと言った。「それと、判断を急ぐ必要はぜったいにない。まずしなければならないのは、テディを説得して警察の捜査報告書を手に入れることだ。捜査でわかったことを把握しよう。次にレイの遺言執行人に連絡をとって、最悪の事態になった場合、彼女が自分の弁護のために遺産を使えるかどうか確認する必要がある」

「もし使えなかったら？」

「私は彼女を守ると約束した。見捨てたりはしない」

グレンは笑みを浮かべて自分の車に向かった。ボスがこの件に乗り気でよかった。

ヘンリーはアルマに離婚を申し立てられてからひどく落ちこんでいた。アルマが去ってからこっち、人前では強がっているが、グレンは彼がオフィスで泣いているのを見かけたことがあった。あのときには飲んでいたにちがいない。

体にも深刻な影響があった。ヘンリー・ベイカーは大柄だが、ジョギングやテニスやゴルフ、ときにはジムでトレーニングをして体重を抑えていた。しかしアルマと別れてから運動する気力を失い、体重がどんどん増えていた。頰がふくらみ、二重顎《にじゅうあご》になり、引き締まっていた腹にも肉がつきはじめている。離婚してからというもの、ヘンリーはただ惰性で生きていた。仕事も事務所をつぶさないだけの量しかこなしていない。ケイヒルの事件を扱うことでヘンリーに活力が戻るといいがとグレンは思った。

5

フランク・ジャノウィッツは蒐集品《しゅうしゅうひん》のキュレーターとしてレイモンド　ケイヒルに雇われていて、テディ・ウィンストンが連絡するとすぐにLAから飛行機でやってきた。ジャノウィッツとウィンストンがケイヒル家のリビングで話していると、玄関にいた警官がジャック・ブースを迎え入れた。ジャックは階段をおりながら、窓の外の景色に見入った。明るい日差しや戯《たわむ》れる波は、この家で起きた悲劇とは正反対の印象を与えた。

ウィンストンがふたりを紹介し、ジャックとキュレーターは握手をした。ジャックは相手を見て驚いた。キュレーターというのは、ぼんやりしたしわくちゃの老人で、鼻眼鏡《パンスネ》をかけて不ぞろいの靴下をはいているものと思っていたからだ。ところがジャノウィッツは、厳《いか》つい顎にブロンドの髪、青い眼のハンサムな男で、センタープレスの入ったジーンズをはき、広い胸にぴったりとした黒いTシャツを着て、岩のような上腕二頭筋を誇示している。唯一《ゆいいつ》ジャックの固定観念に近かったのは、金色の細いメタルフレームの眼鏡だけだった。

「フランクがコレクションを確認して、例の銃を調べてくれました。あなたが到着するまで結果報告を待ってもらったんです」ウィンストンが言った。

「犯人は明らかに狙《ねら》いをつけていました」ジャノウィッツが言った。「盗まれたのはコレクションのなかでもっとも価値が高いものです」

「フランクが写真つきで盗まれた品物の詳細なリストを作成してくれるので、それを地元と全国の警察に配布します」ウィンストンが言った。

「すぐに逮捕できるとは思えませんね」ジャノウィッツはふたりに言った。「盗んだ切手やコインや銃を一般の市場で売ることはできないでしょう。まともなバイヤーならレイが所有していたものだとわかる。ただ、盗品を高値で買って私的なコレクションに加える不届きな蒐集家もいます。今回の泥棒は、目当ての品だけでなく、それに高額の金を出して入手経路を尋ねないような買い手も見つけていたでしょうね」

「メーガン・ケイヒルが持っていた銃が凶器かどうかわかりました？」ジャックはウィンストンに訊いた。

ウィンストンはうなずいた。「弾道検査の結果、凶器でした」

「人を殺すにしてはずいぶん妙な選択だな」ジャックは考えながら言った。

「まったく同感です」ウィンストンが言った。「強盗がケイヒルを撃つつもりだったのなら、ふつう銃は持ってくるでしょう。そもそもアンティークの銃が使用に耐えることなんてどうしてわかります？」

ウィンストンはキュレーターのほうを向いた。「凶器について説明してもらえますか？」

「『OK牧場の決闘』はご存じですか？」ジャノウィッツは訊いた。

ジャックとウィンストンはうなずいた。

「一八八一年十月二十六日、ワイアットとモーガンとヴァージルのアープ兄弟、ジョン・ヘンリー・〝ドク〟・ホリデイが、フランクとトム・マクローリー兄弟、アイクとビリー・クラントン兄弟、そしてビリー・クレイボーンと対決しました。銃撃戦はわずか三十秒で終わり、本当はOK牧場でおこなわれたわけではなかった。対決場所は、そのいくらか東にあるC・S・フライの写真館近くの空き地でした。

硝煙が消えると、ビリー・クラントンとマクローリー兄弟は死に、ホリデイの上着には銃弾の穴がいくつかあいていた。ヴァージル・アープはふくらはぎを、モーガン・アープは肩を撃たれた。ワイアット・アープは無傷で、アイク・クラントンとクレイボーンは銃撃戦が始まったときに逃げていた。

ワイアット・アープがその銃撃戦で使った銃について確かなことはわかっていません。彼の六連発銃は、コルト・シングル・アクション・アーミーか、スミス&ウェッソンのリボルバー、スコフィールド四四口径だったというのが、もっとも有力な説です。ミセス・ケイヒルが持っていた銃はスコフィールドのほうで、レイはワイアット・アープが使ったと信じていました」

「本当に？」ジャックが訊いた。

「レイがそれを裏づける決定的な証拠を見せてくれたことはありませんでした」

「その銃がいまも使えたことに驚きましたか？」

「いいえ。レイは割られたガラスケースのひとつに、スコフィールドを新品同様の状態で保管していました。あの銃で使われたのと同じ弾もよくいっしょに陳列していましたから、犯人はそれを装塡《そうてん》しさえすればよかった」

「ミセス・ケイヒルからは何か聞き出せた？」ジャックはウィンストンに尋ねた。

「いいえ。医師とは話しました。彼女は目を覚ましたが、何も思い出せないと言っているようです。頭を激しく殴られて記憶を喪失したらしく」

「ミセス・ケイヒルの手から硝煙反応は？」

「出ませんでした。すぐに病院に担《かつ》ぎこまれて、誰も検査をするとは思っていなかったので。いずれにせよ、硝煙反応がないからといって白だという結論にはならない」ウィンストンは答えた。「発砲した人物の手からかならず硝煙反応が出るとはかぎらないので」

ジャックはしばらく黙ったあと、キュレーターのほうを向いた。

「ケイヒル夫妻の関係について少しうかがえますか?」

「話せることはあまりありません。ふたりがつき合いはじめたのは、ぼくがレイと知り合ってずいぶんたってからでした。レイを知ったのは、彼のコレクションの仕事をしたからです。ミセス・ケイヒルとはほんの数回しか会ったことがなくて、カリフォルニアのレイの家で挨拶をしたくらいです。ただそのなかで、ふたりの仲が悪いような様子はまったくありませんでした」

「彼らはどうやって知り合ったのですか?」

「パーネル・クラウズはオークランド・レイダースのランニングバックでしたが、膝《ひざ》に重症を負い、脳震盪も何度か起こして、選手としてのキャリアは終わった。たしかミセス・ケイヒルは、クラウズがチームからはずされるとすぐに離婚を申し立てたはずです。クラウズは家庭内暴力で逮捕されたことがありました。接近禁止命令が出されて、ステロイドによる衝動的暴力の告発もあった。一方、レイはオークランド・レイダースの少数株主でした。聞いたところでは、レイとミセス・ケイヒルはチームのパーティで出会った。レイのほうも離婚したばかりでした」

ジャノウィッツはきまり悪そうな笑みを浮かべた。「言っておくと、いまの話はほとんどが受け売りです。離婚は周知の事実ですし、そのほかのことはたいていゴシップ欄かパーティで知った情報です」

「ケイヒルに敵はいませんでしたか？　ライバルの蒐集家とか、ビジネス上の敵とか」ジャックが訊いた。

「彼のビジネスや私生活については本当にあまり知らないんです。ぼくはアンティークとか珍しいコインや切手を扱っています。遺品セールで手に入れた切手を販売したときにレイと知り合いました。彼のコレクションの管理はぼくにとって副業なんです。それ以外のつき合いはありませんでした」

「わかりました」ジャックは言った。「テディ、ほかにミスター・ジャノウィッツに訊きたいことは？」

「とくには」ウィンストンは答えた。

「急なお願いにもかかわらず飛んできてくれて感謝します、フランク」地区検事はキユレーターに言った。「残りのコレクションはどうします？」

「それこそミセス・ケイヒルが決めることです」ジャノウィッツは言った。「金庫に入れておけば安全でしょう。目録を作ります。そうすれば盗まれたものがわかりますよね。ミセス・ケイヒルが回復したら、彼女と話します」

ジャノウィッツは書斎に戻った。

「あなたの考えは？」ウィンストンとふたりきりになると、ジャックは訊いた。

「たぶんふたつの可能性がありますね。レイモンド・ケイヒルは強盗に殺されたか、妻に殺された。私なら強盗を選ぶ」

「ミセス・ケイヒルと強盗が共犯だとしたら？」とジャック。「彼女は凶器を持っていた」

ウィンストンはその指摘についてしばらく考え、首を振った。

「彼女が夫を殺したのだとしたら、なぜ浜辺にいたんです？」

「襲われたという話をでっち上げるためとか？」

「キャシー・モランが写真の撮影でやってくることは事前にわからなかったでしょう」ウィンストンは反論した。

「銃を始末するために浜辺に行ったが、捨てるまえにモランがやってきたとしたら？」

「頭を殴られたことは？　ずいぶん強く殴られたようですが」

「共犯者が彼女を被害者に見せるためにやったのかもしれない」

　ウィンストンはさらに考えて、首を振った。「すべて推測にすぎない。ミセス・ケイヒルの記憶が戻って、われわれの疑念を晴らしてくれるといいんですけどね」

「彼女と話せるのはいつになりそうかな？」ジャックが訊いた。

「今日退院の予定です」

　ジャックは不安を顔に表した。「彼女はパリセイズ・ハイツにとどまるだろうか。カリフォルニアに逃げられては困る」

「医師たちは彼女に旅行させたくないだろうし、現場検証は終わったので、こちらにいるでしょう。ちなみに彼女はヘンリー・ベイカーを弁護人に雇いました。先ほど彼と少し話しました」

「つまり、ミセス・ケイヒルは弁護士が必要だと思っているわけだ」

「メーガンは馬鹿《ばか》じゃない。われわれは彼女が持っていた銃について質問しました。彼女は夫が撃たれるのを見たはずだが、何があったか憶えていないと言っている。そうした状況なら、ふつう弁護人を立てませんか？」

　ジャックは眉《まゆ》をひそめた。「ベイカーは地元の弁護士？」

「オーシャン・アベニューに事務所があります」

「刑事事件の経験は？」

「あそこは総合法律事務所です。こういう町で生計を立てようと思ったら、なんでも扱わなきゃならない。刑事事件の弁護経験は飲酒運転や軽犯罪しかありませんが、なかなかの切れ者ですよ」

「殺人事件の弁護をしたことは？」

「たしかリンカーン郡で危険運転致死罪の裁判に勝ったことはあるけれど、今回のような殺人事件を扱ったことはないと思います」

「メーガンはどうしてあなたが心配になるような大物弁護士に連絡しなかったのかな」

「ヘンリーはカントリークラブの知人です。おそらく彼の名前が真っ先に頭に浮かんだんでしょう。それに事件のあとずっと入院しているから、ほかを探す時間がなかったのかもしれない」

ジャックはうなずいた。「なるほど、そうかも。いつ彼女と話す？」

「今日の夕方五時ごろ、この家で会う予定です」

6

　メーガン・ケイヒルは、自宅の裏のテラスに出て、ビーチパラソルの下でガラス製の丸テーブルのまえに坐《すわ》り、海を見つめていた。海から吹く涼しい風がパラソルの端を揺らしていた。テラスのドアが開いても振り返らなかったので、ジャックには彼女が防寒のために着ているスウェットシャツのフードしか見えなかった。

　ジャック、ウィンストン、アーチー・デニングがテラスに出ると、メーガンと坐っていたふたりの男が立ち上がった。ヘンリー・ベイカーは薄くなりかけたサンディブロンドの髪と薄青の眼の大男で、スカイブルーのシャツに黄色のネクタイを締め、タン色のスーツを着ていた。肥満とまではいかないが、だらしなく太って腹がベルトの上にのり、二重顎になりかけていた。検察官たちと刑事を見ると、彼らに近づいた。いっしょに坐っていた若者も彼にしたがった。

「やあ、ヘンリー」ウィンストンが言った。

「初めまして、ミスター・ベイカー。ジャック・ブースといいます。こちらはアーチー・デニング、州警察の刑事です。私はオレゴンの司法省で働いています」

「州都から来た用心棒というわけだ」握手をしながら、ヘンリーは笑みを浮かべた。

ジャックは肩をすくめた。「そう言われることもありますが、ここにはアドバイザーとして来ています」

ヘンリーは横に立っている若者のほうを向いた。

「こちらはグレン・クラフト、うちのアソシエイトです。私を補佐してくれます」

グレンは身長百八十センチほどで、運動選手のような体格だった。波打つ豊かな茶色の髪やすべすべの肌から、ロースクールを卒業したばかりだろうとジャックは思った。若い弁護士は、安手のグレーのスーツに白いシャツ、青地に白く細いストライプの入ったネクタイを締め、まじめくさった顔つきだった。ジャックは自分が初めて担当した殺人事件のことを思い出した。殺人容疑者の弁護でこの若者の血は騒いでいるにちがいない。

「初めまして、グレン」ジャックは言った。

「ミセス・ケイヒルと話すまえに、少しなかで相談できますか?」ヘンリーが尋ねた。

「もちろんです」ウィンストンが言った。

「ミセス・ケイヒルを警察はどう見ていますか?」リビングに入ると、ヘンリーは訊いた。

「どういう意味です?」ウィンストンが訊いた。

「彼女は被疑者ですか? ミランダ警告(拘束下の被疑者の尋問前におこなう、黙秘権があることや、供述が不利な証拠になりうることなどの告知。これがなかった供述は公判で証拠に使えない)をしますか?」

「現時点では、ミセス・ケイヒルは被害者であり目撃者だと考えています」ウィンストンはすかさず言った。

「厳密に言えばちがうだろう、テディ」ジャックが口を挟んだ。「私は重要参考人と考えます。キャシー・モランに発見されたとき、彼女は凶器を手にしていたし、レイモンド・ケイヒルの財産も相続する。要するに、今回の犯罪の動機、手段、機会がそろっている」

「脳震盪を起こすほど強く頭を殴られたんですよ。それはおかしい」ヘンリーが言った。

ジャックは肩をすくめた。「共犯者がいたとしたら、彼女に嫌疑がかからないように殴ったのかもしれない」

「本当にそう考えているんですか?」

「いいですか、ミスター・ベイカー、捜査はまだ始まったばかりだ。たんにいろいろな可能性を口にしたまでです。ミセス・ケイヒルとまだ直接話していないので、意見などありません。彼女が無実なら、ここで起きたことは本当に残酷です。結婚直後に相手を失うことがどれほどつらいか、想像もつかない」

「胸がつぶれる思いでしょう。だから彼女と話をするときには、やさしく接してください」

「約束します」ジャックは言った。

彼らはテラスに戻った。ジャックは、相変わらず海をじっと見つめているメーガン・ケイヒルに視線を向けた。ヘンリーの横をすり抜け、彼女のまえで立ち止まって視界をさえぎった。メーガンはジャックを見上げた。小麦色の肌、ふっくらとした唇、高い頬骨に潤《うる》んだ茶色の眼。黒髪がいくらかフードからはみ出していた。

「ご気分はどうですか?」ジャックは訊いた。

メーガンはすぐには答えなかった。ジャックの印象では、いま聞いたことを咀嚼《そしゃく》するのに苦労しているようだった。もっとも、そういうふりをしているのかもしれないが。

ヘンリーは急いでメーガンの横に立った。「ミセス・ケイヒルはまだ頭を殴られた衝撃から立ち直っていない。疲れやすいので手短にお願いします」

メーガン・ケイヒルのいるテーブルのまわりには椅子《いす》が四脚あった。ジャックはひとつを指差した。

「よろしいですか?」と負傷した女性に尋ねた。メーガンはしばらく見つめ、うなずいた。ジャックは彼女の隣の椅子に坐った。ヘンリーは反対側にまわって依頼人のすぐ横に坐った。残った椅子にウィンストンが坐り、グレンが上司のうしろに立つと、デニングはメーガンの顔が見える位置に離れて立った。

「このたびはご愁傷様です」ジャックが切り出した。「たいへんつらいお気持ちでしょうが、いまお伝えしたいのは、あなたとご主人を襲った犯人をわれわれが全力で見つけ出すということです」

ジャックは反応を待った。唯一の反応はメーガンが眼に涙をためたことだった。

「あの夜について何か憶えていることはありますか?」ジャックは尋ねた。

メーガンはゆっくりと首を振った。「あ……思い出そうとしても……」

「それについては依頼人と話しました、ジャック」ヘンリーが言った。「ミセス・ケイヒルは結婚式のことは憶えています。しかし、はっきり憶えているのは、カントリークラブの外で車に乗ったところまでです。担当医の話では、このような短期間の記憶喪失は、頭をひどく打ったときにはよくあることだそうです」

ジャックはメーガンの顔を見つめた。「つまり、帰宅してから起きたことの記憶がないのですね？」

「ええ」彼女はささやくような声で答えた。

「記憶は戻るはずだと医師は言っていますが、いつ戻るかはわからないそうです」ヘンリーが言った。

「犯人逮捕の手がかりになりそうなことを何か思いつきませんか？」ジャックは食い下がった。

メーガンは首を小さく振った。

「敵についてはどうです？　ミスター・ケイヒルは実業家として成功していた。たとえば、仕事の取引で彼に負けて腹を立てている人物はいませんか？」

「わたしは一年あまりまえに離婚し、レイとはチームのパーティで知り合いました。つき合いだしたのは、わたしが離婚を申請してからだから、まだそれほど長くお互いのことを知らない……知らなかったんです」声が喉《のど》につかえ、眼にはまた涙が浮かんだ。「レイは仕事の話はしませんでした」そこでことばを切った。「披露宴に来た人がいました。男性です。レイと口論していましたが、わたしからは遠くて、ふたりの話は聞こえなかった。ケヴィン・マーサーに訊いてみて。レイの投資会社の共同経営者です。ビジネスのことなら彼が教えてくれると思います」

「ありがとうございます。ほかに手がかりになるようなことは？」

「その……いいえ。わたしが憶えているのはただ、浜辺に立っていて、ミス・モランが家に連れてきてくれて、それから……」

メーガンはすすり泣きはじめた。

「今回のことは本当におつらいでしょう、ミセス・ケイヒル。もう切り上げましょう。あの夜のことや犯人逮捕につながりそうなことについて何か思い出したら、ミスター・ウィンストンに連絡してください。いいですか？」

メーガンはうなずき、ジャックは立ち上がった。「どうぞお大事に。改めてお悔やみ申し上げます」

ヘンリーは、ジャック、ウィンストン、デニングについてドアのまえまで行った。

「ミセス・ケイヒルの話を聞いて、披露宴での騒ぎを思い出しました。男がひとりパーティに乱入してきたんです。名前は憶えていませんが、レイの共同経営者のケヴィン・マーサーならわかるかもしれません。その男は非常に怒っていて、警備員に退去させられました」

「マーサーの住まいはどこですか？」ジャックが尋ねた。

「ロサンジェルスです」

「わかりました。彼はミスター・ケイヒルが殺害されたことは知っていますか？」

ヘンリーはうなずいた。「結婚式に出席していましたが、披露宴が始まってまもなく、自家用ジェット機でＬＡに戻りました。カリフォルニアにいて、レイの死で生じたビジネス上の問題に対処しています」

検察官たちが帰ると、ヘンリーはメーガンの隣に坐った。

「だいじょうぶですか？」

メーガンはうなずいた。

「ここで仕事の話は持ち出したくないが、やむをえません。病院に行ったときには、私は検察側が死刑を求める殺人事件の弁護人にならないほうがいいだろうと言いました。また、あなたが主任弁護人、つまり、あなたのために最良の弁護をしてくれるポートランドかロサンジェルスの弁護士を決めるまで、弁護をするとも約束しました」

「いまの人たちはわたしがレイを殺したとは思ってないんでしょう？　わたしを疑っているようには見えなかった」

「彼らがあなたと話すまえに私たちが家のなかに入ったのを憶えていますか？」

「ええ」

「ジャック・ブースはあなたを被疑者だと思っている」

「でも、とてもやさしかったけど」

「あんなふうにやさしいふりをして欺《あざむ》くのです。あちこちに電話をかけて調べました。ジャック・ブースは、事件を担当するとなると、やさしい人間ではありません。ひとつの目的に向かって突き進み、勝つためならなんでもする」

「どこをどう考えたらわたしがレイを殺したことになるの？　誰かがわたしを殴ったのよ、ヘンリー。誰かがレイの切手やコインも盗んだ」

「ブースは、あなたには共犯者がいたかもしれないと言っていました。あなたが殺人や強盗に関与していないと見せかけるために、共犯者があなたを殴ったと」

メーガンは眼を大きく見開き、怯《おび》えた表情になった。「馬鹿げてる。わたしたちは結婚したばかりだった。どうして結婚式の夜に夫を殺すの？　わけがわからない。病院であなたもそう思うと言ったでしょう」

「いまでもそう思っています。ですがブースは、レイの財産は動機になったかもしれないと指摘した。あなたは相続人ですから」

「それはいい知らせじゃない？　起訴されても一流の刑事弁護士を雇えるわけだか

ら」

「そこが問題かもしれないのです。レイの遺言執行人のデニス・ベイリーから、レイの死にあなたが関与していないことがはっきりするまで遺産はいっさい使わせないと言われました」

「彼女にそんなことができるの？」メーガンはうろたえた口調で尋ねた。

「あいにくできます。だが、あなた自身の財産もありますよね？　離婚で得た」

「あなたが思う一流弁護士の費用には足りません。両親はとても貧しかったから、わたしが自由に使えるお金はなかった。奨学金やアルバイトの収入がなかったら、学校を卒業することもできなかったでしょう。

パーネルは、別れるころには自分の蓄えをほとんど使い果たしていた。だからわたしは、彼が引き出せない口座に貯金しはじめたの。家を売ったあとも、わたしたちは破産寸前だった」

ヘンリーは困惑顔になった。そこで突然、メーガンの声が明るくなった。

「ミズ・ベイリーは、わたしの起訴が見送られるか警察が犯人を逮捕すれば、遺産を使えるようにしてくれるんですね？」

「ええ、まあ。そうなれば、あなたに渡さない根拠はなくなりますから」

「勝訴するか真犯人が捕まるまで支払いを待ってくれる弁護士は見つけられる?」

「それはだめでしょう。刑事事件の弁護士が成功報酬で弁護を引き受けるのは、倫理に反する。弁護士が成功報酬で働くと、勝訴して金を手に入れるために倫理に反することをしかねないという懸念《けねん》があるからです」

「こんな扱いはフェアじゃない」メーガンはまた泣きはじめた。肩を震わせ、両手の拳《こぶし》で腿《もも》を叩《たた》いた。

ヘンリーは彼女の肩に腕をまわした。「希望を失ってはいけません、メーガン。この窮地を脱する方法が見つかるまで、私が弁護するから」

メーガンは顔を上げ、ヘンリーの眼をのぞきこんだ。「そうしてくださる? 本当に感謝します」

ジャック、デニング、ウィンストンはそれぞれ別の車で来ていた。さらに数分間、話をしてから解散し、ジャックは車でモーテルに向かった。帰途、フランク・ジャノウィッツが言ったことを思い出した。まともな業者や蒐集家はケイヒルの稀少《きしょう》な品には手を出さないから、売るのはかなりむずかしいとキュレーターは言った。一方、私的なコレクションのために盗品を隠し持つ不届きな蒐集家がいるとも。盗品を売るには、そうした不届きな蒐集家を知っていなければならない。ジャノウィッツならきっと知っている。それにジャノウィッツはじつに男前だ。彼はメーガンの愛人では？真相を突き止めようとジャックは思った。

部屋の外のバルコニーが唯一の喫煙場所だったので、ジャックは外に出て煙草《たばこ》に火をつけた。晴れていて暖かかった。若い女性がラブラドールレトリバーを連れて浜辺を走っていた。父親が娘を手伝って砂の城を作っていた。手をつないでゆっくり歩きながら会話に夢中になっているカップルもいた。

ジャックは腕時計を見た。キャシーと七時に会うことになっている。彼女と再会した衝撃は大きかった。いっしょにいることで、埋もれたままにしておくべき思い出や気持ちが掘り起こされた。その一方、彼女を見るだけで、振り払ったと思っていた感情がまた呼び覚まされた。初めて会ったときには、ふたりにとってあらゆる状況が救いがたく悪い方向に進んでしまった。いま運命がふたりに二度目のチャンスをくれたのだろうか？

Part Three

THE *KILBRIDE* DISASTER

2000

第三部　キルブライドの災難

二〇〇〇年

7

ジャック・ブースは飲んだ酒のせいでぐっすり眠っていたが、電話のベルの音に叩《たた》き起こされた。さっと頭を起こし、眼を見開いた。心臓は早鐘を打っている。ここはどこだ？　電話がまた鳴った。神経を逆なでする電話の音がいつもとちがって聞こえる。部屋の様子もちがう。受話器を手探りしたが、見つからなかった。すべてが奇妙に思える理由を思い出した。電話があるはずのところにないのは、自分がいるべき場所にいないからだ。いまいるのは、安アパートの慣れないベッドのなかだった。

明かりをつけ、電話を見つけて受話器をつかんだ。「何？」と言うのが精一杯だった。口は梱包材《こんぽうざい》を詰められたようで、受話器から聞こえることばが脳に届くまでにずいぶん時間がかかった。

「待ってくれ」ジャックは言った。両足をベッドの横におろし、上体を起こした。頭がくらくらした。ひと呼吸置いてナイトスタンドのライトをつけると、光が眼に差しこんだ。眼を閉じて、電話の横に置いてあるペンとメモ帳を手探りで取った。ゆっくりと眼を開け、大きく息を吸うと、空気が喉《のど》を刺激して咳《せき》が出た。

「どうぞ」ジャックはしわがれ声で言った。回線の向こうにいるのは、オスカー・ルウェリン。彼は二日酔いのジョークを言ったが、ジャックは笑わなかった。ルウェリンは住所を読み上げ、道順を教えた。ジャックは復唱して、きちんと書き留めていることを確認してから、「いますぐ向かう」と言った。

電話を切って、頭を抱えこんだ。ややあって手を伸ばし、サイドテーブルの上の封を切ったパックから煙草《たばこ》を一本取り出した。火をつけ、肺まで吸いこんでむせた。もう一度吸ってもみ消し、床を見つめた。

やがて立ち上がったが、それすらひと苦労だった。また頭がくらくらした。平衡感覚が戻るのを待つあいだ、ベッドを見ていた。シングルベッドだ。アドリアンナはキングサイズベッドのいつもの側に丸まって寝ているだろう。離婚が成立すれば彼女の寝室になるふたりの寝室で。

彼女には悪いことをした。結婚生活を台なしにしてしまった。アドリアンナは気立てのいい人だ。ジャックは彼女の存在を当然と見なし、仕事に没頭し、一時的に好意を持った女性と見境なく見知らぬベッドをともにしていた。後悔に苛《さいな》まれたが、それもほんの数秒のことだった。仕事柄、感情を麻痺《まひ》させることには長《た》けている。ふらつく足でバスルームに入るころには今回の感情も振り払っていた。

大きいものほど倒れ方も激しい——床に大の字で仰向けに倒れているジョーイ・ニーランドを見た瞬間、ジャックはまずそう思った。〈ウィアリー・トラベラー・モーテル〉の一〇七号室、ジョーイは巨漢だった。ジャックの目測では身長二メートル、体重は検死報告を待つまでもなくゆうに百五十キロ以上ある。

ジャックはジョーイ・ニーランドのことはなんでも知っていた。ポートランド州立大学のフットボールチームで一年プレーしたが、頭が悪すぎて学業についていけなかったので、ただひとつこなせる職業として近隣の麻薬ディーラーの用心棒をしていた。聞いた話では、ジョーイは手荒なまねをするのは苦手だった。頭も運動神経もかなり鈍く、ジャックが知るかぎり、少なくとも二回入院していた。

「ひどいもんだろう?」オスカー・ルウェリンが言った。ルウェリン刑事は勤続二十年のベテランで、殺人捜査を十一年間担当している。身長百八十センチほどで、髪はマリンカット、眼をつぶって選んだような服装だった。ジャックも以前いっしょに働いたことがあるが、非常に優秀な刑事だ。

　ジャックは死体のまわりを歩いた。ジョーイがこれほどわかりやすい体型でなかったら、被害者の身元は特定できなかっただろう。顔面を撃たれていた、おそらく散弾銃で。ジャックは巨大な洋ナシ型の体をつぶさに観察した。撃たれて蜂《はち》の巣にされ、血まみれだった。

「何発撃たれたと思う?」地区検事補のジャックは訊《き》いた。

　ルウェリンは肩をすくめた。「これだけ血が流れてると、誰にもわからないな。やりすぎとしか言いようがない」

　ジャックは首を傾《かし》げて刑事を見た。「一発でジョーイを倒せたと思うか? 私だったら、ありったけの弾を使う」

「ごもっとも」

「目撃者たちはいまどこに?」

「何かしら見た宿泊客はそれぞれ自分の部屋にいる。この部屋にいたふたりは、別々にパトカーで待機してる」

「そのふたりは現場近くにいたのか?」

「銃声を聞いた管理人がすぐ九一一に通報したから、あっという間にパトカーが一台到着した。最初に部屋に入った警官が、ベッドのうしろにしゃがんでいるふたりを発見した。その背後の壁にも弾痕《だんこん》があった。ジョーイを撃ったやつらは、十分間じっとしてろと命じたそうだ。ふたりとも怖くて逃げられなかったんだろう」

ジャックはまたジョーイを見た。「無理もない」

「一一一号室が空いてる。目撃者と話したいなら使うといい」

「よかった。ジョーイの同宿者を一度にひとりずつ呼んでくれるかな」

ジャックはモーテルに来る途中、店に立ち寄ってラージサイズのブラックコーヒーを買ってきた。飲みながら一一一号室に向かった。カフェインのおかげで多少すっきりしたが、相変わらずふらふらしていた。

一一一号室は事件現場と同じようにみすぼらしく、ジャックのアパートメントのほうがまだましだった。ベッドは安物のキルトの上掛けで覆《おお》われ、マットレスがまんなかでたわんでいた。モーテルの売りはケーブルテレビのＨＢＯと成人映画が観《み》られることだった。テレビは薄型だが、それを除くと室内に第二次世界大戦後のものはなさそうだった。

ジャックは坐《すわ》る場所を探した。電気スタンドの横に肘掛《ひじか》け椅子《いす》、机のまえに背もたれのまっすぐな木製の椅子があった。肘掛け椅子に坐ろうとしたところに、ルウェリンが女性をひとり連れてきた。

「ミスター・ブース、こちらはサリー・ルッソ。サリー、ミスター・ブースは今回の事件の担当検事だ」ルウェリン刑事が言った。

ルッソは身長百七十センチ、体重は百キロ以上あるとジャックは見た。おそらく実年齢より老《ふ》けている。疲れきっているらしく、足取りも心許《こころもと》ない。眼は充血し、よれよれの髪は何日も洗っていないようだった。特大のスウェットシャツに腰まわりがゴムのパンツという恰好《かっこう》で、どちらにも血がついていた。

ジャックは手を差し伸べた。「初めまして。こんな状況で会うことになり残念です」

ルッソは地区検事補の挨拶《あいさつ》に驚いた様子だった。これまでの当局とのやりとりで丁寧に扱われたことがなかったのだろう。

「どうぞ坐って」ジャックは言った。「水かコーヒーでも？」

「コーヒーを」ルッソは答えた。ジャックがルウェリンにうなずくと、刑事は外にいる制服警官に命じるために出ていった。

「かけてください」ジャックは背もたれのまっすぐな椅子を示した。ルッソはゆっくりと腰をおろした。坐ったときに椅子が少しぐらついた。

「だいじょうぶですか？」

「あんまり」ルッソは感情を抑えた声で言い、床を見つめていた。

「ここで起きたことについては、ルウェリン刑事から少し聞きました。私がその場にいたら怖くてたまらなかったと思う」

「あの人たち、何にも気にせず彼を撃ったんです」彼女の声は震えていた。まもなく泣きはじめた。「ジョーイは誰も傷つけなかったのに。怖そうに見えたけど、乱暴な人じゃなかった」

ジャックはうなずいた。「ミスター・ニーランドに会ったことはなかったが、そう聞いています。だとすると、なぜ彼は殺されたんですか、サリー？　犯人を脅すようなことをしたとか？」

ルッソは袖口《そでぐち》で鼻をぬぐい、涙をふいた。

「問答無用でした。ジョーイがドアを開けるなり撃ちはじめて」

「犯人たちに見憶《みおぼ》えは？」

「マスクをかぶってたから。それがなかったとしても……わかりません。発砲されてすぐベッドのうしろの床にうずくまったし」

「なるほど。犯人について、なんでもかまわないので話してもらえますか？」

「といっても、一瞬だったので。ほかの人たちは見てもいません。ソードオフ・ショットガンでジョーイを撃った人だけ見てたの。ジーンズをはいてました」彼女は首を振った。

「白人、黒人、それともアジア人？」

「話し方は白人でした。それに、あたしに銃を向けた男は手袋をしてたけど、手首が白かった」

「タトゥーとか傷跡は？」

「見てません。本当に怖かったから床ばかり見てた。何も見たくなかった。彼らに不利な証人になると思われたくなかったから。そうなったら殺されたかもしれないでしょ」

「誰か、何か言っていましたか？」

「ええ。散弾銃を持ってた男があたしとカールに、十分間そのまま床にいろと言いました。ドアから顔を出したら表にいるやつに撃たれるぞ、とも」

「その声をもう一度聞いたら、わかりますか？」

「たぶんだめ」

「いいでしょう、サリー。よく話してくれました。さて、これからする質問には答えたくないかもしれませんが、正直に答えれば面倒なことにはならないとお約束します。あなたにミランダ警告はしないつもりです。だから、あなたの言ったことを、私があなたに不利な証拠として使うことを判事は認めません。わかりますか？」

ルッソはうなずいた。

「私の仕事は殺人事件の訴追です。あなたやカールやジョーイが殺人にかかわっていないかぎり、この部屋であなたたちがしていたことに興味はない」

「あたしたち、殺人なんてしてません」サリーは断言した。

ジャックはうなずいた。「どうして犯人はこの部屋に押し入ったのですか？　何を盗《と》っていった？」

ジャックは犯行現場に立ち入るまえ、鑑識のひとりから一〇七号室の机にコカインの残留物があったと聞いていた。だから、サリーがどこまで言うべきか考えているのを見守った。

「真実を話してください。悪いようにはしない」

ジャックは脅しをつけ加えたりしなかった。サリーはすでに、窮地に陥った彼女を助けられるのはジャックだけだと自覚している。

「しちゃいけないことをしてたら、どうなります？」

「暴力にかかわることでなかったら免責します。いいですか、怖いのはわかっている。親友が射殺されるのを目撃し、次は自分の番だと思ったら、どんな気持ちになるか想像もつかない。だから力になりたい。そうさせてほしい」

サリーはジャックの眼を見た。怯《おび》えながらも救いにしがみつこうとしているのがわかった。

「あたしたち、コークを持ってました。たいした量じゃありません。ツキに見放されてたから、売って稼げると思ったの」

「取引はこの部屋で？」

サリーはうなずいた。

「どのくらいの人が知ってました？」

「数人。コークをやる人を知ってる友だちがいて。別にお金持ちになりたかったわけじゃないんです」彼女は早口で言った。

「犯人は何を盗んでいきました？」

「コークとお金を全部」

「犯人に心当たりは？」

「ありません」サリーは歯を食いしばった。もう悲しんではいない。怒っていた。

「でも、ソードオフを持ってた人が言ったんです、もしまた売ってるところを見つけたら、最後はジョーイみたいになるからなって」

「その男はディーラーで、あなたたちは彼の縄張りで売ったとか?」

「だろうと思ったけど、あの人が言った以上のことはわからない。どうか信じて。ジョーイを殺したやつらを捕まえる手助けができるならしたいんです」

ジャックが答えようとしたとき、ルウェリンがコーヒーを持って入ってきた。刑事はそれをサリーに渡すと、屈《かが》んでジャックの耳にささやいた。

「運に恵まれたかもしれない。宿泊客のひとりが銃声を聞いて窓のブラインドの隙間《すきま》からのぞいたら、狙撃犯《そげきはん》のひとりが部屋のそばを走っていくのが見えた。そいつはその目撃者の車に手をついた。手袋はしてなかったらしい」

「それで……?」ジャックは質問しかけた。

ルウェリンはうなずいた。「デイヴが完璧《かんぺき》な指紋を採取した」

8

ジャックがオクラホマシティの取調室に入ってから、バーニー・チャーターズはずっとモールス信号を送るように足で床を叩いていた。ジャックは彼の逮捕の知らせを受けると、すぐオクラホマに飛んできた。容疑者はだらしない感じのあばた顔の男で、ジョーイ・ニーランドより賢そうには見えなかった。てかてかしたストレートの黒髪をポニーテールにまとめていて、人と眼を合わせるのが苦手のようだった。彼が警察とかかわったのは今回が初めてではないが、これほどの問題を起こしたことはなかったのだ。

法廷が任命したバーニーの弁護士は、数秒おきに顔にかかる縮れた黒髪を払いのけたり眼鏡をかけ直したりして、ジャックをひどく苛立《いらだ》たせた。強迫神経症なのかもしれないとジャックは思った。

「そうとうまずいことになっているのはわかるな？」ジャックはバーニー・チャータ

ーズに訊いた。

「その質問には答えないで」弁護士が言った。

「彼女の言うとおりだ」ジャックは言った。「発言はすべてきみに不利な証拠として使われる可能性があり、実際使われるだろう。もっとも、きみにとっては不幸なことに、自白は必要ない。ジョーイ・ニーランドが射殺された部屋からきみがあわてて逃げるのを目撃した人がいるからだ。彼の車を押したのは失敗だったな。洗車したばかりだったから、じつにきれいな指紋が採れた。だから話さなくていい。私はこれまで三人死刑にした。またひとつ銃に傷をつけてもいい（西部開拓時代には、人を殺すたびに銃床にナイフで傷をつける習慣があった）」

「おれはやつを撃っちゃいない！」

バーニーはパニックになったようだった。弁護士は彼を黙らせた。

「いいか、バーニー、正直に言おう。きみの犯罪歴はたかが知れてる。軽い暴行事件を二回起こしているが、そこから誰かを殺すほどの性質はうかがえない。だが、きみは私が知る唯一《ゆいいつ》の被疑者でもある。だから、ここで協力しなければ——もっと言えば、協力して自分を助ける気がないなら——法が求めるすべてをきみにかけるしかない。〝手のなかの一羽の鳥は茂みのなかの二羽の価値がある〟ということわざを知っているかな？」

バーニーはジャックがなぜ鳥の話をしているのか、まったくわかっていないようだった。

「きみは私の手のなかの鳥で、私はほかの鳥を捕まえていないし、モーテルにいたほかの小鳥たちが誰なのかもわからない」ジャックは開いた手を握りしめた。「つまり現時点で、きみは私が握りつぶせるたった一羽の鳥というわけだ。

さて、一度外に出るから、弁護士とよく相談しなさい。銃撃者の名前を教えてくれれば、悪いようにはしない。黙秘権を行使するなら、きみが死刑になるときにポップコーンを持っていくと約束しよう」

二十分後、バーニーの弁護士が手招きしてジャックを部屋に入れ、司法取引が協議された。双方が内容に合意してから数分後、バーニーは命がけで――実際かかっている――供述していた。

「ジョーイを撃ったのはゲイリー・キルブライドだ。おれは彼がジョーイを撃つ気だなんて知らなかった、本当に」

ジャックは法廷に立つ法律家だ。そのなかでも優秀なら、どれほど唖然《あぜん》とする状況でも驚きを隠すことができる。今回の驚きは特大だった。ゲイリー・キルブライドは、ポートランド一ではないにしろ、かなり大物の麻薬ディーラーで、平気で人を痛めつけるたいへんな悪党だった。ジャックは野心満々の検察官で、ゲイリー・キルブライドのようなクズを死刑にできれば確実に箔《はく》がつくことを知っていた。

「モーテルでやるせこい取引のために、どうしてわざわざゲイリーが時間を無駄遣いする?」

「あいつらはゲイリーの縄張りで売ってた。ほかへの見せしめにしたかったんだよ。計画では、やつらをボコボコにしてクスリと金を巻き上げ、また売ってるのを見つけたらもっとひどい目に遭わすぞと警告することになってた。けど、ジョーイがあそこにいるとは思わなかった」

バーニーは首を振った。

「ジョーイはキングコングみたいな図体だろ。やつがドアを開けると、ゲイリーはびびって撃ちはじめた」

「きみはどうした?」ジャックは尋ねた。

「逃げ出したさ。くそ面倒なことにはかかわりたくなかったから」

「なるほど。では、銃撃者その二は誰だ?」

「ニック・フレンチ。おれたちがモーテルの商売のことを知ったのは、全部あいつからの情報だ。ゲイリーが撃ったからニックも驚いて発砲したんだと思う」

「どういうきっかけでモーテルのことがわかった？」

「ニックにアンジー・リードって彼女がいて、ニックはほかの連中とアンジーの家にいた。そのなかのひとりがモーテルのことを知ってて、明日コークを買いに行くと言った。で、ニックはそのことをいつものバーでゲイリーに話した。おれもその場にいた。ゲイリーは自分の客を取られたくないから、カンカンに怒って、ニックとおれにコークと金をいくらかやるから加勢しろと言った。手荒なまねはしない、ただ脅したいだけだって。だからおれは、ちょっと殴るくらいかと思ったんだ。誰かを撃ち殺すなんて思いもしなかった」

「銃を持っていったのは誰の考えだ？」

「ゲイリーさ。おれは銃なんて持ってもなくて、ゲイリーが一挺《ちょう》くれた。いらなかったけど、本気なところを見せるために銃を振りまわさなきゃだめだって言われた」

「その銃はいまどこに？」

「あのへんの茂みに投げ捨てたよ。弾が入ってたかどうかも知らない」

ジャックは茂みの場所を訊いて、いくつかメモをとった。とり終えると、机の向かい側の相手を見た。

「バーニー、よく話してくれた。不当な扱いはしない。これから嘘《うそ》発見器にかける。それで誰も撃っていないとわかれば、いまと同じことを大陪審で話し、法廷で証言して、釈放だ。これからきみの弁護士と免責同意書を作成する。身の安全のためにもうしばらくここにいてもらうが、タイミングを見計らってポートランドに飛行機で帰そう」

ゲイリー・キルブライドの弁護人がオフィスに入ってきたとき、ジャックは自制心を失ってじっと見つめそうになった。アッシュブロンドの長い髪、高い頬骨に潤《うる》んだ青い眼。シルクの白いブラウスの胸元は開き、地味な黒いビジネススーツのスカート丈は下品にならない程度に短く、長い脚を引き立てている。脚と顔は小麦色に日焼けしていた。

9

キルブライド裁判が終わってジャックが完全に面目を失ったときには、みずからの言語道断の失敗をこのキャシー・モランの驚くべき美貌《びぼう》と悩殺的な体のせいにした。活発すぎる男性ホルモンと、どんな競争でもトップに立ちたいという願望は、つねに彼の人生の両輪だったが、キルブライド裁判のあいだ、ホルモンは本来なら脳に向かう血液の流れを変えてしまったのだ。法律関係の調査に費やすべき時間を、結審後にキャシーとのあいだに起きるかもしれないことを夢想してすごした。

とはいえ、ジャックの破滅はミズ・モランと出会ったこの日から数カ月後のことだった。この日のジャックは余裕で構えていた。たしかに結婚はうまくいかなかったが、二十七歳にしてすでにマルトノマ郡地区検事局でトップの検察官であり、輝かしい業績を残して、早々と殺人事件の担当になっている。評判は州全体に広がりつつあり、やがては自分にふさわしい大金を稼げる一流法律事務所のパートナーになりたいと思っていた。

「お会いするのは初めてですよね、ミスター・ブース。わたしはキャシー・モラン。ゲイリー・キルブライドの弁護人です」

ジャックは机をまわりこんでキャシーと握手した。彼女の手は柔らかく温かかった。ジャックの掌《てのひら》はむずむずし、心臓と股間《こかん》に興奮が押し寄せた。触れ合ったとき、ふたりのあいだにまちがいなく電撃的なものが走った、キャシーもそれを感じたはずだとジャックは思った。彼女が一瞬、眼を見開いたからだ。

「初めまして、ミズ・モラン。おかけください」

「公選弁護人ですか?」ジャックは机に戻って訊いた。

キャシーは笑みを浮かべた。「いいえ。ミスター・キルブライドがうちの事務所を雇ったんです」

「え？　どこの事務所ですか？」

「じつはロースクールの友人のナンシー・ホン、ロニー・アイルランドと共同経営しています。〈ホン・モラン・アイルランド〉という事務所です」

「聞いたことないな」

「でしょうね。小さな事務所で、あまり刑事は扱っていませんから」

ジャックは顔をしかめた。「弁護士になってかなりたちますか？」

「いいえ。三人ともボールト・ホールを二年前に卒業しました。ナンシーとロンがオレゴン出身で、わたしはふたりに説得されてこちらに来ました」

「死刑裁判を扱うには少し経験不足では？」

キャシーは顔を赤らめた。「その点はミスター・キルブライドに説明しましたが、わたしが彼の友人の刑事事件の弁護に成功したことがあって、どうしてもと頼まれました。数カ月前、ワシントン郡の故殺事件の裁判で勝訴したんです」

「故殺の裁判と、死刑の可能性のある加重殺人の裁判はまったくちがいますよ」ジャックは言いながら、若いわりに聡明《そうめい》だと思われることを願った。

「ですから勉強しているところです。とにかく、自己紹介して正式起訴状と証拠開示書のコピーをいただきたいと思って」

ジャックは椅子の背にもたれた。「そんなことをしてもあまり役には立ちませんよ。私はもうキルブライドの首根っこを押さえている」

はったりではなかった。ジャックは、キルブライド裁判は楽勝だと思っていた。その見解は、彼が考える事実の客観的評価にもとづいていた。被害者でもある射殺の目撃者がふたりいて、バーニー・チャーターズは大陪審で立派に証言した。ジャックの勝算は過信と言っても言い足りないほどだった。その過信ゆえに、自分の主張の穴をほとんど検討しなかったのだ。

「わたしよりはるかに経験がおありでしょうから」キャシーは、はにかんだ笑みを浮かべて認めた。「おそらくあなたのおっしゃるとおりでしょう。ですが、警察の捜査報告書を読むまでは依頼人に助言もできません」

「いいでしょう。こちらにあるものはすべて渡します。開示書を検討し終わったら話し合いましょう」

「ということは、被告の答弁を受け入れる可能性も？」

「現時点でキルブライドは加重殺人を認め、量刑段階でチャンスを探ることができる」

「仮釈放なしの終身刑は考慮外ですか？」

ジャックは肩をすくめた。「申し立てがあれば上司に報告します。死刑裁判で最終判断を下すのは上司ですから。ただ、私はおそらく寛大な措置に反対します。あなたの依頼人は、自分の縄張りでわずかなコカインを販売した下っ端《したっぱ》のディーラーが気に入らないからと、冷酷にも人ひとりを射殺した。キルブライドは残忍な凶悪犯です。彼がいないほうが世のためだ」

キャシーはそこで依頼人を弁護しなかった。初めて死刑裁判に出る弁護士はみなそうだが、怯えているのだろうとジャックは思った。自分は素人《しろうと》同然だと気づきはじめたのだろう。

「お時間をありがとうございました。開示書の検討が終わったらご連絡します」キャシーは言った。

ジャックは、彼女が魅力的な笑みを返してくれるのを期待して微笑《ほほえ》んだ。「連絡をお待ちしています。会えてよかった」

キャシーは立ち上がると、背を向け、ジャックにすばらしい眺めを提供しながら部屋から出ていった。

10

キルブライド事件の公判日、ジャックはシャワーを浴び、ひげを剃《そ》り、いちばん上等のスーツを着た。判事と陪審員への印象をよくしたかったからだが、もっとも意識したのはキャシー・モランだった。裁判は有罪判決が出て、十中八九死刑が言い渡されると確信していた。キルブライドの弁護士と寝ることは継続案件だが、こちらは裁判より少しむずかしい状況だった。最初に会ったあと、キャシーと連絡が途絶えていたのだ。死刑裁判で被告側弁護人が例外なくする、適用法の違憲や証拠排除の申し立てを彼女もしたので、法廷で何度か顔は見ていたが、直接話をする機会はなかった。彼女は審理が終わるとかならず依頼人と法廷から出て、拘置所に直行していたからだ。ジャックは答弁の取引（刑事事件で、被告人側と検察側が交渉、合意すること。通常は、起訴状より軽い罪を被告人が認め、検察官が受け入れるというかたちをとる）がキャシーの気を惹《ひ》く絶好の機会になると思っていたが、奇妙なことに彼女は取引の可能性を追求しなかった。キャシーの胸をもんだときの感触や、太腿《ふともも》をなでたときのなめらかさを妄想することにあれほど気を取られていなければ、ジャックも彼女が取引を求めなかった理由をしっかり考えたかもしれない。

キルブライド裁判を担当したのはアルバート・ヘイバー判事だった。鉄灰色の髪で長身瘦軀《そうく》のヘイバーは厳格な気質で、裁判官になるまえは検察官だった。徹底的に法と秩序を重んじる反面、法律にこだわりすぎて、どういう結果につながろうと法律にしたがうところもあった。検察官や弁護人には万全の準備で時刻どおり出廷することを要求し、然《しか》るべき秩序から少しでも逸脱すると陪審のまえでただちに叱責《しっせき》した。

「双方、審理を始める準備はできていますか?」ヘイバーは裁判長席につくなり尋ねた。

「検察官ジャック・ブース、できています、裁判長」

「ミスター・キルブライドの弁護人キャシー・モランもです」

ジャックは法廷の反対側の被告席を見た。キャシーはオフィスに来たときと同じスーツに身を包み、あのときと同じように美しかった。ゲイリー・キルブライドもスーツを着ていた。色はチャコールグレーで、盛り上がった筋肉のせいで肩と袖の布地がぴんと張っていた。大きな頭に短く刈った黒髪。眼は不気味な感じの灰色、鼻は防御の下手なボクサーのように曲がっている。ジャックと眼が合うと、ニヤリと笑った。

ふてぶてしいにもほどがある態度だったが、ジャックは気にしなかった。殺人犯の顔から得意げな笑みをぬぐい去るのが愉《たの》しみだった。

「けっこう」ヘイバー判事が言った。「陪審員を呼びましょう」

死刑裁判で陪審員の選出に何日もかかることは珍しくない。その人物が量刑審理で検察側と被告側のどちらに与《くみ》するかを見きわめようと、両陣営が候補者に次から次へと質問をするからだ。キャシーがほとんど質問をせず、陪審員の選出がその日のうちに終了したことにジャックは衝撃を受けたが、彼女が予備尋問を無駄にしたのは経験不足のせいだと思った。死刑裁判は特別だから、その他の殺人事件の経験が豊富な弁護士でさえ、専門の訓練なしに死刑裁判は扱えない。

ジャックは、裁判が終わったあとでキャシーを夕食に誘うもっともらしい口実ができたことに気づいた。事後分析を買って出て、メンターの役割を果たすことができるかもしれない。そうすれば彼女の信頼が得られ、誘惑の目論見《もくろみ》もはるかに成功しやすくなる。

補欠要員の陪審員が選出されたあと休廷となった。午前中にふたたび開廷し、両陣営が冒頭陳述をおこなった。ジャックは一時間かけて検察側の主張の概略を説明した。キャシーは十五分で立証責任や合理的な疑いの基準について話し、依頼人の嫌疑を晴らしそうな証拠や証人にはいっさい触れなかった。そのような証人も証拠もないから一般論だけ述べたのだろうとジャックは思った。検察側の最初の証人が宣誓したときまで彼は自信満々だった。

「申し立てがあります」とキャシーが言ったのは、事件現場に最初に駆けつけた警官がヘイバー判事に〝良心にしたがって真実を述べ、何事も隠さず、偽りを述べないと誓います〟と言ったあとだった。

判事はメタルフレームの眼鏡越しにキャシーをじっと見た。立証の流れが中断されて不機嫌な顔だった。

「ミスター・ブースはまだひと言も質問をしていません、ミス・モラン。いったいどのような申し立てをしたいのですか？」

「陪審員のいないところでお聞きいただくのがいちばんかと、裁判長」キャシーはそう言いながら裁判長席に歩み寄り、判事に中立書とそれを補足する分厚いメモを提出した。そして判事が中立書を読んでいるあいだに、ジャックのところに来た。中立書のコピーを彼に渡すとき、彼女はきまり悪そうにうつむいた。

「廷吏、陪審団を外へ」中立書とメモを読み終えた判事が言った。

ジャックはその声が耳に入らなかった。頭がくらくらした。メモを読み終えるころには吐きそうになった。

「いいでしょう、ミス・モラン。これは記録します」

「ありがとうございます、裁判長。ミスター・ブースの主張の概略をお聞きになったと思います。わたしのメモに、検察からの証拠開示書を添付しておきました。ほぼすべてミスター・ブースの冒頭陳述でカバーされていて、彼が陪審に語ったこと以外に検察側に思いがけない証人はいないはずです。ここで思いがけない証人を呼べば、開示手続き違反になります。

わたしの無罪申し立ての根拠は単純です。ミスター・ブースの証人は、検察官が冒頭陳述で陪審に述べたことを証言し、物的証拠も彼が言ったすべてを裏づけるでしょう。それらについてはミスター・キルブライドも合意する用意があります。しかし被告側の見解では、どれほど好意的に見ても、ミスター・ブースの証拠はすべて、疑いの余地なく有罪を裏づけることができません。

検察にとってもっとも好意的に解釈した証拠について要約させてください。ミスター・ニーランドはたしかに〈ウィアリー・トラベラー・モーテル〉の一〇七号室で殺されましたが、ミスター・ニーランドと同じ部屋にいた目撃者は誰も殺人犯を特定できませんでした。

しかし、ひとりの証人がミスター・キルブライドを明白な殺人犯だと特定しました。この証人は共犯者と見なされている人物、バーナード・チャーターズです。ミスター・チャーターズ以外にミスター・キルブライドを銃撃と結びつける証人はいませんし、証拠もありません。ここが検察側の問題なのです。

改訂オレゴン州法《ＯＲＳ》１３６・４４０条では〝共犯者〟を次のように定義しています――ＯＲＳ１６１・１５５条またはＯＲＳ１６１・１６５条で定義される状況において〝訴訟で提示された証拠により、被告の行為について刑事責任を負う刑事訴訟上の証人〟と。これには教唆《きょうさ》・幇助《ほうじょ》が含まれます。ミスター・ブースは冒頭陳述で、ミスター・キルブライドがこの重罪を犯した際にミスター・チャーターズは教唆・幇助したと主張しました。

ＯＲＳ１３６・４４０条は続けて次のように定めています――〝被告を犯罪行為に関連づけるほかの証拠による裏づけがないかぎり、共犯者の証言で有罪判決を下すことはできない〟。ミスター・ブースの冒頭陳述を注意深く聞き、証拠開示手続きで提出された報告書すべてに目を通せば、ミスター・キルブライドをモーテルの事件に関連づけるのは、共犯者とされるバーニー・チャーターズの証言だけであると結論せざるをえません。ほかの証人は誰も彼がその場にいたと言っておらず、DNA、指紋、頭髪、繊維などの法医学的証拠もありません。

したがって、いかなる事実認定者も、検察が提出した証拠をどれほど好意的に見ても立証責任を果たしていないと結論づけるしかないでしょう」

キャシーは腰をおろしたときにジャックを見なかったが、ジャックはそれに気づかなかった。頭が真っ白になっていたのだ。

「言うべきことはありますか、ミスター・ブース？」ヘイバー判事が訊いた。

ジャックは口が利《き》けず、考えることもできなかった。ようやく自棄になって、キャシーの中立書をじっくり読んで検討する時間をもらいたいと要求した。判事は彼の要求を認めたが、ジャック・ブースが無能だったせいでゲイリー・キルブライドが無罪放免になることは、もはや法廷にいる全員にわかっていた。

II

キルブライド裁判で完敗したことにより、郡地区検事局でのジャックの出世の道は断たれた。彼のしくじりでゲイリー・キルブライドは無罪放免になった。ジャックは自己憐憫《れんびん》に押しつぶされて、自分の証人のことを忘れていた。裁判が終わって三カ月後、バーナード・チャーターズが行方不明になり、その二カ月後にハイカーが古い林道の近くで彼の死体を発見した。チャーターズは拷問《ごうもん》されて殺されていた。オスカー・ルウェリンからその情報を知らされたとき、ジャックは正体を失うほど酒を飲んで二日間出勤していなかった。

ところが、キャシー・モランに法廷から蹴《け》り出されて九カ月後、ルウェリン刑事の電話がジャックに復讐《ふくしゅう》のチャンスをもたらした。

「よう、ジャック。捕まってよかった」

「どうした、オスカー？」

「急いで食事をして今晩七時にオフィスに戻ってくれ。あんたと話したいという人がいる」

「いまから来られないのか？」

「人目につきたくないらしい」

「なぜ？」

「そう矢継ぎ早に質問するなよ。七時にオフィスにいてくれ。悪い話じゃない」


清掃員を除けば七時に郡地区検事局で働いている者はほとんどいなかった。七時五分、オスカー・ルウェリンがすらりとした中国系の女性を連れて、ジャック・ブースのオフィスにやってきた。二十代後半から三十代前半だろうとジャックは思った。グレーのスカートをはき、そろいのグレーのジャケットを赤錆色《あかさびいろ》のブラウスの上に着ている。動揺しているようだった。

「ナンシー・ホンだ。こちらがジャック・ブース」

名前に聞き憶えがあったが、ジャックはどこで耳にしたのか思い出せなかった。

「ミス・ホンから話がある」全員着席したところで、ルウェリンが言った。

ホンは膝《ひざ》の上で両手を握りしめて坐っていた。いかにも居心地が悪そうだった。

「こちらには来たくなかったんですが」ホンは言った。「耐えられない状況になったんです。ルウェリン刑事はわたしが担当した事件の捜査責任者で、信頼を置いています。それで相談に乗ってもらいました」

「話したいというのは、どんなことでしょう」ジャックは訊いた。

「わたしの法律事務所のパートナー、キャシー・モランのことです」

それだ！　ジャックは思った。〈ホン・モラン・アイルランド〉はキャシー・モランの事務所だった。ジャックはキャシーのことを忘れようとしてきた。会話にたまたま彼女の名前が出ただけでも、怒りや恥辱や気まずさといった感情が湧《わ》き起こった。

ホンは膝に目を落とし、背中を丸めた。顔を上げると、それまでのどんな不快な感情にも増して怒りが表れていた。

「キャシーは犯罪者です、ミスター・ブース。麻薬常習者であるうえに事務所の金を横領している。説得を試みましたが、嘘をつくし、信用できません」彼女はそこでことばを切った。「ここに来たのは最終手段です」

「少し話を戻してもらえますか？　最初から説明してください」ジャックは言った。

ホンはうなずいた。「キャシーとロン・アイルランドとわたしは、ボールト・ホール・ロースクールの一年目に出会いました。同じ勉強会に参加したんです。ロンとわたしはポートランド出身で、卒業後にオレゴンで法律事務所を開こうとキャシーを誘いました。彼女は才気あふれるすばらしい人です。わたしたち、本当にわくわくしていました」

ホンは首を振った。彼女の悲しみがありありと伝わってきた。

「すべてはあのキルブライド裁判から始まりました」

ジャックは顔を赤らめた。ホンはそれに気づくと、ばつが悪そうな顔をした。

「裁判後すぐにキャシーの態度が一変しました。手柄を自慢せずにはいられなかったんです。有頂天になって興奮していました。そんなふうに舞い上がっているのは、大きな裁判で華々しく勝ったからだと思い、わたしは気にも留めませんでした。でも、やがてキャシーは遅刻して出勤するようになり、裁判も欠席しはじめました。ロンにもわたしにも理由がわかりませんでした。しばらくするとロンの態度も怪しくなってきて」

ホンはここでまたことばを切った。憤慨していた。「ロンは既婚者です。大学時代の恋人とロースクール時代に結婚したんです。でも、昔からキャシーに性的魅力を感じていた。わかりますよね。彼女は美人だし、欲しいものを手に入れるためにセックスを利用する」と苦々しげに言った。「ロンは彼女の企《たくら》みを見抜き、彼女は口封じのためにロンを誘惑した」

「ロンは何を見抜いたのですか？」ジャックは訊いた。

「キャシーはコカインに依存しています。ゲイリー・キルブライドが彼女を依存症にしたんだと思う。そうすれば、殺人事件裁判の弁護料を払わなくてすむから。彼が弁護料を全額払っていないのはわかっています。それにキャシーは事務所の金を使いこんでいました。彼女はうちの事務所の執行パートナーで、帳簿をつけ、支払いを担当しています。わたしたちは彼女を信用していたので調べたりしませんでした。ですが、キャシーの様子がおかしくなったので調べてみたんです。いくら横領したのかわかりませんけど、いま事務所の銀行口座にはわずかな額しか残っていません」

「ここに来たのは最終手段だとおっしゃいましたね？」

ホンはうなずいた。「わたしはキャシーを問いつめました。最初、彼女は反論して、帳簿におかしなところは何もないと言いました。仕事や裁判を頻繁にすっぽかす理由については説明を拒みました。そこでロンを詰問《きつもん》したところ、折れて白状したんです。ロンとキャシーが残業していたある晩、ロンは彼女がオフィスでコカインを吸っているところを見つけた。ロンがわたしに報告すると言うと、キャシーは黙っていてくれるなら寝てもいいと持ちかけた。結婚生活がうまくいっていなかったロンは魔が差した。キャシーは彼にコカインまで勧めた。そしてそれ以降、ロンを自由に操り、事務所の口座から金を盗んで麻薬の支払いに当てていたんです。ロンの奥さんがふたりの関係に気づいて、離婚したいと言っています。事務所はおそらく解散することになります。何もかもキャシーのせいで」

「ミス・モランが刑務所に入ることになっても、告発しますか？」

「ええ、現時点では。あの人はわたしを裏切り、ロンの人生をめちゃめちゃにした。わたしは事務所を立ち上げるために必死で働いたのに、彼女はそれをトイレに流してしまった。弁護過誤訴訟につながることを何かしていないのを祈るばかりです」

「ミス・モランの資金横領は証明できますか？」ジャックは尋ねた。

「キャシーが市外に出かけた週末に、公認会計士の友人に帳簿を見てもらいました。麻薬のせいで気が大きく、だらしなくなっていたにちがいありません。出納記録を残していました。それと、机のなかに小袋もあったのでルウェリン刑事に渡しました」

「鑑識がコカインだと確認した」ルウェリンが言った。

「なるほど。では、ミス・モランと話しましょう」ジャックは言った。

　ホンとルウェリンは計画を立てたあと、辞去した。ジャックはあくまでビジネスライクな態度を崩さなかったが、ひとりになると椅子の背にもたれ、笑みを浮かべた。

12

ルウェリン刑事は午後五時にキャシー・モランを逮捕し、警察署内の留置房に入れた。彼女を目にするのは警察職員だけだった。キャシーは弁護士に電話をさせてと頼んだが、ルウェリンはのらりくらりとかわし、怯えた彼女があれこれ想像力を働かせるようにした。

八時少しまえ、ジャックが留置房の扉を開けてなかに入った。キャシーとの対決を愉しみにしていたが、彼女の姿を見るなり、あらゆる満足感は消え去った。初めて出会った日の彼女がどれほど生き生きしていたかを思い出した。もはや彼女は瘦《や》せこけ、眼の下に隈《くま》ができ、ジャックの記憶にあるつやつやしたブロンドの髪もぱさついていた。彼女は椅子《いす》の上で落ち着きなくもぞもぞし、足を床に打ちつけていた。

「こういう状況で会うことになって残念だ」ジャックは彼女と向かい合って坐《すわ》りながら言った。

「でしょうね」キャシーは言った。ジャックの眼を見ようとしなかった。

「キルブライド裁判の結果について私がまだ腹を立てていると思っているんだろうね。だが、そんなことはない。貴重な教訓をもらって感謝しているくらいだ。私はうぬぼれすぎていた。うぬぼれが邪魔をした。もっと自信がなく、もう少し心配性だったら、こちらの論拠が盤石からほど遠かったことに気づいたかもしれない」

キャシーが顔を上げた。その表情には軽蔑《けいべつ》が見て取れた。

「いい検事ぶろうとしないで、ジャック。あなたには無理。あと、わたしに嘘をつかないで。わたしがどれだけあなたに恥をかかせたか知らない人はいないでしょう。弁護士界隈《かいわい》では物笑いの種だった。聞いたところでは、あなたの上司はかなり失望したそうね」

キャシーの様子がこれほど哀れを催さなければ、ジャックの反応もちがったかもしれない。

「私を敵にまわしてためになると思うのか、キャシー？」

ジャックはキャシーにどれほど憎まれているかわかった。「弁護士をつけて」彼女はぴしりと言った。

「それはあなたの権利だが、まず私の話を最後まで聞いてほしい。あなたは刑務所に入るかもしれない。ロンはあなたにそそのかされてコカインに手を出したと証言する。つまり、嫌疑は麻薬取引だ。この事件を通りの向かいのＦＢＩに送ったら、重罪になる可能性がある」

キャシーは突然あわてたようだった。何か言いかけて口ごもると、ジャックに媚《こ》びを含んだ笑みを向けた。

「侮辱するようなことを言ったのだったら、ごめんなさい。ただもう疲れきっていて、怖くて」

キャシーはジャックの眼を見つめた。

「わたしたち、敵対する必要はないでしょう、ジャック。釈放して。話の続きは今晩わたしのアパートメントでしましょう」

最初に出会ったときにこんなふうに誘ってきたら、ジャックはあっという間に机の向こう側に行っただろう。だが、いまの彼女の誘いは必死で哀れに思えた。

「いやいや、キャシー。そんなことをしても解決にはならない」

少しまえに彼女の眼にあった怒りと憎しみが一瞬にして戻った。

「電話をさせて。弁護士の同席なしにこれ以上話す気はないから」

「話す必要はない。聞いているだけでいい。この窮地から抜け出す方法がある」

キャシーは挑戦するように唇を引き結んだが、ジャックには彼女が関心を示しているのがわかった。

「われわれはゲイリー・キルブライドを捕まえたい。彼の逮捕に協力するなら、刑務所行きにならないように手を貸そう」

キャシーの表情が強い関心から本物の恐怖に変わった。「正気？　キルブライドのファイルを見たでしょう。あれはただの殺人者じゃない、サディストよ。バーニー・チャーターズがどうなったか忘れたの？」

ジャックは身を乗り出し、キャシーの眼を見た。「道はふたつにひとつ。協力すれば、横領と麻薬関連の起訴は見送る。弁護士業は自発的に辞めなさい。そうすれば、犯罪歴なしに将来どこかの時点で再申請するチャンスはある。いつになるかは見きわめる必要があるだろうが、われわれに協力すれば、あなたの過去が問題にされることはない。事務所のパートナーたちも、横領した金を返せば外部にはもらさないと同意している。あなたは若い、キャシー。それにとても聡明だ。協力して無事にここから出て、将来にチャンスをつなげたほうがいい。

起訴されてあくまで闘うつもりなら、弁護士会にかならず報告されるから、弁護士資格を永久に剝奪《はくだつ》される可能性はかなり高い。服役することにもなるだろうね。釈放されるころには、あなたを待っているものなど何もない。

あなたが逮捕されたのを知っているのは、現時点で私とルウェリン刑事とあなたの事務所のパートナーだけだ。名声はまだ傷ついていない。それを保つこともできるし、人生を棒に振ることもできる。選ぶのはあなただ」

「な……何をすれば？」

「それについてはルウェリン刑事と話し合った。一回かぎりの取引だ。キルブライドからコカインを一キロ買ってもらいたい。隠しマイクをつけて……」

キャシーは嘔吐《おうと》しそうな表情になった。頭を前後に激しく振った。

「だめ、だめ！　そんなことできない。あなたはわかってない」

ジャックはさらに顔を近づけた。「どういうことだ、キャシー？」

キャシーは焦点の合わなくなった眼で床を見つめていた。そこにないものを見ているのだとジャックは思った。

「あ……あいつはわたしを貶《おとし》める。わたしは……あいつにとって動物同然。あの男……」

キャシーはそこでことばを切って喉《のど》を詰まらせた。

「水を飲む？　だいじょうぶ？」

キャシーは泣きはじめた。ジャックは慰めたかったが、逮捕中に彼女に触れることができないのはわかっていた。この面会は録画されているのだ。

ややあって、彼女はなんとか感情を抑えた。ジャックを見上げた顔には希望のかけらもなかった。

「隠しマイクはだめ」

「相手にわからないようにつける」

彼女はまたうつむき、恥ずかしくてジャックを見られない様子だった。

「あの男の家に行くとかならず……」唇をなめた。「服を全部脱がされる、何もかも……わたしは薬をせがまなきゃならない。そして……あいつはわたしにいろいろなことをする」

キャシーはまた顔を上げて懇願した。「お願い、ジャック。わたしにこんなことさせないで」

ジャックは気分が悪くなった。もはやルウェリンの計画を実行できる自信がなかった。立ち上がって言った。

「水を持ってくる。そのあいだに気持ちを落ち着けて」

ルウェリンは留置房のそばの小部屋で房内の映像を見ていた。ジャックはそこに入って、首を振った。

「この計画は無理だ、オスカー。彼女は震え上がってる」

ルウェリンの無表情な顔は変わらなかった。「そりゃ怖いだろう。懲役が待っていて、弁護士資格も剝奪されようとしてるんだ。誰だって怖いさ」

「震え上がってると言ったんだ。大きなちがいだよ。そうなるのも無理はない。キルブライドがどんなやつか知ってるだろう」

ルウェリンは父親のような笑みをジャックに向けた。「あんたは若い、ジャック。しかも彼女はセクシーだ。あんたを操ったんだよ。わからなくもない。彼女は自分のアソコを使ってあんたの判断を鈍らせている。吹っ切るんだ。彼女はキルブライドと寝て、いまはそれを後悔している。同情するが、キルブライドを攻略するには彼女が必要だ」

「やつが気づいたら？」

「気づかない、ぜったいに。技術担当にも確認したが、相手に気づかれることはない」

「あんな状態で彼女はどうやってうまくやりとげられる？」

ルウェリンは肩をすくめた。「それは彼女の問題だ。こっちに協力してキルブライドを嵌《は》めれば無罪放免になり、協力しなければ服役して弁護士資格も失う。本人もそれはわかってる。強力なモチベーションだ、ジャック。少し考える時間があれば、頭を整理するだろうよ」

「どうかな」

ルウェリンはジャックの肩に手を置いた。「おれがこの手のことをするのは初めてじゃない。われわれはキルブライドを逮捕する。ミス・モランはだいじょうぶだ。信じてくれ」

13

ゲイリー・キルブライドの両親は裕福で、ひとり息子にあらゆる機会を与えて成功させようとした。子供のころの試験結果や成績はゲイリーの聡明さを証明し、両親は、医者か弁護士、もしかしたら金融業界の大物になるかもしれないと期待した。高校時代に彼が暴行罪で逮捕されたときには衝撃を受けたが、同性愛者の生徒をぶちのめしたのは性的に迫られたからだという息子の説明に納得した。高額依頼料の弁護士がうまく示談にしたおかげで、彼の経歴はきれいなままだった。

キルブライドはオレゴン州立大学のフットボールの奨学金を得、ラインバッカーとしてプレーする予定だったが、父親が亡《な》くなるとすぐに大学を中退した。悲しみに暮れた母親には、息子の決断を問いつめる気力がなかった。キルブライドは父の死を乗り越えるために一年休学すると説明したが、じつのところ退学する以外の道はなかったのだ。退学は、彼がほかの選手たちにステロイドを提供しているのを見つけたフットボールのコーチが、大学側と取引した条件のひとつだった。キルブライドは抜け目ないので、交渉の奥の手として父親の死を用いた。ひとり息子に前科をつけて母親の悲しみに追い討ちをかけたい大学職員はいなかった。

キルブライドは二度と大学に戻らなかった。麻薬の販売は儲《もう》かりすぎたし、手間暇もかかったのだ。人に苦痛と屈辱を味わわせたいという欲求も充分満たされ、ポートランド南東部にあるリード大学近くの高級住宅地に、伝統的なチューダー様式の家を買うこともできた。彼の家は同じブロックにあるほかの家と同様、手入れが行き届いている。庭師が芝生を刈り、生垣を整える。敷地内には美しい花々が咲いていた。あまり近所づき合いはないが、キルブライドと話したことのある隣人たちには〝販売業〟だと思われていた。

キルブライドは儲けた金を合法的な事業経由で洗浄していた。顧客とのあいだには仲介者を大勢入れ、自分に警察の手が及ばないようにした。顧客にはリード大学の学生もいたし、もっといかがわしい世界の人間もいた。どの顧客も切実な欲求を抱え、キルブライドは大金を巻き上げてそれに応《こた》えてやった。部下たちが路上販売人を監督した。コカインは彼らの家やアパートメントに保管され、そうした不動産はキルブライドがひそかに所有していた。薬物の保管場所は頻繁に変更されるので、警察も何箇所か踏みこんだことはあるものの、売人や麻薬とキルブライドを結びつけることは一度もできなかった。

キルブライドが六十インチのプラズマテレビでトレイルブレイザーズ対レイカーズの試合を観《み》ていると、キャシー・モランから電話がかかってきた。テレビの音量が上げてあるので呼び出し音は聞こえなかったが、発信者の名前がスクリーンにパッと現れた。彼は消音ボタンを押した。

「おれの大好きな弁護士さんは元気かな？」受話器を取って訊《き》いた。

「あの……お願いがあるの、ゲイリー」

「ほう？」

「ちょっと寄ってもいい？　近くにいるのよ」

キャシーは彼のサディスティックな性癖の申し分のないはけ口だった。謁見《えっけん》を乞《こ》われただけで勃起《ぼっき》した。

「さあな」とじらした。「いまバスケの試合を観てる。ブレイザーズ対レイカーズで、接戦なんだ」

「長居はしないわ。ただ……わかるでしょ」

「仕事の調子はどうだ？　新しい案件がどんどん入って、がっぽり稼いでるか？」

「話したかったのはまさにそのことなの」

「直接会って話したほうがいいな。電話回線を占有されたくないから」

キルブライドは電話の傍受を疑っていたので、つねにあいまいで短い会話しかしなかった。

「わかった、すぐ行く」


キルブライドはキャシー・モランをわがものにしてから、自分の弁護士だとは思っていなかった。いまや性の奴隷《どれい》と見なしている彼女が薬を求めて立ち寄ったときには、かならず辱《はずかし》めて愉しんだ。キャシーが麻薬に依存して資金不足になるにつれ、ふたりの取引の性的な側面は強くなった。彼は原則として現金しか受けつけないが、キャシーを支配することには無上の喜びを感じた。彼女が懇願するのを聞くのがたまらなく好きで、無理やり品位を落とさせた日は気分がよかった。

電話を切って十分後に、呼び鈴が鳴った。コービー・ブライアントがフリースローを二本決めるあいだ彼女を待たせておいてから、ドアを開けた。不安げな笑みを浮かべるキャシーを、キルブライドはじっくり眺めた。細身のジーンズにTシャツという恰好《かっこう》で、ブラジャーはつけていない。最高にセクシーだった。Tシャツを持ち上げる乳首がうっすらと見えた。

彼が脇《わき》にどくと、キャシーはそのまえを通った。ビクビクしているのがわかった。

「きれいだ」キルブライドは言った。

「ありがとう」

「服を脱げばもっとよくなる」

キャシーは青ざめた。「お願い、ゲイリー。ただ話を……」

キルブライドは片手を上げた。「黙れ。やることはわかってるはずだ。したがうか、出ていくか。話をするつもりなら、隠しマイクをつけてないかどうか確認する必要がある。どうしたい？　あんたが決めろ」

キャシーは床を見つめた。キルブライドは、彼女が苦悩しながらTバック以外すべてを脱ぐところを見て愉しんだ。

「全部脱ぐんだ、キャシー。調べなきゃならない。近ごろじゃ、どこにマイクを隠してるかわからないからな。最新の技術ときたら」

キャシーは脱ぎながらずっと視線を落としていた。これをするのは初めてではないが、いまだに胃がむかついた。キルブライドは彼女の太腿をなでてから、指を挿入した。キャシーは唇を噛《か》んで、反応しないようにこらえた。キルブライドは調べながら彼女の胸をもんだ。やがて手を放すと、部屋の隅を指差した。

「試合が終わるまであそこで待っとけ。話はそれからだ。壁のほうを向いてろ」

キャシーは言われたとおり、罰を受けた小学生のように隅に立っていた。第四クォーターの残り時間は五分。つまり、実際の試合時間は二十分以上残っていた。キルブライドは試合終了のブザーが鳴るまで彼女を待たせておいた。終わるとテレビを消し、振り向いて呼んだ。

「来い」

キャシーは泣きだしそうだったが、こらえてキルブライドのまえまで行った。

「ひざまずけ」彼は硬材の床の一箇所を指差した。そこに膝をつけば痛いのがわかっているからだ。

キャシーが眼のまえの床にひざまずくと、キルブライドは彼女の体じゅうに視線を走らせた。木が骨に響いて彼女は少しよろめいた。キルブライドは笑みを浮かべた。

「それでキャシー。話というのはなんだ？」

「コークが欲しいんだけど、ちょっと手持ちがなくて」

「キャシー、キャシー、前回の借りがまだあるだろ」

「わかってる。でも本当に……ないと困る。考えがあるの。きっと気に入るわ」

キルブライドが寛大にうなずくと、キャシーはあわててことばを継いだ。

「少しまえにあなた、言ったでしょう、わたしが少し売れば助けになるって。そのことについて考えてみたの。知り合いの弁護士何人かに心当たりがある。わたしと寝たひとりと、その仲間。ほとんどが遊びで吸う程度の人たちよ。彼らを紹介できると思う。そう、というのも、そのうちのひとりとパーティでいっしょに吸ったとき、誰から買ってるのかと訊かれたから。彼のディーラーは警察に挙げられたらしくて」

キルブライドの顔が曇った。キャシーはそこにこみ上げる怒りを見た。

「あなたの名前は言ってないわ、ゲイリー」殴られないように即座に言った。「そんなこと決してしてしない」

キルブライドの怒りは湧いたのと同じくらい早くおさまった。

「その人、とても困ってて」キャシーは早口で言った。「だから、わたしが用立てられるかもしれないと言っておいた。一キロ前渡ししてくれたら、彼にいくらか売り、残りはほかの弁護士に売って、いまある借金を帳消しにできる」

キルブライドはキャシーの提案について考え、気に入ったようだった。弁護士は金を持っているし、取引をばらすような危険は冒せない。弁護士グループを開拓できたら……。

「その一キロはいついるんだ?」

「いますぐ。今晩とか。切羽詰まってるの、ディーラーが捕まっちゃった人。お金はいくらでも払う気でいるけど、今晩じゃないとだめ。ほかのディーラーの当てがつくかもしれないから。でも、とりあえずすぐに仕入れ先に訊いてみると伝えてある」

「ここに一キロなんてないね」キルブライドは言った。

キャシーは四つん這《ば》いで彼に近づいた。両手をキルブライドの膝に置いてもたれかかった。

「わたしのために用意してくれない、ゲイリー? 助けてくれたらなんでもする」

キルブライドの血が股間《こかん》に流れこんだ。彼はキャシーの髪をなでた。

「お願い、ゲイリー。電話して。届くまであなたを愉しませるから」

キルブライドは躊躇《ちゅうちょ》した。自宅で取引をするのはどうしても避けたかったが……追跡できない電話を手に取った。

「リチャード、おれのシャツが汚れた。新しいのがいますぐいる」

キャシーは彼のジッパーをおろした。

「おれの家だ、いますぐ」キルブライドは腰を持ち上げながら言った。キャシーは彼のズボンと下着を足首までずりおろし、唇を股間に近づけた。胸がむかむかした。動物以下になった気がしたが、たったひとつのことが彼女を支えていた。

キルブライドが最新技術について言ったことは正しかった。超小型送信機がキャシーのジーンズの裏地に縫いこまれ、彼女とキルブライドの会話をすべて拾って、一ブロック先に駐《と》まっているワゴン車に送信していた。

「警察だ。開けろ！」オスカー・ルウェリンが叫んだすぐあとで、特殊部隊《SWAT》がゲイリー・キルブライド宅の玄関ドアをぶち壊した。

キルブライドはソファから飛び上がった。パニックで眼を見開いていた。ビニールに包まれた一キロのコカインが、彼とキャシーのあいだのコーヒーテーブルにのっていた。

「手を上げろ！　手を上げろ！」ルウェリンが怒鳴った。キルブライドは自分に向けられた銃を見て、両手を頭上に持っていった。キャシーも同じようにした。幸いキルブライドは彼女に服を着せていたが、キャシーはまだ恥ずかしくてしかたないという顔だった。

「これは何かな？」ルウェリンは警官のひとりに手を振ってコカインを押収させた。

キルブライドは答えなかった。

キルブライドとキャシーが手錠をかけられているあいだ、ルウェリンは彼らの権利を唱えた。そこでジャックがキルブライドに近寄った。

「これは家宅捜索令状だ、ミスター・キルブライド。捜索のあいだ、あなたは署に移送される」

キルブライドはジャックを睨《にら》みつけたあと、キャシーのほうを向いた。

「おまえの仕業だな、このクソあま」

キャシーは恐怖のあまり、答えることも彼の眼を見ることもできなかった。キルブライドはこめかみの血管をぴくぴくさせていた。

「このことは忘れないからな。ぜったいに」

キルブライドが連れ出されるや、キャシーはがっくりと膝をついた。「吐きそう」

ジャックは彼女の肘《ひじ》をつかんでソファまで連れていき、そっと坐らせた。

「だいじょうぶだ。われわれが守る」ジャックは請け合った。

キャシーはひどく怯《おび》えていた。「あなたはわたしほどあの男のことを知らない」すすり泣いていた。「あれは悪魔よ。血も涙もない」

ジャックはキャシーの肩に手を置いた。「ゲイリー・キルブライドはこの先長く服役する。今回のことはすべて忘れて、人生をやり直すんだ。あなたは強くて賢い。かならず立ち直れる」

キャシーはジャックの眼の奥をのぞきこみ、安心させてくれるものを探した。希望を。ようやく大きく息を吸うと、胸を張った。

「ありがとう、ジャック。わたしを信じてくれて」

「本当に信じている。あなたはたくましい。かならずこれを乗り越える」


オスカー・ルウェリンがキャシーを警察に連れていき、ジャックは車で帰宅した。殺風景なアパートメントに戻っても、なかなか眠れなかった。キャシーは本当にだいじょうぶだろうか。ゲイリー・キルブライドを捕まえるために彼女を犠牲にしたのではないか？　今回、キルブライドが罰を免れることはないだろう。隠しマイクや捜索の合法性については、念には念を入れて確認した。キルブライドが逃げ出せる法の抜け穴はないとジャックは確信していた。キルブライドは服役する。とはいえ、いつか釈放される。キャシーの言うとおりだった。キルブライドはふつうの人間ではない。情けを知らず、キャシー・モランのせいで刑務所に入れられたことを忘れないだろうと思うと、ジャックは心配になった。

Part Four

THE *CAHILL* CASE

2005

第四部　ケイヒル事件

二〇〇五年

14

〈シーフェアラー〉はオーシャン・アベニューの南端、商業地区が住宅地区に変わる境から一ブロック手前にあった。木造の外壁は開業以来、太平洋から吹きつける潮水のしぶきと猛烈な冬の雨でかなり傷《いた》んでいるが、いまは夏だ。観光客が町にあふれ、空は晴れわたり、夜七時でも明るかった。

ジャックはスカイブルーの半袖《はんそで》シャツに着替え、裾《すそ》をタン色のチノパンツの外に出していた。薄暗い店内に足を踏み入れると、大きな笑い声や地元のバンドの音楽、会話のざわめきが混じり合った喧噪《けんそう》に迎えられた。細身のジーンズに黒いTシャツ姿の案内係の女性が笑顔を振りまき、来店者の数を尋ねた。キャシー・モランと約束しているると告げると、彼女は店の奥の壁近くにあるボックス席を示した。

低い天井に航海用ランプが吊《つ》るされ、丸木造りの壁には航海をテーマにしたものが飾られていた。ジャックは、所狭しと置かれたテーブルとテーブルのあいだの狭い隙《すき》間《ま》を抜け、ビールの染《し》みがついたおが屑《くず》だらけの硬材の床を歩いて少しずつボックス席まで進んだ。キャシーは彼を見て微笑《ほほえ》んだ。センタープレスの入ったジーンズをはき、ブルーのワークシャツの袖をまくり上げ、日焼けした前腕を見せている。元気を回復したようだった。彼女の髪はバーのほのかな明かりのなかでも輝き、顔は洗いたてのようにピカピカだった。

「チャウダーの味は保証するんだね？」ボックス席の彼女の向かいに坐《すわ》りながら、ジャックは言った。

「パリセイズ・ハイツ一よ。フィッシュ・アンド・チップスもいける」

ウェイトレスがやってきた。ジャックはキャシーが薦めた料理とビールのピッチャーを注文した。

「調子はどう？　今晩ということじゃなく、人生のという意味だけど」ジャックは訊《き》いた。

「いまはなんとかやってるけど、最初はつらかった。リハビリは地獄。何度逃げたいと思ったことか。でもそこで、失ったものを思い出したの」

キャシーは身震いした。「わたしがどこまで堕《お》ちたか、想像もつかないでしょうね。キルブライドがわたしに何をさせたか。それを思い出すことで、リハビリを最後までやり抜く気力が湧《わ》いた」

「逆戻りはしなかった？」

「一度あったわ。ここに越してからすぐのころ。でも、グレイディ……」キャシーは、汗ばんだスキンヘッドとポパイのような前腕を持ったたくましいバーテンダーに顎《あご》をしゃくった。「彼がわたしを後押ししてくれた。それからはまったく手を出してない」

「写真の話を聞かせてくれないか」ジャックは愉《たの》しい話題に変えるために言った。

キャシーの顔が輝いた。「写真を撮るのは大好きよ、ジャック。昔から撮ってたの、ティーンエイジャーのときに趣味で始めて。ある意味、弁護士資格を失ってよかった。法律に夢中になったことはなかったけど、フィルム上に絵を描くのは本当に好き。巨大な岩が並ぶあの海岸、夕焼け、嵐《あらし》……」

キャシーは顔を赤らめた。「ごめんなさい、つい……」

「謝ることないよ。そんなに情熱を傾けられるものがあるのはすばらしいと思う。私にもそういうものがあればいいんだが」

キャシーは真顔になった。「燃え尽きかけてる人みたいな言い方ね」

「いや、そういうわけじゃない。大きな事件のときにはいまでもやる気になる。だけど、とくに重要なのは勝つことなんだ。それ以外が好きかどうかはわからない」

「そうね。たしかにあなたは勝つためにはなんでもするという評判だった」

「え？」

キャシーは首を傾《かし》げて考えこんだ。

「こんなこと言っていいかどうかわからないけど」

「話してくれ。私は大人だ。聞くよ。キルブライドの一件のことだろう？」

彼女はうなずいた。「あなたは何があっても勝ちたがるという評判がある一方で、遊びまわっているという噂《うわさ》もあった。だから嵌《は》めたの。わざと挑発的な服を着て、あなたの気を散らした」

「最初から主張の不備がわかってたのか？」

「起訴状を読んですぐにね」

ジャックは頭をのけぞらせて笑った。「私はとんだ間抜けだな」

「そんなに自分を責めることないわ」

ジャックは悲しげに笑った。「完敗して当然だったわけだ」

「そんなふうに受け止めてくれてよかった。恨んでるんじゃないかと心配してたの」

「いや、むしろ感謝してる。いい教訓になった。あれ以来、不意打ちは食らってないからね」

ウェイトレスが食事を運んできた。ふたりはしばらく黙々と食べた。やがてキャシーが言った。「ねえ、あなたがどうしていたのか教えて。郡地区検事局を辞めてから……」

「ああ。キルブライド裁判で私の評価は数段下がった。あなたの協力でやつを刑務所送りにして少し持ち直したけど、先行きは暗かった。だから、司法省にいまの職の空きができたとき、移ろうと思った」

「新しい仕事は気に入ってる？」

「出張は多い。でも、たいていの事件はやりがいがある」

「いまも独身なの？」

ジャックはニヤリとした「なかなかストレートな誘い文句だな」

今度はキャシーが笑う番だった。「口説いているわけじゃないの。かの有名なプレーボーイぶりがまだ健在か知りたかっただけ」

ジャックは笑うのをやめた。「いまは誰ともつき合ってない。めったに家にいないから、それでいいんだ。あなたは？」

キャシーは首を振った。「リハビリ施設を出てからは本当に禁欲的にすごしてる」

ジャックは店内を見まわした。「考えてみれば、ここはリハビリ施設にいた人が働くにはおかしな場所だ」

キャシーは肩をすくめた。「働き口はここしかなかったから。それに、昔からアルコール依存症になったことはないのよ。コカインに依存するなんて愚かとしか言いようがない。うぬぼれてたの。やるかやらないかをコントロールできるという自信があった。そのうち手遅れになり、依存症になった」

キャシーは悔しげに首を振った。「一度依存症になるとたいへんよ。でも、一回の逆戻りを除けば自制できてる。グレイディも鷹《たか》みたいにわたしを監視してるし。守護天使か母鶏《ははどり》がいつもそばにいるようなものよ」

ジャックが何か言いかけたとき、店の入口にいる人物が目にとまった。男が半分影になって立っていたが、見えた半分はゲイリー・キルブライドによく似ていた。キャシーもジャックの視線を追って同じところを見たが、男はもういなかった。彼女は眼でジャックに問いかけた。ジャックは彼女を心配させたくなかった。

「知り合いかと思ったけど、ちがった。すると依存症は克服したわけだ。すばらしい」

「依存症は決して克服できないの。そのことはリハビリで学んだ。屈しない方法を学んだだけ」

「弁護士資格の再申請は考えた？」

「まだそんな気分じゃないわ。それに正直言って、また許可されることが確実だったとしても、弁護士に戻りたいかどうかわからない」

微笑むキャシーの表情は澄んでいた。「ここは居心地がいいの。みんな知り合いで、みんながわたしのことを気にかけてくれる。写真撮影も大好きだし。もう大金は稼げないけど、心穏やかに暮らしてる。お金には代えられないわ」

「うらやましいよ」ジャックは言った。心底そう思った。自分が本当に満ち足りた気分になったときを思い出せなかった。

キャシーは首を傾けてにっこりした。「あなたも海辺に引っ越して、趣味を始めて、心の平穏を手に入れたら？」

ジャックは笑った。腕時計を見た。

「こんなふうにすごせてよかった。でも、歩くとふらつきそうだ」

財布を出そうとしたが、キャシーが首を振った。「ここはわたしが、ジャック。わたしも愉しかったから」

ふたりは別れの挨拶《あいさつ》をし、ジャックは店を出た。チャウダーは彼女の宣伝どおり美味《おい》しかったし、飲み干したビールでほろ酔いになった。心地よい夜だった。車に向かいながら、キャシーはずいぶん変わったと思った。幸せそうだし、写真撮影にも打ちこんでいる。恨んでいないと彼女に言ったのは本心だった。たとえ恨みを抱いていたとしても、こうしてふたりで話したいま、それは消えていただろう。

　車に乗りこんだときにはまだいい気分だったが、道に出てバックミラーを確認したとき、気分は一変した。すぐ先の建物の玄関前に男が立っていた。そこから〈シーフェアラー〉が見える。顔は隠れているが、さっき店内にいた男にちがいない――ゲイリー・キルブライドに似た男だ。

　ジャックはUターンして〈シーフェアラー〉に引き返した。男がこちらを見た。ジャックはその顔を見ようとしたが、影になっていた。アクセルを踏みこむと、男はパン屋と水着の店のあいだの路地に駆けこんだ。ジャックは車を路肩に停め、助手席から身を乗り出した。男がパン屋の裏に消えていくのがかろうじて見えた。

　ジャックは頭を座席の背に預け、次の手を考えた。しばらくして携帯電話を取り出し、オスカー・ルウェリンに連絡した。オスカーはポートランド警察を退職していた。そのまま引退することも考えたが、ゴルフや釣りをしたり、ひとりで酒を飲んだりして半年すごしたあと、司法省の調査員に空きができたのを知り、ジャックに電話をかけてきたのだった。

「ジャックだ」

「どうした?」オスカーが尋ねた。

「いま新しい殺人事件の仕事でパリセイズ・ハイツにいる。いくつか頼みたいことがあるんだ」

「どうぞ」

「まず矯正局に電話して、ゲイリー・キルブライドがまだ州刑務所にいるかどうか確かめてほしい」

一瞬、沈黙が流れた。「あの野郎は長い刑期の最中だろう。どう考えても釈放されてないはずだが」

「念のためだ。いいね? わかったらすぐ電話してくれ。とても大事なことなんだ」

「了解。次は?」

ジャックはオスカーに、これまで把握したことをくわしく説明した。それがすむと、フランク・ジャノウィッツがメーガン・ケイヒルと不倫しているかどうか、カリフォルニアの伝手《つて》を介して調べてほしいと頼んだ。

「ほかには?」

「まだある」

15

翌朝、ジャックがテディ・ウィンストンのオフィスに入ると、テディは警察の制服を着た男としていた話を中断した。男のタン色の制服は、ジャックが部屋に入る直前に洗濯してアイロンをかけたかのようだった。

「ジャック、こちらはジョージ・メレンデス、わが町の警察署長です」ウィンストンが言った。「ジョージは会議でポートランドに行っていたので、いままで紹介できなかった」

メレンデスは身長百八十センチを超え、頭は丸刈り、過酷なウェイトトレーニングで鍛えているような体つきだった。元軍人だろうとジャックは思ったが、のちに勲章を授けられた海兵隊員だったとわかった。握手をしたとき、メレンデスはいっさい力を加えなかった。ジャックはそれを自信の表れだと思った。

「テディから聞いた。何か問題があるかもしれないということだね」警察署長が言った。

「まずまちがいなく。今朝会いたかったのはそのためです。昨晩、キャシー・モランと食事をしました」

ウィンストンが眉《まゆ》をひそめたので、ジャックは片手を上げた。「別に事件の話をしたわけじゃない。五年ぶりに会ったので、知り合いふたりで近況を報告し合っただけだ」

ジャックはメレンデスのほうを向いた。「レイモンド・ケイヒルの殺害事件について、どのくらいテッドから聞かれました?」

「彼がちょうど状況説明を始めたところへ、あなたが入ってきた」警察署長は言った。

「キャシー・モランはご存じですか?」

「ああ。〈シーフェアラー〉のバーテンダーだ」

「彼女が写真家であることも?」

メレンデスはうなずいた。「彼女の写真はエレン・デヴェローの画廊で見たことがある」

「レイモンド・ケイヒルが殺された夜、キャシーはバーのシフトを一時半ごろ終えて浜辺に行き、申し出のあった展覧会のために写真を撮っていました。そのとき、ケイヒル家の下の海岸で銃を持って立っているメーガン・ケイヒルを見つけた。キャシーはメーガンをケイヒル家に連れていき、遺体を発見しました」

ジャックは机の向こうの地区検事を見た。「キャシーとの話に同席してほしくなったのにはわけがあって、以前ポートランドで彼女と会ったときに起きた事件が話題になることがわかっていたからだ。なぜいまそれを話すのか、すぐにわかると思うけれど、この会話は内密にすると約束してもらいたい。キャシーの評判を傷つけかねないから」

「うかがおう」メレンデスが言った。

ジャックがウィンストンを見ると、彼もうなずいた。

「キャシーはポートランドで数年間、弁護士をしていました。私たちが出会ったのは、彼女がある殺人事件でゲイリー・キルブライドという麻薬の売人の弁護をしたときでした。彼女は勝訴したものの、キルブライドにコカイン依存症にされた。みるみるうちに転落し、事務所の金を横領して麻薬の支払いにあてていた。彼女の共同経営者が私のところに相談に来て、私たちはキャシーと司法取引をした。キルブライドの逮捕に協力し、弁護士を辞めれば起訴はしないという内容でした。彼女は取引で決めた役割を果たし、キルブライドは禁固刑になり、彼女はリハビリ施設に入りました。彼女の人生はいままた軌道に乗ったように見える。それを狂わせるようなことはしたくありません」

「その何が問題だね、ミスター・ブース？」メレンデスが訊いた。

「ゲイリー・キルブライドは凶暴な異常者です。彼の殺人事件裁判の重要証人は、彼が放免されるとすぐに拷問《ごうもん》され、殺されました。キルブライドとその殺人を関連づける証拠はありませんが、彼の仕業でなかったら驚きです。昨晩、キャシーと食事をしていたときに〈シーフェアラー〉でキルブライドを見かけた気がするんです。私が店を出たとき、その男が店の正面をじっと見ていたようだった。車で引き返しましたが、私が見た男は走り去った。今朝、キルブライドが早期に仮釈放されたことを知りました。どうしてそんなことができたのかわかりませんが、彼は非常に頭がいいうえに、一流の弁護士を雇う金もある」

「ミス・モランに危険が迫っているということかな？」メレンデスが訊いた。

「キルブライドは逮捕されたとき、復讐《ふくしゅう》してやるとキャシーを脅した。キルブライドが彼女への復讐と関係なくここにいる理由は思いつきません。それに私は、問題の殺人と麻薬がらみの事件の検察官でしたから、私も狙《ねら》われているかもしれない」

「われわれに何を？」ウィンストンが訊いた。

「キャシーを守ってもらいたいんです」

「あなたが見た男がキルブライドだという確信は?」メレンデスが尋ねた。

「ありません。その男は薄暗い店の反対側にいて、半分影になっていたので、彼だと断言はできません。車から見たときも一ブロック以上離れていたし。ですが、キルブライドが仮釈放され、よく似た人物がパリセイズ・ハイツにいるというのは、偶然にしてはできすぎでしょう」

メレンデスはしばらく考えていたが、決断した。

「ミス・モランの世話ができるほど充分な数の警官はいないが、キルブライドが出所していて、あなたが昨晩、彼を見た気がするということを、ミス・モランには伝えるべきだろうね。巡査に夜間、彼女の家のあたりを見まわらせることはできる。警察のほうでキルブライドを捜すあいだ、彼女を家まで送る人員をつけよう。もし彼が見つかったら、話をする。私にできるのはそこまでだ」

16

パリセイズ・ハイツの海辺の物件は見た目も壮麗で、途方もなく高価だ。太平洋から離れるほど家は小さくなり、価格も下がる。キャシーがグレイディ・コックスから借りているのは、だいぶガタのきた白い縁取りのある青いバンガローで、オーシャン・アベニューから六ブロック東にあり、感心する人はまずいなかった。

キャシーが玄関のドアを開けるまで、数分間激しくノックしなければならなかった。彼女は裸足《はだし》にしわくちゃのTシャツと短パンという恰好《かっこう》だった。眼はとろんとし、髪には寝ぐせがついていたが、メレンデス署長と心配そうな顔つきのジャック・ブースを見るなり、しゃきっとした。

「起こしてすまない、キャシー」ジャックは言った。「だが、問題が起きた」

キャシーはふたりの男の顔を交互に見た。

「どういうこと？」

「なかに入れてもらえますか？」メレンデス署長が言った。

キャシーはためらったが、脇《わき》にどいた。ジャックはリビングルームに入って、あまりの散らかりように驚いた。汚いソファの上には新聞や本が散乱し、そのまえのコーヒーテーブルには汚れた皿やコップがいくつものっていた。キャシーはジャックの視線に気づいた。

「散らかっててごめんなさい」

「気にしなくていい。私の部屋も《ハウス・ビューティフル》に載ることはぜったいないから」ジャックは言った。

キャシーはソファに積み重なった書物や雑誌を片づけた。男ふたりはそこに坐り、彼女はロッキングチェアに腰をおろして、両手を膝《ひざ》の上で組んだ。不安そうな表情だった。

「何があったんです？」彼女は尋ねた。

「いっしょに食事をしていたとき、私が知り合いを見たと言ったのを憶《おぼ》えているかな？」

「ええ」

「あのときは心配させたくなかったんだが、〈シーフェアラー〉の店内でゲイリー・

キルブライドを見たような気がした。店を出てからも、その男が店の入口をじっと見ていたと思う」

キャシーは眼を見開いた。

「調査員に刑務所に電話してもらったところ」ジャックは続けた。「キルブライドは早期の仮釈放で出所していた」

「どうしてそんなことが？」

「わからない。調べているところだ。だが、解決するまでメレンデス署長が人をつけて、あなたを家まで送り届けてくれる。この近所もパトカーで巡回してくれるそうだ」

「キルブライドを見つけ出して、何を考えているのか直接訊いてみるつもりだ」署長は彼女に請け合った。「あなたに危害は加えさせない」

「くれぐれも気をつけてください」キャシーは見るからに怖《おそ》れて言った。「ゲイリーはふつうじゃない。人を傷つけるのが快感なんです。自分はとりわけ頭がいいから誰でも出し抜けると思っている」

「私もそういう類《たぐ》いの人間は相手にしたことがあるよ、ミス・モラン」

キャシーは身を乗り出して肩をすぼめた。膝の上で組んだ手に力がこもり、血がかよわなくなって指の関節が白くなった。彼女はメレンデスの眼をじっと見た。

「ゲイリーを見くびらないと約束してください。彼は特別です。警察など怖れていない。気さくに見えるし、説得できたと思わせるでしょう。でも、彼は人を操るんです。真正面から嘘《うそ》をつける人間で、こっちはそれを見破れない」

「あなたがいま説明したような人間を、私は正確に理解している。彼らの扱い方は心得ているから、ご心配なく。長いこと海兵隊にいて、そのうち何年かは憲兵だった。たいていのことは経験している」

ジャックは、キャシーが何か別なことを言おうとしてやめたと感じた。

ジャックがポケットから取り出したものを、キャシーは黙って見つめ、本気で怯《おび》えて見えた。ジャックの手には三八口径ポリス・スペシャルが握られていた。

「これは私の銃だ。使い方はわかる？」

「な……何度か射撃をしたことは」キャシーは唇をなめた。「ええ」

「署長が許可証を発行してくれるから、あなたに貸そう。あくまで安全対策だ。とはいえ、あなたが銃を持っているとわかっていれば、署長も私も少し安心できるから」

「嘘でしょ」キャシーはささやいた。

「いいかい、たしかにこれは私の過剰反応かもしれない。でもわれわれは、あなたの身の安全を守りたいんだ。警察にはボディーガードを出すほど人的余裕がない。銃を持っていてくれるかな?」

キャシーはためらい、銃を見つめた。ようやくうなずいて手を差し出した。ジャックはそこに三八口径をのせた。

メレンデスは彼女に名刺を渡した。「私の自宅と携帯の番号です。何かあったら、昼夜を問わずいつでも電話してください」

「ふたりともありがとう」キャシーは彼らを玄関まで送った。「おふたりが想像できないくらい感謝しています」

「あなたの安全を確保したいだけだ」ジャックは言った。

ジャックは警察署長と家を出た。自分の車まで行くと、振り返った。キャシーはまだ玄関口に立っていた。彼女はジャックに微笑み、彼も微笑み返した。

17

ジャック・ブースの電話から半日とたたないうちに、オスカー・ルウェリンはパーネル・クラウズのカリフォルニアの離婚弁護士を突き止め、会う約束を取りつけていた。飛行機が早く到着したので、サンフランシスコの金融街の歩道にタクシーからおり立ったときには、三十分の余裕があった。ガラスとスチールでできたそのビルで、ルシアス・ジャクソンは弁護士をしていた。

秘書に広々とした角部屋のオフィスに案内された瞬間、そこにいるのがジャクソン本人だとわかった。オフィスの壁にかかった写真と装飾品のうち、弁護士になるまえの人生をうかがわせるものはわずかしかないものの、人物をひと目見れば、ロースクールの学費をどうやって稼いだかは疑問の余地なくわかった。

そのアフリカ系アメリカ人の弁護士は四十代だったが、サンフランシスコ・フォーティナイナーズの選手として七年間、敵のディフェンスに大打撃を与えてきた身長百八十センチ、体重百キロの砲弾そのままだった。丸いずんぐりした頭に、獰猛《どうもう》なディフェンシブバックや巨大なラインマンに一度ならずつぶされた鼻。厚みのある肩、上腕二頭筋、前腕は、タックルをかけてきた相手から逃れた彼自身のように、スーツの上着の束縛から逃れたがっていた。このプロボウル（アメフトのオールスターゲーム）出場選手は、ラン獲得ヤードのタイトルを二度獲得したあと、プロフットボールの世界から退き、スポーツ記者やファンたちをがっかりさせた。脳震盪《のうしんとう》の影響がまだ出ないうちにロースクールにかようためだった。卒業後、ジャクソンはサンフランシスコの一流法律事務所に入り、ＮＦＬ（ナショナル・フットボール・リーグ）の元選手や現役選手の代理人になって儲《もう》ける仕事を開拓したのだ。

「急なお願いだったのに、ありがとうございます」ルウェリンは言った。

「想像力を働かせすぎてしまいましたよ。秘書からオレゴンの地区検事局の人が殺人捜査の件で話したがっていると聞いて」

「正確には、オレゴン州司法省の地区検事支援プログラムで働いています。オレゴン沿岸地区の小さな町の検事の殺人捜査を手伝って」

「私にはどういったことで？」

「パーネル・クラウズの元妻、メーガンの過去を調べているんです。あなたはミスター・クラウズの離婚を担当したから、彼女のこともいろいろ知っているだろうと思いまして」

「なぜメーガン・ケイヒルについて知りたいのですか?」

「レイモンド・ケイヒル殺害事件の重要参考人なので」

「レイモンド・ケイヒルが死んだ?」

「ご存じなかった?」

「ひどい離婚裁判に四六時中かかわっていて、それが昨日の午後遅く決着したばかりです。テレビもラジオもつけなかった。今朝は新聞のスポーツ欄を見るエネルギーしかなくて」

「ミスター・ケイヒルはメーガンと日曜に結婚し、結婚式の夜に撃ち殺されました」

「冗談を!」

「残念ながら、冗談ではない」

「そしてメーガンが被疑者ですか」ジャクソンは言った。

「驚いていないようですね」

「元ミセス・クラウズは、あまりいい人ではない。だから、そう、驚いていませんよ」

「彼女について話してもらえることはありますか？」

ジャクソンは椅子《いす》の背にもたれた。「メーガンに会ったことは？」

「ない。しかしインターネットで調べました」

「写真で本当の彼女はわからない。彼女は十代男子のセックスシンボルで、しかも非常に高いＩＱの持ち主です。金目当てで結婚する女性にとっては最高の組み合わせだ。蛭《ひる》は知ってますね、ミスター・ルウェリン？　生物に付着し、その血をたっぷり吸い取る寄生生物です。この特徴はメーガンにも当てはまる」

オスカーは笑った。「あなたが実際に感じたことを話してください」

「メーガンを知れば、軽蔑《けいべつ》したくなる。いいですか、パーネル・クラウズは頭の悪い田舎者です。彼とメーガンはテキサス州の同じ片田舎で育ち、ふたりとも非常に貧しかった。パーネルは会ったその日から彼女に恋をした。一方、メーガンは高校では無関心を装《よそお》っていたのに、彼が学業要件を満たせばディビジョン1の強豪校に学費免除で進学できるとわかると、急に態度を変えた。彼に勉強を教え、レポートもかなり代筆した。大学進学適正試験《SAT》のための指導もして、パーネルはぎりぎりテキサス州立大学に入れる点数を取った。入学が許可されたとたんに彼女はパーネルを追いかけ、プロ入りが決まるまで自在に操ったのです。

鈍いパーネルもさすがに、メーガンが興味を持っているのは彼がプロフットボールで稼ぐ何百万ドルもの金だけだということにようやく気づいた。そこで彼女と別れようとしたけれど、先ほど言ったように、メーガンは天才的にIQが高く、トラブルの処理には長《た》けている。パーネルに妊娠したと告げた。彼が結婚をためらうと、世間に公表してスキャンダルになればドラフトに影響が出ると脅した。ふたりは、オークランド・レイダースがパーネルをドラフトするまえの週にラスベガスで結婚しました。メーガンは結婚後すぐに流産したと言った。彼がトレーニングキャンプにいるときに流産したことになっているが、個人的には、妊娠自体が嘘だったと思います。

パーネルは先発出場することはなく、おもにショートヤードの場面で起用された。決して巧みなボールキャリアではなく、つねに無鉄砲で力ずくのプレーをしていた。何度か負傷し、前十字靱帯《じんたい》損傷一回、脳震盪を数回起こしている。たびたび激しい頭痛に襲われ、鎮痛剤依存症になった。数年前に戦力外になったあと、どこのチームからも声がかからなかった。そこでメーガンは離婚を申請し、パーネルが稼いだ金のほとんどを持ち去ったのです」

「彼を守ることはできなかった？」オスカーは訊いた。

ジャクソンは悲しげな顔で首を振った。「私のところに相談に来たときにはもう手遅れでした。メーガンが最初から金の管理をしていて、入金をそのまま自分の口座に移していたので。パーネルのもとを去ったメーガンは彼から男の自尊心と金を奪い、借金と依存症を残した」

「パーネルはどうなりました？」

「私が世話してリハビリ施設に入りました。退院後、一、二度電話がありましたが、もう一年以上連絡がありませんね」

「彼に連絡をとる手立てはありますか？」

「最後にもらった住所を教えましょう。まだそこにいるかどうかわからないが」

「お時間をありがとうございました」オスカーは言い、帰ろうと立ち上がった。

「多少なりともお役に立てたのならいいんですが」

「大いに参考になりました」

「パーネルが見つかったら、私からもよろしく伝えてください」ジャクソンは言った。

18

ゲイリー・キルブライドには不安も苛立《いらだ》ちもなかった。警察署長のジョージ・メレンデスはその様子に興味をそそられた。食べ物も水も与えず、キルブライドを取調室に四十五分間閉じこめ、マジックミラー越しに観察していた。エアコンを切った窓のない狭い部屋は我慢できないほど暑いはずだが、キルブライドは額を流れ落ちる汗をぬぐうこともなく、不快感もいっさいあらわにしなかった。

五年間服役したあと釈放され、自由を味わっていたばかりのところに小さな町の警官がやってきて、なんら理由の説明もなく署に連行されたら、自分ならどういう気持ちになるだろうとメレンデスは想像した。にやけた顔でおとなしく坐ってなどいられないのは確かだ。

メレンデスが取調室のドアを開けると、キルブライドは坐り心地の悪い木製の椅子で前屈《まえかが》みになり、ひとつだけある机の上で手を組んでいた。赤と黄色の蘭《らん》の柄のシーブルーのアロハシャツを、ジーンズの外に出して着ていた。

「おはよう」向かいの椅子に坐りながら、署長は言った。

「おはよう、保安官」

「正確には警察署長だ」

「すまない、署長」キルブライドは姿勢を正し、愛想のいい笑みを浮かべた。

「ここにいる理由は察しがついているか？」

「正直、まったくわからない。説明してもらえるかな」

「なぜパリセイズ・ハイツに来た、ゲイリー？」

キルブライドは困った顔をした。「おれは数週間前にオレゴン州刑務所から仮釈放されたばかりだ。知ってるだろ？」

メレンデスはうなずいた。

「五年間、狭い独房に閉じこめられて、あまり外に出ることもなかった。だから、海を見て新鮮な空気を吸いにパリセイズ・ハイツに来たんだ」

「昨晩〈シーフェアラー〉にいたのはなぜだ？」

「食事の美味《うま》い最高のバーだって聞いたから」

「で、キャシー・モランがあそこで働いているのは知らなかった？」

「おれがここにいる理由はそれか？」キルブライドは訊いた。

「ミス・モランがパリセイズ・ハイツに住んで、〈シーフェアラー〉でバーテンダーをしているのは知ってたな、ゲイリー？」

「マジで知らなかった」

「つまり、きみがパリセイズ・ハイツや〈シーフェアラー〉に現れたのは不思議な偶然だ。そう信じろと言うのか？」

「まさにそのとおり。キャシーとジャック・ブースがバーにいたのには本当に驚いたよ。だからあわてて退散した。彼らがおれを見たら怒るのはわかってたから」

メレンデスは笑みを浮かべた。「私を馬鹿《ばか》だと思ってるんだろう、ゲイリー」

「まさか。一市民のことを思いやる誠実な警官だと思ってるよ」

「ミスター・ブースは帰り際《ぎわ》に、外からバーを見張っているきみを目撃したと言っている。どうしてそんなことをした？」

「そんなことはしてない。ミスター・ブースの勘ちがいだ。おれはふたりを見るなり店を出て、モーテルに帰った」

「ということは、夕食は抜いたのか？」

キルブライドの表情が一瞬揺らいだが、すぐに平然とした顔に戻った。

「気が動転してたから、頭を整理しようと思って部屋に戻った。あとでファストフード店に行ってハンバーガーをテイクアウトしたよ」

「レシートはあるか？」

「あいにく、ないね。必要だと思わなかったから、食い終わったときに袋といっしょに捨てた。

なあ署長、はっきり言ってキャシーのことは根に持ってない。逮捕されたときには恨んだよ。それは否定しない。けど刑務所で考える時間がたっぷりあったから、怒りは忘れてもっといい人間になろうと決めたんだ」

「きみの殺人裁判の重要証人は、拷問されて殺された。私が心配するのも当然だと思わないか？」

「おいおい、その件はおれとはなんの関係もない。バーニーとは仲がよかったから、その話を聞いたときにはつらかった」

キルブライドは机の上を見つめ、しばらく考えこんでいるように見えた。顔を上げたときには、ひどく気遣わしげな表情だった。

「こういうことを話すべきかどうかわからない、メレンデス署長。キャシーの評判を落としたくないから。でもな、おれとやりとりしてたころの彼女はジャンキーだった。

あれはおれにも責任があるから気が咎《とが》める。地区検事局と司法取引をしたとき、キャシーはクスリでぼうっとしてた。そういうときには、まともに頭が働かないものさ。だから最初の怒りがおさまると、あの件で彼女を責めるのはお門ちがいだと気づいたんだ」

「ずいぶん寛大だな、ゲイリー。誰もが自分を刑務所に送った人間を赦《ゆる》せるわけではない」

キルブライドは肩をすくめた。「言ったろ、刑務所に閉じこめられてるときに、考える時間は充分あった」

メレンデスはうなずいた。「きみは狡猾《こうかつ》な嘘つきで、人を操るのが本当にうまいと複数の人から聞いた。だが、私は人を信用する性質《たち》だ。疑わしい点は好意的に考えて、変わったというきみのことばを信じよう」

「ありがとう」

「ただ、ひとつだけ言っておく。私はきみほど大人ではないから、赦さないし忘れない。ミス・モランに——それを言えば、私の町の誰にしろ——危害を加えようと少しでも思っているなら、この沿岸部には犯罪者がいなくなって二度と消息を聞かなくなるような場所がたくさんあることを忘れないように」

キルブライドは眉を持ち上げた。首を傾《かし》げ、メレンデスをじっと見て、笑みを浮かべた。

「それは脅しじゃないよな、メレンデス署長?」

メレンデスは笑みを返した。「ああ。そんなことはしない。法に反するから」

署長は立ち上がった。「行っていい。よい一日を」

19

ルシアス・ジャクソンがオスカー・ルウェリンに教えたパーネル・クラウズの住所は、オークランドのギャングがはびこる地区で、ましな時期は一度もなかったように思えた。目的地の二階建てのアパートメント・ハウスは自動車修理工場の隣にあり、マフィアの建設会社が標準以下の資材で建てたかのようだった。二階の通路はひび割れたコンクリートの床で、錆《さ》びた低い手すりには怖くて寄りかかれないとオスカーは思った。

クラウズのアパートメントには呼び鈴がなかったので、ノックした。返事はなく、なかからは何も聞こえなかった。もう一度、今度はもっと強くノックした。

「やつならいないよ」

オスカーが振り向くと、通路の端に男がひとりいた。ペーパーバックの本を手にローンチェアに坐《すわ》り、上はランニングシャツ、下は染《し》みのついたブルージーンズという恰好だった。

「フットボール選手を探してんだろ？」

「パーネル・クラウズを」オスカーが答えた。

「もう一週間以上、姿を見ないね」

オスカーは通路を進んだ。近づいてみると、男の胸はくぼみ、腕は細くて筋肉質だった。青白い頬は灰色と黒の無精ひげに覆《おお》われ、体調が悪そうだった。クラウズのアパートメントから見たときには六十代のように思えたが、はるかに若かった。

「ミスター・クラウズがいつ戻ってくるかわからないかな？」オスカーは尋ねた。

「さあね。なんで知りたい？」

男が膝にのせた本のタイトルが見えた。ページは黄ばみ、明らかに古書だった。

オスカーは頬をゆるめた。「ジョン・D・マクドナルド？　好きな作家のひとりだ」

男は一瞬、混乱したように見えたが、すぐに本の表紙に目をやった。

「図書館でブックセールがあって、三冊一ドルで買った」

「その作品は読んでないと思う」オスカーは言った。

「けっこうおもしろい。探偵物が好きなんだ。アクションがたくさんあるやつ」

オスカーは身分証を取り出した。「オスカー・ルウェリン、オレゴン州司法省の調査員だ」

　男は身分証をじっくり眺めた。「あんた本物の探偵？」

「そう」

「あんまり本に出てくる探偵みたいじゃないね」男はニヤリとして言った。

「たしかに最近カーチェイスに巻きこまれたことはないし、誰からも殴られてない」

　男の顔から笑みが消えた。「なら、フットボール選手がいなくてよかったな」

「よかったとは？」

「あいつは悪どいろくでなしだ。プレーしてるのを見たことは？」

　オスカーはうなずいた。「オークランド・レイダースの選手だったときに」

「足はあまり速くなかった。サード・アンド・ワンや、ゴールライン間際で数ヤードプレーするのに向いてたけど、ぜんぜんうまくなかった。チームがあいつを雇いつづけたのは、人を怪我《けが》させるのが好きだったからだ。いまでもそうさ。クラウズにまた会いに来るなら、かならず護衛を連れてくるこった。ぜったいでかいやつらをね。女の警官なんか連れてくるなよ。やつは女を痛めつけるのがいちばん快感なんだ」

「どうしてわかる？」

「おれの部屋は隣で、壁は薄い。あいつは何人か女を部屋に連れてきたよ。たぶん、娼婦《しょうふ》を。悲鳴が聞こえた」男は首を振った。「女たちが帰るのを見かけたこともある。具合が悪そうだった」

警察を呼んだかどうか、オスカーはあえて訊《き》かなかった。

「どうしてクラウズと話したい？」男が尋ねた。

「オレゴンで起きた殺人事件の捜査をしている」

男は勢いづいた。「え、殺人事件？　だったら、なおさらこの本みたいだ。クラウズが犯人だと思ってんの？」

「ミスター・クラウズは事件とは関係ないが、重要参考人の過去に関する情報が得られるかもしれないので」

「そいつは誰だい？」

「あいにく捜査中だからくわしく話せない。ただ、ひとつお願いが、ミスター……？」

「ザック・アイヴァース、聖書のザカリアの愛称だ。家族がやたら信心深かったんでね」

オスカーはアイヴァースに名刺を渡した。「ミスター・クラウズが戻ってきたら、電話をくれないかな？」

アイヴァースは心配そうな顔になった。「どうかな」

「誰にも言わないと約束する。匿名《とくめい》の情報提供者ということで」

アイヴァースはにんまりして、「匿名ね」とくり返した。「気に入った」

20

ジョージ・メレンデスは〈シーフェアラー〉でキャシーを見つけた。まだ早い時間だったので、ほとんどのテーブルは空き、バーカウンターに数名の客がいるだけだった。警察署長がキャシーと話しているのをグレイディ・コックスが見て近づいてきた。

「どうしました、ジョージ?」コックスは署長に訊いた。

メレンデスはためらった。

「いいのよ、署長」キャシーは言った。「グレイディは、ポートランドで私が抱えた問題のことはすべて知ってるから。彼がいても気兼ねなく話して」

コックスは困惑の表情を浮かべた。「何か問題でも?」

署長はポケットから顔写真を取り出してカウンターに置いた。

「これはゲイリー・キルブライドだ。最近、オレゴン州刑務所から仮釈放された。彼が服役したのは、キャシーがポートランド警察に力添えして逮捕させたからだ。彼女は事件の重要な証人だった。キルブライドを刑務所送りにした検察官やキャシーから、彼はサディストでこの上なく危険だと聞いている」

メレンデスはキャシーのほうを向いた。「われわれは〈シービュー・モーテル〉でキルブライドを見つけ、署に連行した。彼はあなたが言ったとおり喧嘩腰《けんかごし》ではなく、じつに協力的だった。あなたやミスター・ブースに恨みは抱いていないと言っていた」

「それなら、なぜパリセイズ・ハイツに来たの？」キャシーが訊いた。

「五年間の刑務所生活のあと、海を見て新鮮な空気を吸いたくなったんだそうだ。あなたがここにいるとは思いも寄らなかったとも言っていた。すべてまったくの偶然だと」

「彼の言うことを信じるんですか？」キャシーは尋ねた。

「これっぽっちも信じない」

メレンデスは顔写真をコックスのほうに押しやった。「これは預けておくよ。ミスター・キルブライドが店に来たら、私か署の者にすぐに電話をくれ」

コックスは怒りをあらわにした。「この馬鹿が一歩でも〈シーフェアラー〉に足を踏み入れたら、おれが直々にやっつけてやる」

「だめだ、グレイディ」メレンデスはぴしりと言った。「あんたがタフなのはわかってるが、こいつは喧嘩したくなる相手じゃない。刑務所に電話してみた。彼は正気じゃないとキャシーが言っていたが、刑務所長もそのことばを裏づけた。キルブライドは数発パンチを食らったら引き下がるくせに、そのあと相手の家に火をつけるようなやつだ。所長によると、実際、彼を脅そうとした別の囚人に火をつけたらしい」

「ひどいやつだ！」コックスは罵《ののし》った。「それでも仮釈放に？」

「その暴行を証明する手立てがなかったんだそうだ。被害者は加害者を特定したがらなかった」

キャシーはコックスの前腕に手を置いた。「署長の言うとおりよ、グレイディ。わたしを守ってくれる気持ちはありがたいけど、あなたはゲイリーがどれほど病的な人間か知らない。お願いだから馬鹿なまねはしないで」

「わかった。だが、そいつにキャシーを傷つけるようなことはさせない」

「だから、私の携帯番号やほかの連絡番号も教えておく。この店か、この近くでやつを見かけたらすぐ電話をくれ」

「たんに町から追い出すわけにはいかないんですか？」コックスは訊いた。

「どういう理由で？」メレンデスは言った。「まだ違法なことは何もしていないし、誰かを脅したわけでもない」

「つまり、どうしようもないのね？」キャシーが尋ねた。

「うちの署には二十四時間体制で彼を監視するだけの人手がない。毎晩確実にあなたを安全に家に送り届けるのが精一杯だ。近所にパトカーも出す。うまくいけば、キルブライドはこちらの警戒態勢に気づき、あなたには手を出さないだろう」

21

〈アドバンテージ投資〉は、ロデオ・ドライブから数ブロック離れたところに二階建のビルを所有していた。立地から考えると、レイモンド・ケイヒルの事業は順調だったのだろう。オスカー・ルウェリンが抱いたそんな印象は、ケヴィン・マーサーがロビーに入ってきたときにさらに強くなった。マーサーはカントリークラブ通いで日焼けし、体にぴったり合った特別仕立てのスーツを着ていた。オスカーはインターネットで検索して、マーサーが五十七歳であることを知っていたが、きちんとスタイリングされた黒髪に白髪は一本も見当たらず、肌にしわもなかった。

レイモンド・ケイヒルの共同経営者は沈痛な面持ちで調査員のほうに歩いてきた。オスカーは立ち上がり、途中で対面した。

「急な連絡でしたが、会っていただきありがとうございます、ミスター・マーサー」

「ひどい事件だ」マーサーは首を振った。「レイが死んだなんて、いまでも信じられない。私のオフィスで話しましょう」

マーサーのオフィスはスポーツ関連の記念品で飾られていた。戸棚の上には、プラスチックケースに入ったヤンキースの有名選手のサイン入りボールがいくつも積まれ、その隣には一九九四年のサンフランシスコ・フォーティナイナーズのスーパーボウルチーム全選手のサイン入りボールがあった。ジョー・モンタナのサイン入りユニフォームが額装され、壁のガラス容器に入っていた。

オスカーはユニフォームを指差した。「史上最高の選手は彼だと言われても文句はありません」

マーサーは顔をほころばせた。「どうかね。ペイトン・マニングもそうとうなものだが、誰が最高かというのはむずかしい。エルウェイやブレイディもいるし、ジョニー・ユナイタスも忘れちゃいけない」ふとマーサーの笑みが消えた。「だが、フットボールの話をしに来たわけじゃないでしょう」

「ええ、ちがいます。いまレイモンド・ケイヒルの私生活と仕事上の人間関係を洗い出して、この事件が性質《たち》の悪い強盗なのか、もっと邪悪な計画犯罪なのかを探っています」

「どんなことを知りたいのですか？」

「まず私生活からお願いします。彼は以前にも結婚していましたね？」

マーサーはうなずいた。「最初の二回の結婚は悲惨だったが、元妻たちが彼の死を望んでいたとは思えない」

「どうして？」

「死んだら離婚手当がもらえなくなる」

「新しい妻のメーガンはどうですか？」

「三回目の結婚が最初の二回よりうまくいくとは思えなかった」

「というと？」

「パーネル・クラウズとの結婚にまつわる噂《うわさ》だと、メーガンは金目当てで結婚する女性だ。レイが殺されて都合がいいに決まってる。新しいミセス・ケイヒルは一夜にして富豪になるわけだから。彼女は容疑者ですか？」

「現時点では誰もが捜査対象です。あなたの第六感以外に、ミセス・ケイヒルをくわしく調べたほうがいい理由はありますか？」

「いや。じつを言うと、彼女のことはよく知らないんだ。レイはメーガンが離婚するとすぐにつき合いはじめたが、私がメーガンに会ったのはほんの数回だけで」

「ミセス・ケイヒル以外で、誰かミスター・ケイヒルを害する動機の持ち主は思い当たりませんか？　たとえば、あなたが知っている範囲で仕事や私生活上の敵はいませんでした？　強盗が犯行の動機だった可能性もある。犯人はミスター・ケイヒルのコレクションからいくつか盗んでいます。ミスター・ケイヒルは、彼のコインや切手に興味を持つ人物のことで心配していませんでしたか？」

「スポーツの記念品を除いて、私自身はあまりものを集めるほうではないんだ。レイのように切手やコインには興味がないから、あまり彼のコレクションに注意を払ったことはなかった。レイから彼のコレクションに異常な関心を示す人物について聞いたこともないな」

「仕事のほうは？」

マーサーはことばに詰まった。「われわれの投資アドバイスが結果につながらない場合、腹を立てる人間はつねにいますよ」

「披露宴でひと悶着《もんちゃく》あったと聞いています」

マーサーはまたためらった。

「ミスター・ケイヒルの殺害犯を捕まえるには、手がかりになりそうなものはすべて追う必要があるんです。かならず慎重に行動しますので」

マーサーはため息をついた。「パーティに乱入したのはアーマンド・タトルだった」

「それは何者ですか？」

「わが社のクライアントで、〈ヘルシー・ハーツ・アスレチック・クラブ〉と健康食品のフランチャイズで儲けた人物だ。筋金入りのレイダース・ファンで、レイダースの行事でレイと知り合った。レイがチームの少数株主なのは知っていますか？」

オスカーはうなずいた。

「とにかく、アーマンドは投資をわが社に切り替え、われわれは首尾よく運用した。問題はアーマンドがかなり頑固なことで、こちらのアドバイスをなかなか受け入れない。レイは投資先の分散をずっと提案してきた。アーマンドもようやく応じ、しばらくすべて順調だったが、そのうち投資のひとつがうまくいかなくなって、アーマンドがレイを責めた。レイは利益が出ていると主張したけれど、実際には出ていなかった。それが披露宴での口論の内容です。アーマンドは説明を求めた。披露宴で議論はやめようとレイが言うと、アーマンドがカッとなったので、警備員は彼を追い出すしかなかった」

「それだけですか？」オスカーは、マーサーが何か隠しているかもしれないと感じた。

マーサーはため息をついた。「披露宴に来ていた客と話せば、どのみちわかることだね。アーマンドは、あれは預けた金だから返せと要求した。レイは預かってなどいないと言い返した。そう、それでアーマンドはレイを脅したんだ。すぐに金を返さないと後悔するぞ、と。でもまあ、たんに訴えるとか、そういうことを言いたかったんでしょう。殺すぞとまで脅していたとは思えない」

「タトルはミスター・ケイヒルのコレクションについて知っていましたか？」

「知っていたと思う。レイはいつもコレクションのことを話していたので。私の記憶が正しければ、レイは数年前、パリセイズ・ハイツの家にアーマンドを招いた」

「あなたは結婚式の夜、パリセイズ・ハイツに投宿しましたか？」

「いや、社用機で帰ってきたよ。会議があったのでこっちに戻らなければならず、アーマンドが追い出された直後に空港に向かった」

「ほかに調べたほうがいいと思われる人物はいませんか？」

「いまはいないが、ちょっと考えてみよう。そろそろ失礼してもかまわないかな？　レイの死で社内が混乱していて、秩序を取り戻すためにいろいろとやることがある」

オスカーは立ち上がった。「時間を取っていただき、ありがとうございました」

「とんでもない。私も犯人が刑務所に入るのを見届けたい」

オスカーは去ろうとドアに向かったとき、マーサーにフランク・ジャノウィッツについて訊くのを忘れたことに気づいた。

22

ジャック・ブースはテディ・ウィンストンの家で食事をした。あまり気が進まなかったが、つき合い上しかたなく招待を受けたのだ。食事が終わるとモーテルの部屋に戻り、まだベッドに入るほど疲れていなかったので、事件の報告書を書いた。半分くらい書いたところで、オスカー・ルウェリンが電話をかけてきて、最新の調査結果を報告した。

「フランク・ジャノウィッツを調べたよ」ケヴィン・マーサーとの面談について話したあとで、オスカーは言った。

ジャックは身を乗り出した。

「あんたの推測は見当はずれだった」

「え?」

「ジャノウィッツがメーガン・ケイヒルの愛人だという説は忘れることだな。彼はゲイで、そもそも自分の性的嗜好《しこう》を隠してないし、長くつき合ってる恋人もいる」

「それでもメーガンの共犯者にはなりうるだろう。ケイヒルが集めた稀少品《きしょうひん》を売る伝《つ》手《て》もあるはずだ」

「それはそうだが、ロス市警の知り合いによれば、ジャノウィッツにはうしろ暗いところがまったくないそうだ」

「なるほど。ちょっと思っただけだ。パーネル・クラウズはどうだった？」

「彼のアパートメントに行ってみたが、隣人はしばらく姿を見てないそうだ。サンフランシスコ市警に友だちがいるんで、クラウズを捜してくれと頼んでおいたが、犯罪の容疑者でもないから、かなりあとまわしになるだろうな」

「それで、今後どうする？」

「次はアーマンド・タトルと話してみる」

「わかった。そうしてくれ。クラウズのほうもよろしく」

　ふたりでしばらく話してから電話を切り、ジャックは報告書に戻った。書き上げたときには十一時半になっていた。まだ疲れてはいなかったが、空腹だった。テディ・ウィンストンの妻はあまり料理が得意ではなく、食事は少しつまんだ程度だった。ふとキャシー・モランの〈シーフェアラー〉のシフトがあと一時間ほどで終わることに気づいた。

ジャックはバーに行こうかと考えた。あそこには美味いチャウダーもある。苦笑した。たしかに空腹ではあるが、自分に正直になるなら、〈シーフェアラー〉に行きたい本当の理由はキャシーに会いたいからだった。

彼はためらった。あまりいい考えではない。キャシーは担当事件の重要証人だ。それでも……さらに考え、やはり行くことにした。ジョージ・メレンデスから、警察が麻薬の売人から押収した銃を渡されていた。キャシーには、ゲイリー・ホルブライドが行動を起こすといけないから家まで送っていきたいと言えばいい。こちらの気持ちは見透かされるだろうが。断られたら脈がなかったということだ。とはいえ、断らないでほしいと思っていた。

〈シーフェアラー〉は混んでにぎやかだった。キャシーはひとりの客の相手をしていた。ジャックがその客のうしろを歩いて視界に入ると、彼女は満面の笑みを浮かべた。幸先《さいさき》がよさそうだった。

「あなたに話があったの」キャシーは興奮した口調で言い、カウンターの端の空いているスツールを指し示した。「なるべく早く行くから」

ジャックはそのスツールに腰かけ、キャシーがカクテルを作る様子を見守った。バリ舞踊のダンサーを思わせる手つきで、一列に並んだボトルから酒をついでいく手際のよさに感心した。数分後、キャシーはそこから離れることができた。レジの横に置いてあったマニラ封筒を取って、ジャックのところに来た。

「話とは?」彼は尋ねた。

「ぜったい信じられないわよ」

キャシーは封筒を開けて、彼女が撮影したメーガン・ケイヒルの写真を取り出した。メーガンがスミス&ウェッソンのリボルバーを手に海辺に立っている。ジャックは度肝を抜かれた。

「すごい」やっとのことで言った。

「テディから現像しろと言われたの。証拠として必要だからって。何枚かプリントして、一枚はテディに渡して、残りは店に持ってきた」

彼女はそこでことばを切った。興奮しすぎて続けられなかったのだ。笑顔になった。

「気をもませないでくれよ」ジャックは言った。

「この写真が《オレゴニアン》の一面に載ることになったの!」

「どうしてまた?」

「殺人事件の取材で《オレゴニアン》から派遣された記者が、わたしが目撃者だってことを知って、ここに来たのよ。で、取材中にこの写真のことを話したら、編集長に見せたいから一枚欲しいと言われて」

「へえ、それはよかったな」ジャックも興奮して言った。「一面？」

「その記者がポートランドから電話をくれたの。編集長がこの写真を見て大喜びしたって」

「こっちもうれしくなる」ジャックは言った。「いつ新聞に載る？」

「明日。もう待ちきれない」

「何部か買わないとな」

「無理ね」キャシーは言った。「わたしが全部買い占めるから」

「いまや有名人だから、店を辞めないように願うばかりだ。腹ペコなんでね」

キャシーは笑った。「ご注文は？」

「チャウダーのことが頭から離れなかった」

「チャウダーとビールをおごるわ」

「いや、そんな必要はないよ」

「この写真で百五十ドルもらったばかりなの。チャウダーひとつとビール一杯なんて、わたしの稼ぎからしたら端金《はしたがね》よ」

ジャックは笑った。キャシーは首を傾げて彼をじっと見た。「あなたがここに来たのはチャウダーのためだけ？」

「正直言うと、ちがう。あなたのシフトがもうすぐ終わるから、ひとりで歩いて帰ってほしくないと思って」

キャシーは真顔になり、ジャックの手を自分の手で包んだ。

「本当にやさしいのね。あと一時間であがる。メレンデス署長が家まで護衛をひとりつけてくれてるけど、キルブライドがいるなら、男性ふたりに守られているほうがずっと心強いわ」


銀色の月以外、夜空は一面雲に覆われていた。街灯の多いオーシャン・アベニューは問題ないが、家賃の安い地区に入ると明かりはまばらにしかない。通りが暗くなるにつれ、キャシーはジャックに近寄り、ふたりは肩を並べて歩きはじめた。

「ゲイリーがいると思うと心配で、気持ち悪くなるの」キャシーは打ち明けた。「よく眠れないし、家にひとりでいて物音がするたびにドキッとする」

ジャックはふと家に泊まろうかと言おうと思ったが、その考えを振り払った。

「無理もない。だが、これだけ警戒しているなかで何かしようとするなら、キルブライドはかなり頭がおかしいな」

彼女は顔を振り向け、ジャックの眼を見た。「彼は本当に頭がおかしいの、ジャック。だから怖いのよ」

「たしかにそうだが、自分が危険になるようなことはしない人間でもあるだろう」

「来月はどう？　来年は？」キャシーは身震いした。「こんなふうに暮らさなきゃいけないのは嫌」

ジャックはキャシーの肩に腕をまわして抱き寄せたい衝動に駆られたが、自制した。後方からパトカーがついてくる。ふたりの行動は運転する警官から丸見えだった。

「なんと言えばいいのかわからない。キルブライドの逮捕に協力を頼んだときには、こんなことになるなんて思いもしなかった。やつは長く収監されると確信していたから」

「あなたのせいじゃない。あんなめちゃくちゃな状況になったのは、わたしが悪かったの。ジャンキーを使って売人に近づくことは、どんな検察官だってする。あなたはそれをやったまでよ。わたしはただ、自分がもっと賢ければよかったと思うだけ」

ジャックは返すことばが見つからず、黙っていた。ふたりはしばらく無言で歩いた。

「レイモンド・ケイヒル事件のほうは何か進展があった?」キャシーが訊いた。

「あまり。ミセス・ケイヒルが披露宴のあと車に乗ってから、あなたに浜辺で見つけられるまでのことを思い出せないからね」

「彼女の記憶は戻るの?」

「いずれ思い出すと医者は言っているけど、いつになるのかはわからないらしい」

「つまり、容疑者の目星はついていない?」

ジャックは内心、メーガン・ケイヒルが第一容疑者だと思っていたが、「いまのところね」と答えた。

キャシーの家まで一ブロックというところでジャックは立ち止まり、銃に手をかけた。キャシーにも彼が身を強張《こわば》らせたのがわかった。

「どうかした?」彼女は不安になって言った。

「電柱のそばの物陰に誰かいる気がした」

キャシーは暗闇《くらやみ》をのぞきこんだ。「誰も見えない」

「きっと気のせいだ」数秒後、ジャックは言った。

「わたしがどんな思いですごしているか、わかったでしょう」

ジャックはキャシーの家に着くまで気をゆるめなかった。警官がパトカーを駐《と》め、まず家に入って各部屋を確認した。

「今晩は本当にありがとう、ジャック」ふたりで外に立って、警官が出てくるのを待ちながらキャシーは言った。「わざわざ送ってくれる必要はなかったのに」

ジャックは手を伸ばし、彼女の手を取った。軽く握って笑みを浮かべた。「大事な証人に何かあったらまずいだろう？　とくにあなたはこれから有名人になるわけだし」

キャシーが答える間もなく警官が出てきた。「なかはすべて問題なしです、ミス・モラン。私が帰ったらすべてのドアに鍵《かぎ》をかけてください。今晩は何度か立ち寄ります」

「ありがとう、ヘンリー。今度〈シーフェアラー〉に来たら、ビールをおごるわ」

警官は笑った。「ありがたくいただきます。ただ署長には内緒ですよ」彼はジャックのほうを向いた。「車まで送りましょうか？」

「そうしてもらうと助かる」ジャックは言って、キャシーのほうを向いた。「ゆっくり休むといい。もうだいじょうぶだ」

キャシーは家のなかに入った。ジャックと警官は玄関の鍵がきちんとかかる音を聞いてから、パトカーへと歩いた。

23

〈ヘルシー・ハーツ・フィットネス・センター〉本部は、サンフランシスコ郊外にある同社のジムの最上階だった。オスカー・ルウェリンは玄関ホールを抜け、スパンデックス製のウェアや露出した腹部や盛り上がった上腕二頭筋があふれるエリアに足を踏み入れた。真珠のように白い完璧《かんぺき》な歯と見事な体型の受付係が、調査員を廊下の突き当たりのエレベーターに案内した。オスカーは、途中でガラスの仕切り壁の横を通った。ガラスの向こうでは男女がサイクリングマシンやウォーキングマシン、ウェイトトレーニングで汗をかいていた。

エレベーターでビルの三階まで上がると、そこは典型的なオフィスで、汗も露出した肌もまったく見られなかった。エレベーターをおりたところで、かっちりしたビジネススーツ姿の魅力的な赤毛の女性がオスカーを迎えた。

「ミスター・タトルの秘書のサンドラ・ディパオラです。ご案内します」

ディパオラはカーペットの敷かれた狭い通路を進み、オスカーを広々とした角部屋のオフィスに案内した。通路の両側は〈ヘルシー・ハーツ〉の従業員が働く仕切りスペースだった。アーマンド・タトルのオフィスの外壁は全面ガラス張りで、ジムが入っているショッピングモールを見晴らしている。内装は、オークランド・レイダースのチームカラーであるシルバーと黒。レイダースのグッズや記念品で隅々まで埋め尽くされた、タトルの贔屓《ひいき》のチームの殿堂だった。

空母のように巨大な机のうしろに巨漢が坐っていた。販売している商品を、ことばではなく体で表現しているようだった。タトルが立つと、鑿《のみ》で彫刻した花崗岩《かこうがん》の山が聳《そび》え立ったように見えた。

オスカーはタトルの経歴を事前に調べておいた。オークランドで生まれ育ったタトルは、フットボールを理解できる歳《とし》になったころから熱狂的なレイダースファンで、南カリフォルニア大学のオフェンスラインでプレーし、レイダースからドラフトされるほどの選手だった。プロとしてのキャリアは、膝《ひざ》に大怪我を負って二年目なかばで終わったが、チームへの情熱が薄れることはなかった。

レイダースのチアリーダーだったマリー・スチュアートと結婚。退団後はオークランドにジムを開いた。栄養学を勉強したマリーがタトルを説得してジムで健康食品を販売しはじめると、彼女のそのアイデアが〈ヘルシー・ハーツ〉帝国を築いたのだった。

「さあ、どうぞ。坐って」タトルは机の向かい側にある坐り心地のよさそうな椅子《いす》を示した。

「電話では、レイ・ケイヒル殺害事件の調査をしているとか？」オスカーが坐ると、タトルは言った。「あのペテン師のネズミ講も調査してもらいたいものだ」

「ミスター・ケイヒルの死にあまり動揺していないようですね」

「誤解しないでくださいよ。レイとは友だちだった。彼が私の金を盗んでいることが発覚するまでね。うちの会計士から何が起きているか聞かされてからは、いっさいかかわりたくなかったが、だからといって結婚式の夜に殺されればいいなどと思うわけがない」タトルは大きな頭を振った。「そんなひどいこと」

「ケイヒルの結婚披露宴に乱入して彼を脅したと聞きましたが」

「それは百パーセントまちがいない。ケイヒルは私の電話を取ろうとせず、折り返そうともしなかった。オフィスに行くとかならず居留守だ。それでも、さすがに自分の結婚式にはいるだろうと思ったんでね」

「ミスター・ケイヒルを脅したことは認めるんですね？」

「もちろん。目撃者が大勢いるのに、とぼけられないよね。否定はしない。だが、殺すと脅したわけじゃない。裁判を起こして、彼が着服した金を全額取り戻してやると脅したんですよ。弁護士が今週、必要書類を提出する。共同経営者のマーサーがあのペテン師のしてたことを素直に認めないなら、マーサーを法廷に引っ張り出す。FBIにも追いかけさせる」

「ミスター・ケイヒルは、どうやってあなたから金をだまし取ったんですか？」オスカーは訊いた。

「確実に利益が出ると言って新規公開株にいくつか投資させたのに、その株を買わずに金を懐《ふところ》に入れていた。そのうちのふたつが好調だったので、私は売却して儲《もう》けを現金に変えようとしたんだが、彼はああだこうだと文句を言ってしたがわなかった。そのときですよ、彼が株の暴落を当てにして私の金を自分のものにしていたのに気づいたのは。株が暴落せず、窮地に陥った彼は、業績の悪い会社に投資したほかの客の金を、私のように儲けが出ている投資家に振り替えるしかなかった。ところがあいにく、業績のいい会社が多すぎた」

「ほかの投資家を誰か知っていますか？」

「いや。ほとんどの投資家はLAにいる。彼らとはつき合いがない」

「パーティから追い出されたあと、どこに行きました?」

タトルは笑った。「まさか私がパリセイズ・ハイツにひそんで、帰宅したレイに襲いかかったと本気で思ってるわけじゃないだろうね?」また笑った。「私がレイを殺したと思ってるなら大まちがいだ。金を取り戻すためにも、彼には生きていてもらわなきゃならなかった。まだ嘘《うそ》をついていると思うなら、私の運転手や、社用機を預けた飛行場の人間に訊けばいい。パーティのあと向かった場所だ。飛行場に直行して家に帰ったよ」

「ケヴィン・マーサーのジェット機も同じ飛行場に?」

「プライベートジェットで行ったのなら、そうだろうね」

「飛行場で彼を見かけましたか?」

「いや。だが、捜してたわけじゃないし、搭乗手続きをしてそのまま自分のジェットに向かったからね。彼が私と顔を合わせることなくあそこにいた可能性はある」

24

ジャック・ブースがモーテルの部屋のバルコニーで煙草《たばこ》を吸っていると、テディ・ウィンストンから電話があった。メーガン・ケイヒルが、夫が殺された夜のことを何か思い出したようだった。ウィンストンは十分で迎えに来ると言った。

ウィンストンがケイヒル家のまえに車を駐めた数秒後に、アーチー・デニングもドライブウェイに入ってきた。ヘンリー・ベイカーが待ちかまえていて、ウィンストンの車の音を聞くなり正面玄関のドアを開けた。

「家まで来ていただき、ありがとうございます」ヘンリーが言った。「ミセス・ケイヒルがひどく動揺していて、そちらのオフィスに行けないものですから」

「かまいませんよ」地区検事は答えた。

ベイカーは三人の先に立ってリビングルームにおりていった。メーガンは床まで届く長さのカフタン調のドレスを着て肘掛《ひじか》け椅子に坐っていた。ダークブルーのドレスに金糸の刺繍《ししゅう》がほどこされていた。

「ちょうど医者が帰ったところです」階段の途中でベイカーは言った。「鎮静剤が処方されましたが、薬をのむのはあなたがたと話してからにするそうです」

ジャックはメーガンの向かいに坐った。手を組み、前腕を膝に置いて身を乗り出した。

「気分はどうですか?」と心配する重い口調で尋ねた。

「パーネルでした」メーガンは抑揚のない声で答えた。

「あなたの元夫のパーネル・クラウズですか?」

ジャックのうしろでデニングとウィンストンが一瞬顔を見合わせ、またメーガン・ケイヒルのほうを向いた。

「彼……スキーマスクと手袋をしてた。声色を変えようとしていたけど、演技なんてできない人だから、彼だとわかった」

「確かですね?」ジャックは訊いた。

返事をしたメーガンの声には怒りがこもっていた。「パーネルに直接会ったことはあります?」

「ありません」

「異様な体型なの。リーグを脱退して数年になるいまでもギリシャ彫刻のような体つき。ステロイドのせいよ。チームに戻りたいとずっと思っていて、取り憑《つ》かれたようにバーベルで鍛え、ステロイドをキャンディみたいにかじってた。だから、わたしたちの結婚は破綻《はたん》したんです」

メーガンはことばを切った。視線を落とすまえに涙ぐんでいるのがジャックにはわかった。

「愛してました」彼女はささやいた。「でも、彼はしょっちゅう癇癪《かんしゃく》を起こして、わたしを殴った。そういう状況にわたしは耐えられなかったんです。原因はステロイド。薬のせいでおかしくなったの」

またことばを切り、すすり泣きはじめた。「わたしが妊娠してたのは聞きました？パーネルがドラフトされる直前だった。子供が生まれるのはうれしいと彼が言ってプロポーズしてくれ、わたしたちは結婚した。わたしはずっと結婚を望んでいました。高校のときからつき合っていたから。何もかもがすごく順調でした。パーネルは昔からNFLでプレーするのを夢見ていた。その夢がもうすぐ実現して、わたしたちは家族になる。そのとき、トレーニングキャンプで問題が起きたんです。何が起きたのかは思い出せないけど、彼はわたしに八つ当たりして……」嗚咽《おえつ》をこらえた。

「わたしのおなかを殴った」また話せるようになったとき、メーガンは言った。「それで流産したんです。あのとき別れればよかったのに。わたしは本当に馬鹿《ばか》だった」

メーガンが平静を取り戻すのを待つあいだ、ジャックは、ルシアス・ジャクソンがオスカー・ルウェリンに語った彼女の妊娠にまつわるまったく別の話を思い出していた。

「ミスター・ケイヒルが亡《な》くなった夜、何があったのですか？」ジャックは訊《き》いた。

「わたしたちが帰宅したとき、パーネルが待っていた。きっと玄関近くの茂みに隠れてたんです。レイは車をガレージに入れた。わたしたちが車をおりたところへパーネルが走ってきて、銃床でレイを殴った。そして銃をレイのこめかみに押し当て、わたしに家のドアを開けて警報装置を切れと言った。それから、わたしたちをコレクションのある書斎まで歩かせた。パーネルはわたしのうしろにいたから、殴られたのはきっとそのときです」

「意識を取り戻したとき何があったか憶《おぼ》えていますか？　書斎にまだ誰かいましたか？」

「わかりません。その次に憶えているのは浜辺に立っていたことだから」

「どうして銃を持つことになったのですか？」

「憶えていません。銃は書斎にあったはずだけど、それも推測なので」

「あなたを殴った男が元夫だというのは、どのくらい確かですか？　裁判で宣誓できますか？」テディ・ウィンストンが尋ねた。

「ええ」

「なるほど、それはすごく助かります、ミセス・ケイヒル」アーチー・デニングが言った。「クラウズを全国指名手配します」

「私の調査員が彼のアパートメントを訪ねたところ、隣人はしばらく彼を見ていないそうだ」ジャックが言った。

「パリセイズ・ハイツでこんなことをしてたのなら、辻褄《つじつま》が合う」ウィンストンが言った。

ジャックは地区検事とデニングを見た。「ふたりとも、ほかに質問は？」

彼らは首を振った。

「もうひとつ訊きたかったことがある」ジャックは言った。「ミスター・クラウズのことです」

「え？」

「こんなことを訊くのは心苦しいのですが、はっきりさせておきたいので」

「何ですか？」ヘンリー・ベイカーが尋ねた。

「離婚後のミスター・クラウズは破産寸前だったと聞いています。あなたが彼の口座を空《から》にしたからだと。これは多少なりとも事実ですか？」

「なんてことを、ジャック」ベイカーはいきり立った。「ミセス・ケイヒルがどれだけ動揺しているかわからないんですか？　いったい何が言いたい？」

「別に何も。調査員がつかんだ情報をただ確認しているだけです」

「誰がそんな噂を流してるんだね？」ベイカーは問いつめた。

「それには答えられません」

「では、こちらも依頼人に答えないよう指示するしかないな」

「いいのよ、ヘンリー」メーガンが言った。「そんなでたらめを言う人間はわかってる。ルシアス・ジャクソンでしょう？　パーネルが雇ったあの嫌な弁護士」

「情報源は秘密です、ミセス・ケイヒル」ジャックは言った。

メーガンは首を振った。「あの人、本当にいけ好かない」

「もう何も言う必要はありません」ベイカーは依頼人に注意した。

「でも言いたいの。パーネルを破産させた人を捜しているなら、ジャクソンと話すべきね。あいつはパーネルが残したものをあらかた奪ったんだから。そう、わたしたちの口座を空にしたのはわたしです。でも、自分たちのためにしたのよ。パーネルはわたしたちのお金が入ってくるなり、車やパーティに使っていました。お金は永久に入ってくるわけじゃないから、貯金しなきゃいけないって懸命に説得した。それなのに、パーネルはドラッグやステロイドにつぎこみつづけた。陰で何人もの女と寝てもいた。だからわたしは自分を守るために、パーネルが引き出せない口座をいくつか作って、お金が入ってくると移していた。彼のためでもあったんです」

「なぜ離婚したときにその金を彼に分け与えなかったのですか？」

「彼はわたしたちの赤ちゃんを殺した。だから、わたしが受け取って当然と思ったのよ」メーガンは開き直って言った。

「質問はこのくらいにしましょう」ウィンストンが言った。

ジャックはまだ確認したかったが、とりあえずここまででいいと判断した。

「ゆっくり休んでください、ミセス・ケイヒル」ウィンストンは続けた。

ヘンリー・ベイカーはデニングのほうを向いた。「クラウズが戻ってくるといけないので、この家を誰かに見張らせることはできますか？」

「すぐに手配します」

三人を玄関まで送ったベイカーは不満げだった。メーガンに聞こえないくらい離れたところまで来ると、ジャックのほうを向いて言った。

「どうしてミセス・ケイヒルをあんなに問いつめたんです。彼女がどれだけ気落ちしているかわからないんですか？」

「これは殺人事件の捜査です、ミスター・ベイカー。あなたの依頼人は凶器を手にしていたうえに、夫を殺す動機も充分ある。現時点では誰もが被疑者です。さっきのような質問をしなかったら、私は職務怠慢になります」

「私の依頼人に好きなように質問できるのはこれが最後でしょうな」ベイカーはそう言うと、足音も荒々しく立ち去った。

「あれはまずかった」ウィンストンが言った。

「そうかもしれないし、そうじゃないかもしれない」ウィンストンの車に向かいながら、ジャックは言った。「彼女がケイヒルを殺したという可能性を排除するのかな？」

「そこはわからない。演技をしているようには見えないし」地区検事は答えた。「どう思う、アーチー？」

「どうですかね。まえの夫が犯人というのは、偶然にしてはできすぎだし」

「なら演技だと思うのか？」ウィンストンは訊いた。

デニングは肩をすくめた。「クラウズと話して、犯行時刻に確かなアリバイがあれば、彼女にとっては不利になるでしょうね。事の成り行きを見守りますよ」

「私の調査員が、ケイヒルの共同経営者のケヴィン・マーサーと、クラウズの離婚弁護士のルシアス・ジャクソンと話した」ジャックは言った。「どちらもミセス・ケイヒルについていいことは何も言わず、彼女は金目当てでケイヒルと結婚したと考えていた。

ほかにもある。クラウズが選手をやめなきゃならなかった理由のひとつは、脳震盪《のうしんとう》を何度も起こしたからだ。つまり、メーガン・ケイヒルは、脳震盪を起こした人間がどうふるまうかを知っている。クラウズの離婚弁護士は私の調査員に、ミセス・ケイヒルは天才的にＩＱが高いと語った。そういう人間がその気になれば、脳震盪の症状を装《よそお》うことくらいできるだろう」

「それは飛躍しすぎだ」ウィンストンは言った。

「意見を訊かれたから答えたまでだ。さっきベイカーに言ったように、メーガン・ケイヒルはレイモンド・ケイヒルが殺された直後、殺害に使われた銃を持っていた。夫を殺す理由も山ほどある。それにいま、彼女はかつて自分を殴っていた人物に犯行を押しつけている」

ジャックは肩をすくめた。「たとえおかしいと思われようが、ミセス・ケイヒルは私の被疑者リストの最上位だ」

「アーチーはどうだ？」ウィンストンは尋ねた。

「なんとも言えませんね。パーネル・クラウズを見つけることが最優先です。やつが見つかれば、この事件を解決できるかもしれない」

ジャックはウィンストンのほうを向いた。「現時点でこれ以上、私に何かできることがあるとは思えない。明日セイラムに戻ります。起訴の条件が整ったら、あるいはたんに話したいときでもかまわないが、電話をください。ふたりとも、進展があれば連絡を頼みます」

ウィンストンはジャックをモーテルに送るあいだ事件の話をしていたが、ジャックは半分しか聞いていなかった。キャシー・モランのことばかり考えていたからだ。マルトノマ郡地区検事局で彼女に初めて会った瞬間から、ずっと惹《ひ》かれていた。パリセイズ・ハイツにとどまる口実を考え出して、彼女に会いつづけることはもちろんできるが、今回ばかりはペニスではなく頭で考えていた。ふたりの関係がどう発展しようと、いまはケイヒル事件に重大な影響を与える可能性がある。だからセイラムに帰るつもりだった。事件が解決すれば、彼女との関係がどう深まるのか考える時間は充分ある。

25

深夜三時に電話があった。ジョージ・メレンデスからだったので、ジャックは何か悪いことが起きたと察した。

「いまキャシー・モランの家にいる」警察署長は言った。

「まさか彼女が……？」ジャックはびくっとした。

「ちがう。逆だ。キルブライドが押し入って、彼女が撃った」

「彼女はだいじょうぶですか？」

「動揺しているが、怪我《けが》はない」

「キルブライドは？」

「死んだ。彼女からあなたに電話してほしいと頼まれた」

「すぐそちらに行きます」

ジャックの胸は高鳴り、ドラッグでもやったように気分が昂揚《こうよう》した。人の死を喜ぶのが不謹慎なことはわかっているが、自分を抑えられなかった。警察署長から、キャシーは無事でキルブライドは死んだと聞いたとき、安堵《あんど》のあまりめまいを覚えた。

以前訪ねていなかったとしても、ジャックはそのブロックに入った瞬間にキャシーの家を見分けることができただろう。家のまえには警察車数台と救急車一台が駐まり、家じゅうの明かりがついていた。真夜中にもかかわらず、歩道には人垣ができていた。ジャックは同じブロックの少し先に駐車し、野次馬をかき分けて進んだ。保安官補がひとりいて、家のまわりで証拠を採取する鑑識の邪魔にならないように人混みを整理していた。

ジャックは、玄関で見張りをしている警官に身分証を見せ、メレンデスに会いたいと伝えた。家の奥のキッチンに案内される途中でテディ・ウィンストンに出くわした。ウィンストンはリビングからキャシーの寝室につながる廊下に立っていた。死体は手足を投げ出して床に倒れ、大量の血が流れていた。

「ひどいありさまですよ」ウィンストンはジャックに言った。

ジャックは立ち止まってゲイリー・キルブライドを見た。仰向けに倒れ、眼を見開き、口を開けている。血はアロハシャツの柄にも飛び散っていた。

「キャシーはどこに?」

「ジョージがついてキッチンにいます」

キャシーはフォーマイカの天板のテーブルにつき、ティーカップを両手で包んでいた。それほど寒くはなかったが、毛布にくるまれ、テーブルを見つめていた。ジョージ・メレンデスがキャシーの向かいに坐《すわ》り、女性警官がひとり彼女の隣に坐っていた。ジャックはキャシーの唇が動くのを見たが、あまりにも静かに話しているので、何を言っているのかはわからなかった。

キッチンに入る勝手口が半分開いていた。鑑識員がふたり、その横にひざまずいてガラスの破片を慎重に集める傍らで、別の鑑識員が彼らの動きをすべて写真に収めていた。

「ジャック」メレンデスがジャックをテーブルのほうに手招きした。

キャシーが顔を上げた。憔悴《しょうすい》して見えた。髪はぼさぼさで眼は充血し、顔は青ざめている。

「だいじょうぶですか?」ジャックは訊いた。

キャシーはうなずいたが、首を動かすのがやっとという様子だった。

「これからキャシーが、何があったか説明してくれる」警察署長は言った。「あなたが到着するまで待ってもらった」

メレンデスはキャシーのほうを向いた。「説明したい気分ですか?」

「早く終わらせましょう」彼女は言った。

「了解。では始めて。ゆっくりでかまわない。やめたくなったら言ってください」

キャシーはテーブルの天板を見つめたまま話した。「シフトが終わったあと、ベッドに入りました。でも、ゲイリーがここにいると聞いてからはずっと、あまり眠れなかった」

彼女は勝手口のドアに顎《あご》を振った。「彼はあそこから侵入してきた。ガラスが割れる音で、わたしは目が覚めた。あなたたちがくれた銃を持って寝室を出ると、彼がリビングにいた。わたしは見た瞬間に撃った」

「キルブライドは何か言ったかな?」メレンデスが訊いた。「あなたを脅すようなことを」

キャシーはメレンデスが思わず眼をそらすほどきつい視線を送った。憤懣《ふんまん》やるかたないという表情だった。

「彼はわたしの家に押し入ったのよ、ジョージ。脅されるのを待ってなんかいられなかった。見た瞬間、弾がなくなるまで撃った」

「いやもちろん、あなたは当然のことをしたまでだ。私はただ起きたことの全容を把握したいだけだ。それで、彼は何か言った?」

「さあ。言ったかもしれない。彼はリビングにいて、わたしはひたすら撃っただけだから」

「わかった。いまのところこれで充分だ。あなたのほうから質問は、ジャック?」

ジャックは首を振った。

「少し眠るといい。供述は明日取らせてもらう。今晩泊まるところはあるかな? ここでは休みたくないだろう。警官や鑑識の人間がひと晩じゅういるし」

「エレン・デヴェローかグレイディに連絡してみます」

「なんなら私から電話しようか?」メレンデスが訊いた。

キャシーはうなずいた。メレンデスは電話番号を受け取り、キッチンの隅に向かった。ジャックはテーブルにつくと、自分の手で彼女の手を包んだ。

「あなたは正しいことをした、キャシー。彼を阻止しなかったら、あなたの身に何が起きていたか、ふたりともわかっている。キルブライドは怪物だった。みんなのためにも、いないほうがいい」

キャシーは答えなかった。

メレンデスがテーブルに戻ってきた。「エレン・デヴェローが泊めてくれるそうだ。着替えなさい。誰かに車で送らせるから」

キャシーは立ち上がった。足元が危うかった。

「私はこれからキルブライドのモーテルに行く」メレンデスはジャックに言った。「いっしょに来るかね?」

「ええ、ぜひ」ジャックは言った。

女性警官がキャシーに付き添って部屋から出ていった。ジャックは、キャシーが声の届かないところまで行くのを待った。

「彼は武装してたんですか?」ジャックは尋ねた。

「ナイフを持っていた」

「あのナイフは典型的な護身用に見えます」

「私もそう思う」

ジャックは、テディ・ウィンストンが警官と話をしているリビングのほうを顎で示した。

「ウィンストンはどう考えていますか?」

「一件落着して喜んでいるだろう。喜んでしかるべきだ。あんな最低な人間はいないほうが世のためだから」

「同感です」

〈シービュー・モーテル〉は、海から数ブロック離れたところにあるずんぐりした平屋の建物だった。どの部屋からも海は見えない。ジャックとメレンデスは事務所の隣に駐車した。鑑識員がふたり、バンで同行し、署長の車に並べて駐めた。彼らが待っているあいだにジャックとメレンデスは事務所に入った。

メレンデスがなかに入ると、半袖《はんそで》シャツにチノパンツをはいた若い男が出迎えた。

「どうも、署長」

「よう、ロニー」

「またミスター・キルブライドのことですか？」

「そうだ」

メレンデスはジャックのほうを向いた。「ロニーは大学が始まるまで、ここの受付で働いている。パリセイズ・ハイツ高校のテールバックの花形選手だった」

ロニーは署長にキルブライドの部屋の鍵を渡した。

「ありがとう。ひとつ言っておくが、ミスター・キルブライドは死んだ」

「まさか！」

「だから、うちの連中の作業が終了したら部屋を貸してかまわない」

「いったいどうして……？」

「悪いが、くわしいことは話せない。わかるだろう？」

「はあ」ロニーはことばを切った。「重要なことかどうかわかりませんけど、夜中の十二時ごろ、誰かから彼に電話がありました」

「え？　誰だったかわかるかね？」

「いいえ。男か女かもわからない、こもった声でした。彼の部屋につないでくれとだけ言われて」

「わかった。電話のことで何かほかに思い出したら知らせてくれ」

「はい」

「好青年でね」メレンデスはキルブライドの部屋に向かいながらジャックに言った。

「オレゴン州立大学《OSU》ではウォークオン（奨学金なしの一般入部の選手）なんだが、チームに抜擢《ばってき》されるチャンスはあると思う」

「よさそうな若者ですね。電話の件ですが、うちの人間に通話記録を調べさせて発信者を割り出しますよ」

「頼もうと思っていた。キルブライドの携帯電話が見つかったから、こっちの技術部門の人間がくわしく調べる。何かわかるかもしれない」

キルブライドの部屋はきれいに片づいていた。服は整理箪笥《だんす》にしまわれるか、ひとつだけあるクローゼットにかけられ、洗面用具はバスルームのシンクの横に整然と並んでいた。

クイーンサイズベッドの脇《わき》にあるナイトテーブルの上には、ペーパーバックの小説が一冊置いてあった。はね上げられた毛布は、メイドが部屋を掃除したあとキルブライドがベッドに入っていたことを物語っていた。部屋の隅の荷物台には大きなダッフルバッグが置いてあった。メレンデスは鑑識員に写真を撮らせてからそのバッグを開け、ペーパーバック二冊としわくちゃの新聞を取り出した。小説には注意を払わなかったが、新聞には釘《くぎ》づけになった。ぱらぱらめくったあと、手を止めて何やら読んでいた。

「なるほど、わかった」メレンデスは言った。「キルブライドがこの町にいるとあなたに言われてから、ずっと引っかかっていた疑問の答えがここにある」

「どんな疑問です?」ジャックは訊いた。

「キャシーがパリセイズ・ハイツに住んでいることをどうしてキルブライドが知った

のか、不思議に思わなかったかね？」

「あ、それは考えたことがなかった」

「私は不思議に思った。ここに答えがある」警察署長は新聞を掲げた。それは週刊紙の《パリセイズ・ハイツ・ガゼット》の古い号だった。

「ピーター・フライシャーという《ガゼット》の記者が、レイモンド・ケイヒルについて書いている。ケイヒルがカントリークラブで結婚式を挙げることになっていたから」

「その記事の写真を撮ったのはキャシーです！」ジャックは言った。「彼女がそう言っていた」

「そして《ガゼット》は写真に彼女の名前を添えた」

「キルブライドはその記事を読み、キャシーがここに住んでいることに気づいたにちがいない」

　メレンデスは顔をしかめた。「この記事はケイヒルのコレクションにも触れている」

「というと……？」

「どう考えればいいんだろう」

「ケイヒルが殺されたとき、キルブライドは町にいましたか？」ジャックは訊いた。

メレンデスはうなずいた。「チェックインしたのは結婚式の前日だ」

「彼が強盗殺人に関与していた可能性があるとか？」

「わからない。だが、その可能性についてはしっかり調査する」

「その記事のコピーをもらえますか？」

「モーテルの事務所にコピー機があるから、ロンに言って、出るまえに一部コピーしてもらおう」

ジャックは眉《まゆ》をひそめた。「その新聞で、キャシーがパリセイズ・ハイツに住んでいるのをキルブライドが知ったことはわかりましたが、新たな疑問も湧《わ》いてくる」

「ほう？」

「キルブライドはどうやって新聞を手に入れたんでしょう。《パリセイズ・ハイツ・ガゼット》は全国販売されていない」

「それは思いつかなかった」メレンデスは言った。

「誰かがキルブライドに新聞を送ったとか？」

「興味深い可能性だ」

ジャックは〈シービュー・モーテル〉にしばらくいたあと、自分のモーテルに帰った。車を運転しながら、ある考えが頭から離れなかった。ゲイリー・キルブライドはずる賢かった。不法侵入者がキャシーの家に押し入って彼女を殺したら、世間の注目が自分に集まることぐらいわかっていたはずだ。キャシーは、キルブライドが何カ月も何年も待って復讐《ふくしゅう》するのがいちばん怖いと言っていた。ジャック自身もキルブライドを起訴したとき、辛抱強く待つ人間だとまわりの人たちから聞いた。なのになぜいま、彼はキャシーを殺そうとしたのだろう。そんなことをするには狡猾《こうかつ》すぎるのに。

そう考えると、非常に気がかりな疑問がいくつか浮かんだ。真夜中にキルブライドに電話をした人物がキャシーだったとしたら？　恐怖に怯《おび》えて暮らすのが嫌で、みずから手を下すことにしたとか？　キャシーがキルブライドを自分の家に誘いこみ、彼を殺して不法侵入に見せかけたのだとしたら？

ジャックはこうした疑問に対する答えを知りたくないと思った。キルブライドは獣だった。いない世界のほうがいい。ほかの誰かがキャシーを捜査したいと考えたら止めることはできないが、その捜査はぜったい手伝わない。キャシーは五年前に地獄を見たあと、人生を立て直したのだ。テディ・ウィンストンから要請されたのは、あくまでレイモンド・ケイヒル殺害事件の支援だ。キルブライド殺害事件など知ったことではない。

モーテルの部屋に帰ったジャックは疲れきっていたが、気持ちが高ぶって眠れなかった。肘掛け椅子の脇の明かりをつけ、《ガゼット》の記事を読みはじめた。見出しは〝パリセイズ・ハイツに恋するレイモンド・ケイヒル〟。見出しの下にはケイヒルの家の写真と、メーガンの肩に手をまわして浜辺に立つケイヒル本人の写真が載っていた。微笑《ほほえ》むカップル。レイモンドの黒髪が風になびいている。厳《いか》つい顎、まっすぐな鼻、スカイブルーの眼。贅肉《ぜいにく》がなく健康そうなケイヒルは、五十二歳よりゆうに十歳は若く見える。以前ジャックが写真で見た解剖台にのった姿とは大ちがいだった。

〝レイモンド・ケイヒルは、まもなく妻となるメーガン・クラウズに恋している。ふたりは六月九日に〈パリセイズ・ハイツ・カントリークラブ〉で結婚するが、レイは祖父母の海辺の家を初めて訪ねたときから、パリセイズ・ハイツにもずっと恋してきた。その田舎家は、ジョーダンとイヴリン・ケイヒル夫妻が太平洋を見おろす断崖《だんがい》に建てた。レイの両親は彼が幼いころにカリフォルニアに引っ越したが、田舎家ですごす夏休みは家族にとってつねに特別な時間だった――とりわけ幼いレイにとっては。

「すばらしい思い出がたくさんあります。浜辺で遊んだこと、祖母が焼いてくれたパイ、祖父とした釣り、祖父の横に坐っていろいろな話をしてもらったこと。自分のセカンドハウスを建てるだけの蓄えができたときには、当然パリセイズ・ハイツが第一候補になりました」

レイは二年生で大学を中退し、株で儲けた金で不動産投資を始めた。株式と不動産のどちらの投資もめざましく成功し、ほとんどの同級生が就職活動をするころには富豪になっていた。レイは成人してからカリフォルニア州の海辺の高級住宅地アーリントンで暮らしているが、その後も毎年一週間は祖父母の家ですごしていた。祖父母が他界すると、レイはその地所を相続し、さらに両側の土地を購入した。懐《なつ》かしい家を取り壊すことに名残惜しさも感じたが、世界的に有名な建築家ラッセル・サラスが設計した新居は、砂丘や空と渾然《こんぜん》一体となり、この地域の手本となるような名建築になった。レイは快く家を案内してくれた。そのハイライトは、夏になるたびにパリセイズ・ハイツに持ちこむ彼のコレクションの見学だった。プライベート・ミュージアムを案内しながら、レイは私たちに言った。

「私は昔から真剣な蒐集家《しゅうしゅうか》でした」「小学生のときに野球カード、切手、コインから始めました。どんなコレクションでも必死になって完成させました。銃を買える歳になると、歴史的に有名な銃器をコレクションに加えました」

レイの切手コレクションの頂点は〈逆さのジェニー〉と呼ばれる二十四セント切手で、航空郵便の最初の切手として一九一八年に発行され、一シートだけ複葉機ジェニーが上下逆さまに印刷された。そのうち現存が確認されているのはわずか百枚だけなのだ。

レイのもっとも稀少《きしょう》なコインは、一九一三年製の五セント硬貨〈自由の女神の顔《リバティ・ヘッド》〉だ。造幣局はこの硬貨を一九一二年に製造中止したが、〈リバティ・ヘッド〉がデザインされた五セント硬貨が一九一三年に五枚だけ鋳造され、その五枚は世界一稀少なコインと考えられている。

レイは自慢の種の歴史的な銃器コレクションを見せてくれたときに、満面の笑みを浮かべた。そのスコフィールド四四口径はスミス&ウェッソンの六連発銃で、彼はOK牧場の決闘でワイアット・アープが使ったものだと信じている。もっとも、レイがいっそう輝かしい笑顔になるのはこの夏、美しい花嫁にキスするときにちがいない。〟

記事には切手やコインやリボルバーの写真が添えられていた。ジャックは写真のクレジットにキャシー・モランの名前が書かれているのに気づいた。

記事の続きは、家を案内されたときの様子だった。ジャックのまぶたは重くなり、最後まで読むのにかなり努力がいった。読み終えると服を脱ぎ、ベッドにもぐりこんだ。あと二時間もすれば日が昇る。渦巻く頭の混乱がおさまって新しい一日のまえに少しでも眠れるようにと祈った。

26

数時間後に目覚めたジャックは、まったく眠っていないような気がした。冷たいシャワーを浴び、セイラムに帰るための荷造りをしてから、キャシー・モランに別れの挨拶《あいさつ》をしようとエレン・デヴェローの家に向かった。

画廊のオーナーの住むバンガローは、海辺から一ブロック離れた細い路地にあり、低い柵《さく》が砂だらけの庭を囲んでいた。ノックすると、デヴェローがドアを開けた。四十代前半で、茶色の髪が波打ち、肌は屋外で日光と風に長くさらされたように日焼けし、荒れていた。彼女は青く鋭い眼でジャックを品定めした。

「ジャック・ブースといいます。ケイヒル殺害事件を担当している司法次官補です。キャシーの様子を見に来ました」

「彼女はいま起きたところよ。あなたが来たことを伝えます」

デヴェローは美術品が雑然と並ぶリビングにジャックを案内した。壁じゅうが写真や絵で埋め尽くされ、本棚とエンドテーブルの上には、さまざまな素材の彫刻、手吹きガラスのボウルや花瓶が置いてあった。

デヴェローはキッチンに入った。そこはリビングに近く、ジャックが来たことを告げている声が聞こえた。ややあって、キャシーが現れた。ジャックは、キャシーが撮影したメーガン・ケイヒルの写真が一面に載った《オレゴニアン》を数部持ってきていた。彼女にそれを差し出した。

「いろいろありすぎて、あなたがこの新聞を手に入れたかどうかわからなかったから」

キャシーは微笑んだ。「ありがとう、ジャック。本当にやさしいのね」

「セイラムに帰る途中だが、ここを離れるまえに様子を知りたかった」

「浜辺を散歩する時間はある？　ちょうど出かけるところだったの。気持ちを整理したくて」

キャシーはジーンズの上にセーターを着ていたが、ドア横のフックにかかっているウィンドブレーカーを取った。太平洋から冷たい風が内陸に吹きつけてくる。ジャックは上着の襟を立てると肩をすぼめ、両手をポケットに突っこんだ。

「いくらか眠れた？」彼は訊いた。

「あまり」

「気分はどう？」

「疲れている以外に？」

ジャックはうなずいた。

キャシーは立ち止まり、ジャックをまっすぐ見た。「勤務中に犯人を撃った警官についての書いた記事を読んだことがある。自分が正しいことをしたとしても、罪の意識を抱くそうよ。でも、わたしにはまったく罪の意識がない」彼女はそこでことばを切った。「こんなことを言うと冷たく聞こえるでしょうけど、最高の気分なの。ゲイリーは恐ろしい人間だった。彼がいないほうが世の中はよくなる」

「まったくだ」

キャシーは大きなため息をついた。「そう言ってくれてありがとう、ジャック。軽《けい》蔑《べつ》されるかと思った」

ジャックは手を彼女の肩に置いた。「キルブライドが死んだと聞いたときには、私も心が浮き立った」

「わかってくれて本当にうれしい」

ジャックは、キャシーがキルブライドを家に誘いこんで処刑したことを仄《ほの》めかすものはないかと観察したが、罪悪感やごまかしは見て取れなかった。

キャシーは手を伸ばしてジャックの手を握ると、波打ち際《ぎわ》へと歩きだした。沖には黒雲が垂れこめていたが、それが南へ流れていき、雲間から太陽が照りはじめた。

「ひとつ訊いてもいいかな?」ジャックは言った。

キャシーはうなずいた。

「あなたには数日考える時間があった。メーガン・ケイヒルについてどう思う?」

「どういう意味?」

「あなたが発見したとき、彼女は茫然《ぼうぜん》自失のふりをしていたと思う?」

「メーガンが夫を殺したと考えているの?」

「どうだろう。そこが知りたい。彼女は凶器を持っていたし、夫の死に関与したことが証明されなければ、裕福な相続人になる。医者の話では脳震盪を起こしていたということだけど、パーネル・クラウズも何度か脳震盪を起こしていたから、どうふるまえばいいか心得ているはずだ。そしていま、彼女は元夫が強盗に入ってミスター・ケイヒルを殺したと主張している」

「何があったか思い出したの?」

「部分的にね。夫妻が披露宴から帰宅すると、パーネル・クラウズが待ち伏せしていた。ふたりを脅して書斎に行かせたそうだ。次に憶えているのは、浜辺であなたに会ったことらしい」

「警察はクラウズと話したの？」

「彼を捜している」

「あなたはメーガンが嘘をついているかもしれないと思う？」

「さあ。ただ、いろいろすっきりさせたくてね」

キャシーはうつむき、物思いに沈んで波打ち際を歩いた。ジャックも並んで歩いた。

「どう言えばいいかわからないけど」彼女はしばらくして答えた。「メーガンを見つけたとき、わざとああいうふりをしているようには見えなかった。でも、わたしは医者じゃない。彼女は茫然として、とても混乱しているようだった。こんなことで参考になる？」

「ああ、ありがとう。もうひとつ。キルブライドのモーテルの部屋を捜索したら、《パリセイズ・ハイツ・ガゼット》が見つかった。レイモンド・ケイヒルの記事とあなたの写真が載っている号だ。ゲイリーはその新聞を見て、あなたがここに住んでいることを知ったんだと思うが、すると新たに興味深い疑問が生じる。キルブライドはどうやってその新聞を手に入れたんだ？　そのことがずっと気になっている。考えられる答えはふたつ。彼を知る誰かがパリセイズ・ハイツを旅行した際にその記事を見つけて送った。もうひとつは、パリセイズ・ハイツに住んでいる誰かが送った」

「いったい何が言いたいの？」

「あなたの過去と、キルブライドとの関係を知っている敵がこの町にいる？」

キャシーは心配顔になった。「ポートランドでのわたしの問題を知っているのは、ほんのひと握りよ。グレイディとエレンは知っているけど、ふたりがわたしにゲイリーをけしかける理由は思いつかない。きっと偶然よ。ひょっとしたら、ゲイリーの犯罪仲間の誰かか、刑務所で知り合った人がここで休暇をすごしているあいだに記事を見て、わたしの住所を知らせたのかも」

「そうかもしれない」

ふたりはしばらく何も言わずに並んで歩いた。突然、キャシーが笑った。

「何？」ジャックは尋ねた。

「あなたは新聞のことをややこしく考えすぎかも」

「というと？」

「わたしの写真はオレゴン州の沿岸部やワシントン州のあちこちの画廊で売られてる。カリフォルニア州にも画廊がひとつある。出所したゲイリーがわたしの名前をネット検索したら？　検索結果にわたしの写真のクレジットが出てきた可能性はあるでしょう。だったら《ガゼット》に連絡してバックナンバーを注文できたでしょうね」

「それは考えなかった」

「だからわたしたち写真家は大金を稼げるの」

ジャックは笑った。「セイラムに戻ったら、インターネットであなたの推理を確認してみよう」腕時計をちらっと見た。「本当はいまやるべきだろうけど」

ふたりは向きを変え、浜辺の出口に着くまで無言で歩いた。

「様子を見に来てくれてありがとう」キャシーは言った。

ジャックは立ち止まって、砂に視線を落とした。やがて大きく息を吸った。

「本当言うと、発《た》つまえにもう一度会いたかっただけなんだ」ジャックは言いよどんだ。「ほら、あなたは目撃者だから、おそらくこんなことを言うべきじゃない。でも、われわれは五年前に出だしをまちがえた……」

「すべてわたしのせいね」

「事件が解決したら、あなたを訪ねてもかまわないかな？」

「もちろんよ、ジャック。うれしいわ」

「よかった。いずれにせよ、誰かを起訴する証拠がそろったとテディが判断したら、たぶん会うことになる」

ふたりはジャックの車まで並んで歩いた。ジャックは車のドアを開けて、もう一度キャシーを見た。

「あなたが人生を取り戻せてよかった」

キャシーは微笑んだ。「わたしもそう思う」

「じゃあ、また」ジャックは笑みを浮かべて言った。

「かならず」キャシーは答えた。

ジャックは車を出したが、デヴェローの家の通りを曲がるまえにバックミラーを確認した。彼が望んだとおり、キャシーは道路に立って車が走り去るのを見送っていた。


ジャックは正午すぎにオフィスに戻った。最初にしたのは〝キャシー・モラン〟のネット検索だった。それなりの数がヒットした。検索結果のほとんどはキャシーの写真を販売している画廊に関連していて、彼女が担当した訴訟に関する古い記事も二、三件あった。そして、パリセイズ・ハイツ・ガゼット紙に載ったレイモンド・ケイヒルの記事の写真クレジットに触れたものが一件あった。

ジャックはケイヒル事件のファイルを整理した。次にメールに目を通し、担当するほかの事件のいくつかに進展があったことを確認した。五時に仕事をやめ、アパートメントの近所のレストランで夕食をとった。食事中には、メーガン・ケイヒル、ゲイリー・キルブライド、パーネル・クラウズ、そして誰よりもキャシー・エランのことを考えた。

27

ジャックとケイヒル事件との関係が終わる兆《きざ》しは、パリセイズ・ハイツを離れて四日後、テディ・ウィンストンの電話から始まった。

「パーネル・クラウズが見つかった」シレッツ郡地区検事は言った。

「どこで?」ジャックは訊《き》いた。

「パリセイズ・ハイツの東三十キロにある林道で。こめかみを撃たれて死んでいました」

ジャックは、バーニー・チャーターズも林道で発見されたのを思い出した。

「それだけでなく、州警察が車のトランクを調べたところ、ケイヒル・コレクションの金貨が一枚見つかりました。いつこっちに来られます? 事件の話をしたいんですが」

ジャックが四時四十五分にシレッツ郡地区検事局に入ると、テディ・ウィンストン、アーチー・デニング、ジョージ・メレンデスが会議室で待っていた。ジャックはウィンストンの隣に坐った。

クラウズ発見現場の写真が会議机に広げられていた。ジャックはフットボールの試合をよく観《み》ていて、試合後にESPN（スポーツ専門チャンネル）のインタビューを受けるクラウズをぼんやりと憶《おぼ》えていた。きれいにひげを剃《そ》る男で、額は広く、顎はしゃくれ、鼻は曲がっていた。このランニングバックが発する威圧的な雰囲気も憶えていた。彼の眼と立ち姿には、暗い路地でふたりきりになりたくないと思わせる何かがあった。

死はクラウズからそんな凶暴なエネルギーをすべて奪っていた。現場写真の彼は、顔の筋肉が弛緩《しかん》して口をぽかんと開けていた。ジャックの視線は、クラウズの頭の左側のクローズアップに引き寄せられた。そこに開いた穴と光輪のようにまわりを取り囲む血は、元レイダースの選手がどういうふうに死んだかの図解だった。

「死後どのくらいですか？」ジャックは訊いた。

「検死官によると、月曜の夜に殺されたらしい」

「ということは、ケイヒルが殺された日の夜だ」ジャックは言った。

ウィンストンはうなずいた。「思うに、クラウズはケイヒルから奪った戦利品を車のトランクに積んで去り、共犯者と落ち合ったんでしょう。死体が発見されたとき、運転席の窓は下がっていた。つまり、犯人が車に近づいてきても警戒していなかったということだ」ウィンストンは指で銃の形を作った。「バン！　頭を一撃。飛び散った血痕《けっこん》のパターンから、撃たれたときクラウズは運転席に坐っていたことがわかる。

クラウズの車のキーは助手席にあったけれど、先のほうには血がついていない。クラウズの血に浸《つ》かった頭のほうについているだけだ。ここから推測すると、犯人はイグニションからキーを抜き、トランクを開けてコインや切手などを取り出したものの、コインが一枚、図らずもトランクに落ちた。そのあと彼はキーを車に投げ入れて立ち去った」

「辻褄《つじつま》は合う」ジャックは言った。

「ひとつはっきりしていることがあります」ウィンストンは言った。「メーガン・ケイヒルは犯人ではない。彼女にクラウズを殺すことはできなかった。クラウズが殺された時刻には、キャシー・モランや警官といっしょだったか、入院していたから」

ジャックもそのことを考えていた。「三人目の人物がいたかもしれない。メーガンとその三人目の人物がクラウズを引き入れた。そしてメーガンが入院しているあいだに、その共犯者がクラウズを殺して彼女のアリバイを作る」

「どうしてそんなにメーガンを関与させたいんです?」

「彼女には何かあるという気がしてならない」ジャックは言った。「ケイヒルのコレクションの全容を知っているし、殺人によって経済的な利益も得る。しかも発見されたときに凶器を手にしていた……」

「凶器については」とウィンストン。「浜辺でキャシー・モランに会っていなければ、海に投げ捨てていただろうとあなたは言った」

「ああ。それが何か?」

「なぜ彼女はキャシーを殺さなかったんです? 夫を殺した直後、使った凶器を手にしているところを見られたんですよ。真夜中でほかに目撃者はいない。だったら、たんにキャシーを撃てばよかったのに」

ジャックは考えなければならなかった。みなジャックが何か言うのを待っていたが、何も思いつかなかった。

「わからない」

「私にはわかりますよ。彼女がキャシーを殺さなかったのは、犯人ではないからだ。それに、その謎《なぞ》の第三者というのは誰です?」ウィンストンは訊いた。

「ゲイリー・キルブライド」ジャックは答えた。「彼は強盗とクラウズ殺害があったときに町にいて、ケイヒルのコレクションの記事が掲載された《パリセイズ・ハイツ・ガゼット》を持っていた。しかもクラウズを殺すことなどなんとも思わない、きわめて暴力的な男だ」

「筋が通りませんよ、ジャック」ウィンストンは言った。「メーガンやクラウズがどうしてキルブライドを知ってるんです？　逆も然《しか》り。クラウズとミセス・ケイヒルはテキサスで育ち、クラウズがレイダースに入団してからはカリフォルニア州オークランドにいた。キルブライドは五年間、オレゴン州刑務所に収監されていて、釈放されたのは強盗殺人の直前だった」

「それに、たとえミセス・ケイヒルが有罪だとしても」メレンデスが言った。「われわれはそれを証明できない。クラウズは泥沼離婚ですべてを失ったから、彼女と新しい夫に危害を加える理由は大いにあった。ミセス・ケイヒルがかなり強く頭を殴られたという事実も避けて通れない。さらにテディが言ったように、彼女にクラウズは殺せなかった。ミセス・ケイヒルがこの件に関与していたとしても、起訴に必要な証拠は明らかに足りない」

ジャックはため息をついた。「起訴についてはおっしゃるとおりです。疑問の余地なく有罪だと確信できなければ、起訴には持ちこめない。直感ではメーガンが犯人ではないかと思いますが、私が陪審員だったら、いまある証拠をもとに有罪の宣告はできないでしょう。

ところで、キルブライドの携帯から彼とパリセイズ・ハイツの誰かを結びつける手がかりは見つかりましたか？」ジャックは訊いた。

「いや」メレンデスは答えた。「あの真夜中の電話については運がなかった。使い捨て携帯からだったよ。電話の件はお手上げだ」

ジャックはその電話がキャシーと結びつかなかったことに安堵しながらも、メーガン・ケイヒルやパーネル・クラウズからという確認もできなかったことに落胆した。

「さて、これからどうする？」警察署長が訊いた。

「盗品がどこかに現れないか見張らせています」アーチー・デニングが言った。「ですが、フランク・ジャノウィッツの話からすると、あまり期待できません」

「現状でできることは何もありません」ウィンストンが言った。「クラウズは死に、メーガン・ケイヒルを大陪審にかける証拠はない。クラウズを殺した犯人の目星もつかない。何か新しい証拠が見つからないかぎり捜査は行きづまりです」

会議が終わったのは六時すぎで、ジャックは車でセイラムに帰る気になれなかった。

キャシーが〈シーフェアラー〉でバーテンダーをしていると思った。事件の進捗《しんちょく》状況にはがっかりしていたが、キャシーに会えると思うと笑みが浮かんだ。

　店のなかに入ると、客は半分ほどしかおらず、カウンターもすいていた。ふたりで浜辺を歩いてから四日のあいだ、ジャックはキャシーに電話しようかと考えたが、自制していた。彼女は依然として証人だからだ。

　ジャックを見つけたキャシーは微笑んだ。「はるばるセイラムからクラムチャウダーを食べに?」

「いや。だが、たしかにそれも理由になる」

「じゃあ、わたしに会いに?」

「それもまた、旅のれっきとした理由だな。でも、どちらでもない。テディから電話があったんだ。パーネル・クラウズが見つかった。ここから三十キロほどの林道で何者かに射殺されていた」

「なんてこと!　犯人はわかってるの?」

「わからない。しかし彼の死で問題が生じた。クラウズの車に例の強盗と彼を結びつける証拠が残されていた。彼を逮捕していたら、何があったか聞くことができたのに、もはや八方ふさがりだ。メーガン・ケイヒルが彼を殺すことはできなかった。死亡時に入院していたからね。犯人につながる証拠は何もない」

「これからどうなるの？」キャシーは訊いた。

「ツキがまわってこなければ、何も起きない」

「つまり、捜査はすべて中止？」

「まあ、そんなところだね」

「わたしはどうしたら？」

「何も。テディはあなたの供述を取っている。もし犯人を逮捕すれば、あなたにはおそらく大陪審で証言してもらうことになる。そういえば、彼はゲイリー・キルブライドの件はどうするつもりだろう」

「わたしには、心配しなくていいって。正当防衛として扱うそうよ」

「当然だな」

「大陪審さえ開かれないと思う。テディが税金の無駄遣いだと言ってたから」

「同感だ」

「わたしのほうはニュースがあるの」

「ほう？」

「わたしが撮ったメーガン・ケイヒルの写真が《オレゴニアン》に載ってから、何社かほかの新聞社からも依頼をもらった。《ニューヨーク・タイムズ》や《シカゴ・トリビューン》や《ロサンジェルス・タイムズ》からね。だからあの写真があちこちの新聞で掲載されて、ニューヨークのある画廊からわたしの作品集を見たいと言われた。その画廊から今朝、電話があったの。わたしの展覧会をしたいからニューヨークに招待するって。

それだけじゃない。ＬＡの画廊に顔を出したら、そこからも展覧会をしたいと言われた」

「すごいじゃないか」

「もうわくわくする」

「そりゃそうだ。じゃあ、いろいろなところに出かけるんだね」

「そうみたい」

「本当によかった」

客がひとりカウンターの席に坐った。キャシーはその客の注文を取るために離れなければならなかった。ジャックはいつもとちがってオイスター・シチューを食べてみたが、期待は裏切られなかった。キャシーはほかの客の対応に追われていないときには、ジャックと話した。ジャックは一夜をともにしないかと訊くことも考えたが、事件が未解決のいま行動を起こすのはよくないと思い直した。

十一時を少しすぎると、眠くなった。ジャックはあまりに疲れていたのでセイラムまで運転する気になれず、キャシーに別れを告げると海岸近くのモーテルを見つけた。

翌朝、靄《もや》をともなった霧雨のせいで気温は下がり、州都に向けて出発するときにはワイパーを使わなければならなかった。憂鬱《ゆううつ》な天気は彼の気分にぴったりだった。捜査の状況には苛立《いらだ》ち、キャシー・モランとの関係もどうすべきかわからないままだった。

Part Five

PALISADES HEIGHTS

2015

第五部　パリセイズ・ハイツ

二〇一五年

28

退社時には気温は三十度を超え、湿度はさらに高くなっていたが、ステイシー・キムは、『銃を持つ花嫁』に触発された小説を書くという思いつきに興奮して天気のことなど気にならなかった。自宅の最寄り駅まで地下鉄で行き、近所の食料品店でテイクアウト用のチキンシーザーサラダと冷たい飲み物を買って、アパートメントまで三ブロック歩いた。

マンハッタンに越してきたときには、家賃の高さに衝撃を受けた。チェルシーにあるエレベーターのないアパートメント・ハウスの三階に狭い部屋を借りるのがやっとだった。折りたたみ式ソファベッドを広げると、ほとんど四方の壁に触れそうになる。窓に取りつけられたエアコンは動かすとガタガタ音を立て、冬には暖房が途切れがちになる。バスルームの洗面台にはいつも水滴がポツポツ落ちているし、〝キッチン〟とは電子レンジのことだ。このアパートメントに引っ越してきたときにはロマンチックに思えたが、いまはただ狭苦しいだけだった。

折りたたみ式のトランプ用テーブルが書き物机と食卓を兼ねていた。夜、ソファをベッドにすると、テーブルはたたんで玄関につながる狭い廊下に移動させるしかない。ステイシーは食べ物をテーブルに置くと、サラダを食べながら近代美術館《MOMA》の写真展のカタログを見ていった。序文の略歴によれば、キャシー・モランは五年間オレゴン州で弁護士をしたのち、州沿岸部にあるビーチ・コミュニティ、パリセイズ・ハイツに移り、写真に真の情熱を傾けている。

モランはバーテンダーをしながらオレゴン州やワシントン州、カリフォルニア州の画廊で安価な写真を売って生計を立てていた。作品の質はきわめて高かったが、そのキャリアが軌道に乗るのは、メーガン・ケイヒルの写真がピューリッツァー賞を受賞し、一躍脚光を浴びてからだった。

序文によると、モランの謎《なぞ》めいた写真はレオナルド・ダ・ヴィンチの『モナ・リザ』と比較されてきた。ステイシーにはそういう比較をする人がいるのもわかる気がした。ダ・ヴィンチの名画の女性はなぜ唇に謎めいた笑みを浮かべているのだろうと誰もが思う。モランの写真を見て、ステイシーもなぜこの女性は大昔の六連発銃を持って波打ち際《ぎわ》まで行ったのだろうとあれこれ考えた。序文の残りはモランの写真に焦点を当てていた。MOMAの写真展は、何人かの個人蒐集家《しゅうしゅうか》が寄贈した初期の作品と最近の作品で構成されていた。

ステイシーは食べ終わるとノートパソコンを開き、キャシー・モランと彼女の有名な写真をインターネットで検索した。銃を持つ花嫁のモデルはメーガン・ケイヒルで、あの写真は結婚式の夜に撮られたこと、その数分後に夫である富豪のレイモンド・ケイヒルの死体が、オレゴン州パリセイズ・ハイツにあるふたりのビーチハウスで発見されたことを知った。

ステイシーは読みながら小説の筋を考えた。新婦が結婚初夜に新郎を殺すとしたら、動機はいったい何だろう。新婦を犯人にするなら、この謎こそが小説の核になる。小説のなかでは妻を有罪にも無罪にもできる。虚構の妻の運命は、ステイシーがどう筋を展開させるかにかかっているのだ。

実際にあった犯罪について書く気はなかった。現実の事件は小説の着想でしかない。とはいえ、小説内で創作した世界に現実味を与えるには、ケイヒル事件にかかわった人々に取材し、関連する場所を自分の眼で見る必要があった。海から遠く離れた中西部で育ったステイシーは、太平洋を見たことがなかった。メーガン・ケイヒルが浜辺に立って海を見ていたとき、海から吹く風はどんなふうに感じられたのだろう。自宅から浜辺まで歩いたときの砂はどんな感触だったのだろう。小説の描写と登場人物を生き生きさせたければ、パリセイズ・ハイツとケイヒルのビーチハウスを訪ねる必要がある。

財布を開けて小切手帳を取り出した。残高を確かめ、決心した。国を横断してオレゴンに移ってもどうということはない。もともとニューヨークには縁もゆかりもなく、人づき合いもないうえ、仕事にもアパートメントにも嫌気が差している。部屋は月単位で借りているし、職場には辞めると言えばいい。さしあたってはケイヒル事件についてできるだけ調べ、調査に協力してくれそうな人物のリストを作ろう。

ステイシーはレースのスタートにつくランナーのような気持ちで、ワープロソフトの新しいページを開いた。心臓が早鐘を打ち、〝メーガン・ケイヒル〟と〝キャシー・モラン〟とタイプするだけでじっと坐《すわ》っていられなくなった。ふたりにインタビューできたら、こんなにすごいことはないけれど、どうすれば話してもらえるだろう。

ある考えが閃《ひらめ》いた。〝ヘンリー・ベイカー〟をリストに加えた。彼はメーガンの弁護人だった。殺人事件から十年たってもメーガンの連絡先を知っているのではないか。話を聞くのには最高の人物だ。登場人物の創作に役立つだけでなく、殺人事件の捜査についても教えてくれるかもしれない。

ほどなく〝ジャック・ブース〟もリストに加えた。彼はオレゴン州司法省の特別検察官で、地方の地区検事を支援していた。検察官が裁判にどう臨むかを教えてくれるはずだ。ひょっとしたら鑑識員や刑事も紹介してくれるかもしれない。そうなれば、犯行現場の保全や証拠の科学分析の方法についても学べそうだ。

ステイシーはあることを思いついた。時計を見るとニューヨークは午後六時四十五分だが、オレゴンは午後三時四十五分だった。ジャック・ブースをインターネットで検索して、ポートランドにある彼の事務所の電話番号を見つけた。期待と緊張で胃がチクチクするのを感じながら、携帯電話にその番号を打ちこんだ。

29

達する数秒前、ジャック・ブースはミルドレッド・ダウニーのエンドテーブルの時計をちらっと見た。もうすぐ六時。九時には裁判所にいなければならない。腰をさらに激しく動かし瞬時に射精すると、仰向けになった。数回深呼吸してからバスルームに向かい、シャワーを浴びてひげを剃《そ》った。

ミルドレッドとは、つき合いはじめて二カ月になる。出会ったのは、ジャックが彼女の依頼人のひとりから宣誓供述を取ったときだった。すぐに惹《ひ》かれ合った。ジャックと同様、ミルドレッドも酒に強く、ベッドでは精力的だった。それに何より〝絆《きずな》〟や〝責任〟にこだわらないところが、離婚手当に高額の収入の大部分が消えていくジャックにとっては完璧《かんぺき》な相手だった。

バスルームを出て昨夜脱いだ服がきちんと置いてある椅子《いす》に向かうころには、ミルドレッドは裸のままヘッドボードを背に体を起こしていた。シーツが腰にまとわりついていた。ジャックが服を着るあいだ、彼女は何も言わなかった。

「行かないと」服を着たジャックは言った。

ドアノブに手をかけたとき、ミルドレッドが言った。

「お別れのキスもないの?」

ジャックはためらい、ベッドに戻った。ミルドレッドにキスをして、片方の胸をもんだ。彼女はジャックの耳たぶに指を走らせた。彼は体を離すまえに一瞬、興奮を味わった。

「誘惑してるのか、ミリー。けど九時にファレル判事の法廷に行かなきゃならない。遅刻したら彼がどれほど怒るか知ってるだろう」

「今朝裁判があることとくらいわかったわ。セックス中もずっと訴訟のことを考えてたでしょう」

「そんなことない」ジャックは反論した。

「ごまかすのはやめて、ジャック。ねえ、こんなのうまくいかない」

「おいおい、ミリー、愛し合っているときには、きみのことしか考えていないよ」

ミルドレッドは笑みを浮かべた。「嘘《うそ》が下手ね。それにセックスの相手としても、もうあまりよくない。男が興味を失《な》くせばわかるの」

ジャックは顔をしかめた。「きみは責任とか望んでないと思ってた。お互い束縛されずにただ愉《たの》しみたいだけだと」

「それはまったくそのとおり。二回の不幸な結婚で懲《こ》りたから」

「こちらも」

「でも、ベッドでは多少の情熱は期待するものよ。最近あなたがおざなりにしてたのはばれてるから。そう、別れどきだと思う。悪く思わないでね。あなたはすてきな人よ」

ジャックはすばやく時計を盗み見た。「この件はあとで飲みながら話さないか？」

「話すことなんて何もない。訴訟以外のことを考える時間ができたとき、わたしの言っていることがきっとわかるわ」

ジャックは何か気の利《き》いたことを言いたかったが、何も思いつかなかった。腹も立たなかったし、傷つきさえしなかった。つまり、終わりにしようと言うミルドレッドは正しいということだ。

「電話するよ」部屋を出ながらそう言うのが精一杯だった。エレベーターでおりる途中、怒りも恥ずかしさも感じず、ふられたことにもまったく動揺していなかった。なんらかの感情を抱いていたとしたら、それは安堵《あんど》だった。不思議なことに。

ジャックは勝つのがたまらなく好きだった。相手の弁護士を負かすことに快感を覚えた。しかし、それ以外に気分を昂揚《こうよう》させるものがあるだろうか。相手を誘惑して落とすことも快感だが、長くは続かないし、年を重ねるにつれ、一時的な愛着にさえ努力を要するようになった。

事件の審理や裁判の準備がないときには何をしている？　酒と煙草《たばこ》だ。生き甲斐《がい》はどこに行った？　くそ、まだ四十三歳だぞ。裕福で成功していて、眺めのすばらしい豪華なコンドミニアムに住んで幸せなはずなのに、人生に喜びをもたらすものは仕事しかない。

ジャックはミルドレッドのマンションから陽光のなかに足を踏み出した。完璧な一日だ。審理を控えた訴訟があり、相手方の弁護士に愉快な驚きを与えようと準備しているので、裁判所に行くのが待ちきれなかった。ジャックは感情を断ち切り――それは何よりも得意だ――車に乗りこんで、裁判所に向かった。

裁判所の五階でエレベーターをおりると、よく見かける女性の地区検事補が微笑《ほほえ》んだ。ジャックは笑みを返した。廊下の角を曲がったところでロナルド・キンジーが目に入った。法廷のドアの横のベンチに坐って、依頼人と打ち合わせをしている。ジャックの今度の笑みは、地区検事補に見せたときのようににこやかではなかった。何も気づいていない哀れな鳥に猫が忍び寄るときに浮かべるような——もし猫が笑えるとすれば——笑みだった。

キンジーの依頼人はアイリーン・プレッシー。文句なしに美しいファッションモデルで、かつて女優もしていた。飲酒運転で逮捕され、完全に素面《しらふ》だったと証言していたもうひとりのモデル、タミー・ロングウェルもプレッシーの話を裏づけた。陪審員は男性六名。評決は全員一致で〝無罪〟だった。その刑事事件のあと、プレッシーはキンジーの法律事務所を雇い、違法逮捕で警察を訴えた。ジャックは市が契約した保険会社の代理人を務めていた。

彼は問題の巡査と検察官から話を聞いていた。ハウエル巡査は、プレッシーは酔っ払っていて、見逃してくれれば寝てもいいともちかけたと断言した。その誘いを断ると激怒して、ひどい目に遭わせてやると罵《ののし》ったらしい。巡査も地区検事も、プレッシーは証言するときには涙を流すが、陪審員が退室するなりかならず氷のように冷たい表情になると言った。

昨日、ジャックとキンジーは陪審を選出し、冒頭陳述をおこなっていた。その後プレッシーが自分のつらい体験を証言して、ジャックでさえ信じそうになった。ジャックの反対尋問のあと休廷になったが、反対尋問ではまったく得点を稼げなかった。

「やあ、ロン、ちょっと話せるかな？」ジャックは話しかけた。

「用件は？」キンジーが訊《き》いた。「じき開廷ですよ」

「ほんの一分ですむ」ジャックは答えた。キンジーの依頼人に聞かれないように廊下の奥まで歩いた。キンジーは依頼人から離れながらため息をつき、相手側の弁護士との会話ほど壮大な時間の無駄はないという印象を与えた。キンジーはセクシーな依頼人にひと目惚《めぼ》れし、彼女を感心させるためにタフなふりをしているのではないか、とジャックは思った。

ジャックはキンジーを毛嫌いしていた。この愚か者は二年前にロースクールを卒業したばかりだが、ポートランドの名門法律事務所のひとつでアソシエイトになり、ある種の魔法の力を授けられたと思いこんでいる。体重も自信も過剰のキンジーは、ジャックと会うと決まって無礼な態度をとった。評決は目に見えているというふうにふるまうのが、とりわけ腹立たしかった。

「依頼人と相談した」キンジーが巨体を揺らして歩いてくると、ジャックは言った。

「ミス・プレッシーが示談に応じるなら、千五百ドル払うそうだ」

キンジーは頭をのけぞらせて笑った。「そっちに払えと言われるほうがまだましですよ、ブース。千五百なんて話にならない。十五万ドル、プラス弁護士料なら応じます。それでも陪審が下す裁定額よりはるかに安い」

「最後のチャンスだぞ、ロン」ジャックは言った。

キンジーはせせら笑って依頼人のもとへ戻った。ジャックは一分待ってあとに続いた。ふたりが坐ったベンチの横を通ったとき、キンジーが依頼人にたいした話ではなかったと伝えているのが聞こえた。ジャックは笑みを浮かべ、法廷に入った。

「原告はミス・タミー・ロングウェルを喚問します、裁判長」開廷するが早いか、キンジーが言った。ロングウェルは大きな青い眼、つややかなブロンドの髪、ふっくらした赤い唇に長い脚の美人だった。証人席に向かう彼女を見て、男性の陪審員は全員勃起《ぼっき》しただろうとジャックは思った。それと同じくらいの確かさで、キンジーはロングウェルの証言で評決が不動のものになると信じこんでいる。無理もない。

「ミス・ロングウェル、あなたはハウエル巡査がミス・プレッシーの車を停めたとき、そこに同乗していましたか？」キンジーはいくつか予備的な質問をしたあとで尋ねた。

「はい」

「さて、巡査は飲酒運転でミス・プレッシーに出頭を命じました。逮捕されたときのミス・プレッシーの状態について意見はありますか？」

「あります」

「聞かせてください」

タミー・ロングウェルは原告席にいるアイリーン・プレッシーのほうを向き、じっと見つめた。ジャックもロングウェルの答弁に対するキンジーの反応を見ようと、そちらに顔を向けた。

「アイリーンは酔っ払っていました」ロングウェルは言った。

アイリーン・プレッシーは真っ赤になってロングウェルを睨《にら》みつけた。キンジーは口をあんぐりと開け、しばらくことばを失った。

「素面だったと言いたいのでは？」彼はやっとのことで言った。

「いいえ」ロングウェルは譲らなかった。

キンジーは書類をあわててめくり、公判でのロングウェルの証言のコピーを見つけた。

「ミス・プレッシーの裁判で証言したことを憶《おぼ》えていますか？」

「はい」

「では、ハウエル巡査がミス・プレッシーの車を停めたとき、彼女が完全に素面だったと宣誓証言したのは真実ではないということですか？」

「そうです。アイリーンから嘘をついてと頼まれたんです。彼女にはほかにも係争中の飲酒運転があります。二度も有罪になったら刑務所に入れられると怖《おそ》れていました。わたしのしたことは誇れたものではありませんが、あのまともなお巡《まわ》りさんが面倒なことになるのは心が痛みます。彼は、見逃してくれたら寝てもいいとアイリーンが誘っても、まじめに職務を果たしました。そしたらアイリーンは彼を脅したんです。お巡りさんは自分の仕事をしただけなのに。アイリーンが無罪になって、それでやめてたら、わたしも何も言わないつもりでしたけど、法廷で嘘をついてお金持ちになるなんて正しいことじゃありません」


陪審が被告を勝たせると、ハウエル巡査はすぐさまジャックに何度も礼を述べた。彼が去り、書類を片づけていたジャックは、話しかけられて初めてキンジーが法廷に戻ってきたことに気づいた。

「ロングウェルが証言を覆《くつがえ》すことを知ってたんですね？」キンジーが言った。「だからわざと安い額を提示した」

「ミス・ロングウェルは良心の呵責《かしゃく》に耐えかねて、昨夜電話してきたんだ」ジャックは言った。

「そのことをぼくに言わなかった？　そ……それは倫理にもとる」

ジャックは険しい表情でキンジーに一歩近づいた。キンジーは青ざめ、一歩あとずさりした。

「卑怯者《ひきょうもの》呼ばわりされるのは心外だな、ロン。ロングウェルはそっちの証人だった。彼女から電話があったことをきみに告げる必要はまったくない。こっちを非難するまえに、気をつけたほうがいいんじゃないか？　賭《か》けてもいいが、依頼人に私の申し出を伝えていないだろう。倫理規定によれば、それはどうなる？」

「このままじゃすみませんよ。ロングウェルだって偽証罪で起訴してやる」

「そうはいかないぞ、ロン。タミーは今朝、免責になった。来年の矯正局のカレンダーに〝ミス・六月〟と書かれることを心配したほうがいいのはミス・プレッシーだ。さあ、とっとと帰って、今回の必勝を信じていた事務所のパートナーにきみの大ポカを報告したらどうだ」

キンジーは面目を保とうと何か言ったが、すでに背を向けていたジャックには聞こえなかった。オフィスに戻りながらジャックは満面の笑みを浮かべた。勝つのは何より好きだが、それが笑顔の理由ではなかった。ロングウェルからの電話を思い出していたのだ。プレッシーが逮捕されたときのことを彼女がすべて白状する気になったのは、ハウエル巡査を気の毒に思ったからではない。親友だとずっと思っていたプレッシーに自分の恋人を寝取られたから、仕返しする気になったのだ。

六時に職場に戻ったジャックは上機嫌だった。だがその気分は、留守録の伝言を受けてステイシー・キムに電話をかけたことで、がらりと変わった。彼女はニューヨークにいると言いながら、電話した理由には触れていなかった。ジャックはステイシー・キムという名前を聞いたことがなかったが、ビッグアップルから連絡してきたことに興味を抱いた。

「折り返しかけていただき、ありがとうございます」ステイシーは言った。

「かまいません。ですが、あなたのメッセージには電話が欲しい理由が残されていなかった」

「わたしは作家で、小説を書いています。数週間以内にポートランドに行くのですが、お時間をいただけないでしょうか」

「話が見えないな。小説を書くことについて私は何もわからない。弁護士だから」

「わかっています。だからこそお話をうかがいたいんです。あなたが起訴した事件について知りたくて」

「どの事件？」

「ＭＯＭＡで『銃を持つ花嫁』を見て圧倒されました。あんな写真がどうやって生まれたのか突き止めようと思って調べたんです。それでケイヒル事件のことを知りました」

「あまりお話しできることはありませんよ、ミス・キム。ケイヒル事件は未解決のままだ」

「実際の犯罪について書くわけじゃないんです」彼女はあわてて言った。「ケイヒル事件は小説のアイデアにすぎません。本のなかでは事件をかなり脚色するつもりです。たとえば、検察官は女性にしようと思っています。ですので、事件の背景だけでもうかがえればと」

「あまり冷たい対応はしたくないんですが、仕事が本当に立てこんでいまして」

「いつでも、どこでもかまいません。朝食かランチをごいっしょするとか。費用はわたしが持ちますので」

沈黙が流れた。

「ご迷惑はかけたくありません、ミスター・ブース。お忙しいことは承知しています。そちらのご都合に合わせます」

「着いたら電話をください。あとはそのときに」

「本当にありがとうございます」

電話を切るなり、ジャックはホームバーに向かった。パートナーになったときに角部屋のオフィスに設置したバーだ。極上のスコッチをつぎ、グラスを持って窓辺に行った。床から天井までの窓は東に面している。川の向こうには、麓《ふもと》の丘陵地帯から頂上まで雪に覆《おお》われたフッド山が聳《そび》えているが、その絵葉書のような景色も彼の印象には残らなかった。思いがまったく別のところにあったからだ。

ケイヒル事件から手を引いたあと、キャシー・モランとのあいだに何が起きたかを考えるのは久しぶりだった——もっと正確に言えば、何が起きなかったかを。『銃を持つ花嫁』の写真は、あの殺人事件に対する世間の興味に火をつけた。事件の関係者の顔ぶれは、息を呑《の》むほど美しい妻、結婚式の夜に殺された富豪の夫、元プロフットボール選手などだから、そもそも話題性はあったが、関心の高まりとともにキャシーはにわかに有名人になった。ロサンジェルスやニューヨークやシカゴの画廊が彼女の写真を展示し、数千ドルで販売しはじめた。彼女が美人で写真写りがいいことも有利に働いた。全国放送のテレビ番組にたびたび呼ばれ、全国誌や有力紙からインタビューを受け、世界じゅうで写真の撮影に起用されることになった。

ジャックは一、二度電話をかけてみたが、キャシーはつねに旅行中で、折り返しの電話もなかった。やっと話せたときにはニューヨークのホテルにいて、画廊のオープニングセレモニーのために身支度を整えていた。会話は五分も続かなかった。キャシーは、ジャックのことは好きだが、忙しすぎて真剣につき合う余裕がないと礼儀正しく説明した。電話が終わったとき、キャシー・モランはいまや〝超〟がつく有名人であり、政府からの給料でオレゴン州セイラムに住む司法次官補とは別世界にいることがひしひしとわかった。

ジャックは気持ちを切り替えることにしたが、夜遅くひとりでいるときなど、キャシー・モランのことが思いがけず頭をよぎり、寂しく満たされない気持ちになったりもした。彼女に負けず劣らず美人で知的な女性とつき合ったこともあったが、関係が終わったあとその人たちのことは考えなかった。これだけ年月がたったのに、キャシーのいったい何が自分の心をいまだに乱し、憧《あこが》れを抱かせるのだろう。口説き落とせなかったことに苛立《いらだ》っている？　失墜した彼女を救おうとしたのは、なんらかの感情が呼び起こされたから？　こちらの感情はかき立てるが彼女には影響を及ぼさない説明不能の化学反応があったのだろうか。原因はわからなかったが、キャシー・モランのことを考えるたびに、いまもジャックは心の奥底に動揺を覚えた。

30

寝室の窓の薄いロールスクリーンから夏の太陽の光が射《さ》し、ステイシー・キムはオレゴン州ポートランドのアパートメントで深く心地よい眠りから覚めた。眼を開けて、笑みを浮かべた。自分をポートランドに導いた思いがけない幸運のことを考えるたびにそうなる。もしダリ展の記事を読んでいなければ、もしダリ展がもっと大規模で、それを見るだけで昼休みが終わっていたら……もし、もし、もし。その鎖が一本でも切れていたら、太平洋岸北西部のこの宝石のような街で小説を書き進める代わりに、いまもワイルド・レヴァイン・バーストウ法律事務所の受付で永遠の苦行に耐えていただろう。

ステイシーは飛行機が着陸するまえからポートランドに心を奪われた。雪を頂く荘厳なフッド山やそのまわりの緑豊かな森を窓からひと目見て魅了された。中西部の平地で育った彼女は、ポートランド西部に広がる丘陵地帯の新緑の輝きや、東側の景色を支配するカスケード山脈の巨大な山々に度肝を抜かれた。ポートランドは、さまざまなデザインの多彩な建築物の街だ。市内を区切りながら合流するコロンビア川とウィラメット川に多くの橋がかかる街、夏には湿気も煩《わずら》わしい虫の襲撃もなく、あざやかな色の花があふれる街だ。

ホテルで数日すごしたあと、三階建てに改装された二十世紀初期のヴィクトリアン様式の建物の二階に、一寝室のアパートメントを見つけた。天井が高く、部屋は広かった。ほんの数ブロック先には、ブティックやレストランが立ち並ぶ魅力的なノースウェスト二十三番街がある。チェルシーの狭苦しいボロ屋のあとで、ここはさながらヴェルサイユ宮殿だった。

マンハッタンでは朝ベッドから出るのがひと苦労だったが、ポートランドでは一日が始まるのが待ちきれなかった。西海岸に引っ越したことでステイシーはまた元気になり、きみなら書けるとデフォード教授が請け合ってくれた小説を生み出せる自信が戻ってきた。アパートメントから二ブロックのコーヒーハウスで、毎日何時間か、カフェ・ラテを飲みながらノートパソコンに向かう。いまやアイデアが次々と湧《わ》いてきて、登場人物のラフスケッチ、いろいろな場面や話の筋に関するメモで数ページが埋まった。ただ、殺人犯を誰にするかは、ある程度考えがまとまっていたものの、小説の結末については漠然としたアイデアしかなかった。ヒーローないしヒロインが犯人を突き止める手がかりをどうしたものか。だからといって不安にはならなかった。ビッグアップルで自分を弱らせたネガティブな感情はもう捨てた。眼のまえに立ちはだかるどんな障害も乗り越えられる自信があった。

ステイシーは体を起こして伸びをした。折りたたみ式のソファベッドではなく、本物のベッドで起きるのはじつに気持ちがいい。シャワーを浴び、急いで着替えると、キッチンに入って手早く朝食を作った。朝食がすみ、時計を見た。九時少しまえ。ジャック・ブースが出勤していればいいのだが。

初めて話をしたとき、ブースは終始気が進まない様子だったので、ステイシーは会うのを断られるかもしれないと心配していた。もちろん彼の協力が得られなくても小説は書ける。デフォード教授は講義の初日に、小説家は基本的に嘘つきで、起きてもいないことについて作り話をすると言った。その気になれば、いつでも検察官を創作できる。どうせ地区検事は女性にするつもりだった。それに殺人事件の裁判について知る方法はいろいろある。とはいえ、実際に捜査にかかわった検察官からケイヒル事件の話を聞ければ、はるかに手っ取り早い。

ステイシーは深呼吸して勇気を奮い起こし、ジャック・ブースの法律事務所に電話をかけた。

ジャック・ブースの法律事務所が入ったオフィスビルの二十八階でエレベーターをおりたとき、ステイシーはデジャヴュを味わった。〈ワイルド・レヴァイン・バーストウ〉とほぼ同じ、床から天井までのガラスのドア越しに見えたのは、耐えがたい時間を長々とすごした受付カウンターのクローンだった。ジャック・ブースと約束があると受付係に伝えると、ステイシー自身が一年近く毎日まとっていた嘘くさい快活さで挨拶《あいさつ》された。

電話で小声のやりとりをしたあと、受付係がミスター・ブースは数分で来ますと言った。ステイシーはとても坐り心地のいいソファに腰かけた。眼のまえのコーヒーテーブルには、その日のウォールストリート・ジャーナルのほかに、ビジネス誌やニュース誌が各種置いてある。投資銘柄の選定にかかわる神経科学の新発見の記事を途中まで読んだとき、ネイビーブルーのピンストライプのスーツを着た長身の男性が視界に入った。

「ミス・キムですか?」ジャック・ブースが言った。

厳格でユーモアに欠ける弁護士だとステイシーは思った。その印象は、二度彼と電話で話して心に描いたイメージと一致した。二日前に電話したときにも、面会には応じてくれたものの、うれしそうではなかった。

「会ってくださってありがとうございます、ミスター・ブース」ステイシーは立ち上がりながら言った。

ジャックはうなずくと黙って向きを変え、長い廊下を先に立って、息を呑むような山の景色が広がる角部屋に案内した。ソファに手を振り、自分はそのはす向かいの肘《ひじ》掛《か》け椅子に坐った。ステイシーは腰をおろし、部屋のなかを見まわした。殺風景なオフィスだった。壁にかけられた絵はどれもありきたりの抽象画で、内装業者が選んだものだろう。壁には大学やロースクールの卒業証明書、州弁護士協会や連邦弁護士協会への入会証がかかっていた。戸棚の上にはゴルフのトロフィーがいくつか並んでいたが、家族写真など彼の私生活が垣間見えるものは何もなかった。

ステイシーはノートパソコンを起動させた。「お話のあいだ、メモをとってもかまいませんか？」

「ああ、かまわないよ」ジャックは腕時計を見た。「始めようか」

ステイシーは、ジャックがここまでまったく世間話をしていないことに気づいた。どんなふうにポートランドを愉しんでいるか、どこの学校にかよっていたのかと尋ねたりしていない。明らかに迷惑そうだった。彼がどのくらいつき合ってくれるかわからないので、ステイシーはさっそく本題に入ることにした。

「メーガン・ケイヒルが夫殺しの陰謀に加担していたといまも考えていますか?」一時間後、ジャックがケイヒル事件について話し終えると、ステイシー・キムは訊いた。

「さあ。この事件のことは結審後もずっと、ときどき考えてきた。ある時点では、レイモンド・ケイヒルがメーガンにはっきりと恋愛感情を抱いたときに、クラウズとメーガンは不和を装《よそお》ったのではないかと思った」

「彼らの離婚は偽装で、最初からミスター・ケイヒルを殺してコレクションを盗むつもりだったということですか?」

ジャックは肩をすくめた。「たんなる思いつきだ。メーガンが夫殺しの計画に関与していたとしても、第三者の介在はあったはずだ。メーガンにクラウズは殺せなかったからね。私は、その役割はゲイリー・キルブライドが果たしたとずっと思っていた。だが、彼は死んだので、真相はおそらくわからない」

「ミスター・ケイヒルのコレクションから盗まれたものは何も出てこなかったのですか?」

「ひとつもね。盗品が消えてしまうことはまえから不思議だったが、フランク・ジャノウィッツによると、切手やコインは盗品であることを気にしない個人蒐集家に売られるという話だった。盗品が簡単に姿を消すのはそういうわけだ」

「いまごろ出てきているものがあっても、おかしくありませんよね」ステイシーは言った。

「とはかぎらない。あの強盗事件の直後、キャシー・モランがゲイリー・キルブライドを撃った。もしキルブライドがクラウズの共犯者で、クラウズを殺して盗品を持ち去ったのなら、殺されるまえに戦利品をさばくチャンスはなかったかもしれない。つまり、盗まれた切手やコイン、アンティークの銃は、誰も発見できないロッカーや、どこかの隠し場所で眠っている可能性もある」

「たしかにそうですね」

　ステイシーはメモをとった。「メーガン・ケイヒルやキャシー・モランのその後は追っていますか？」書き終えてから訊いた。

「しばらくは関係者全員を追っていたが、新たな手がかりがないことが確実になると、興味を失くしてね。キャシー・モランがいまもパリセイズ・ハイツに住んでいることは知っている」

「彼女は薬物の問題を抱えていませんでした?」

ジャックはうなずいた。「『銃を持つ花嫁』の写真のおかげで一夜にして有名になり、有名人のライフスタイルに巻きこまれたんだな。リハビリ施設の入退院をくり返したあと、沿岸部に戻ってきた」

「メーガン・ケイヒルはどうですか?」

「彼女の人生もあわただしかった。〈アドバンテージ投資〉がアーマンド・タトルから訴えられ、捜査の結果、レイモンド・ケイヒルが何人かの投資家をだましていたことがわかった。共同経営者のケヴィン・マーサーは何も知らなかったと主張したけどね。複数の訴訟が起きて、投資家に返済がおこなわれた。レイモンドが蓄えた莫大《ばくだい》な富の多くは訴訟費用や和解金に使われ、前妻や子供たちも係争中の財産は相続できなかった。だからメーガンが受け取ったのもわずかな額だったんだ」

「彼女もちょっと有名になりましたよね?」

「事件が注目を浴びてリアリティ番組に出演していたが、ワンシーズンだけだったね」

「彼女がいまどこに住んでいるかご存じですか?」

「まだパリセイズ・ハイツの家は所有しているが、ケヴィン・マーサーと結婚して、一年のほとんどはLAで暮らしている」

「ケイヒルの共同経営者と?」

「ふたりは株式詐欺《さぎ》の訴訟中に親しくなったんだ」

「マーサーはどうなっています?」

「〈アドバンテージ〉は倒産したが、マーサーは新しい会社を始め、何かで読んだかぎりでは、うまくいっているらしい」

「メーガンとはまだいっしょに?」

「だと思うが、別居中という噂《うわさ》も耳にした」

「ケヴィン・マーサーが第三の人物だったと考えたことはありますか?」ステイシーは尋ねた。「クラウズを雇ってケイヒルを殺したのかもしれません。ケイヒルのコレクションのことも知っていたわけですし」

「なかなか興味深い考えだ。想像力豊かだね。あなたの小説はかなりおもしろくなりそうだ」

ジャックは腕時計を見た。「役に立てたのならいいが、ここまでにしてもらわなきゃならない。午後、法廷に行くんだが、少し準備したいので」

ステイシーはパソコンを閉じて立ち上がり、ジャックに微笑んだ。「たいへん参考になりました。こんなに長くお話を聞かせていただき、ありがとうございました」

ジャックも笑みを返した。「いい小説が書けることを祈るよ」

31

ジャック・ブースのインタビューから二日後、ステイシーはレンタカーにスーツケースを積み、ダッシュボードのプレーヤーにCDをセットすると、沿岸部に向けて出発した。パリセイズ・ハイツまでのドライブでは、風景画専門の画廊のなかにいる気がした。ふわふわした白い雲が頭上の紺碧《こんぺき》の空を漂い、黄色や緑や茶色のパッチワークのような農地がハイウェイの両側から緑にうねる丘陵地帯まで続いている。その牧歌的な風景はほどなく背の高い常緑樹の森に変わり、道路を曲がると突然、水がはね散る急流が現れた。やがてハイウェイが低い山脈を抜けて曲がり、海岸沿いのハイウェイに合流して、低く立ちこめる霧のベールの向こうにステイシーが初めて目にする太平洋の岩だらけの海岸が見えてきた。

上機嫌で〈オーシャンサイド・モーテル〉に車を駐《と》めた。荷《に》解《ほど》きをするとすぐにバルコニーに出た。〈ワイルド・レヴァイン・バーストウ〉の女性の同僚たちとハンプトンズまで週末旅行をしたときに大西洋は見たことがあったが、太平洋の岩だらけの海岸線は大西洋より野性的で荒々しかった。

空腹で胃が鳴りはじめた。レストランを紹介してもらおうとモーテルの事務所に行きかけて、食事にうってつけの場所を思いついた。オーシャン・アベニューは、騒がしい子供たち、苛立った親たちや、手をつないだ幸せそうなカップルでごった返していた。ほとんどみなジーンズか短パンにTシャツという恰好《かっこう》で、ステイシーがインタビューのために選んだタン色のスーツとスカイブルーの男仕立てのシャツでは浮くような気がした。

〈シーフェアラー〉は画廊やブティック、コーヒーショップや書店が軒を並べるブロックのいちばん奥にあった。店に足を踏み入れると心臓の鼓動が速くなった。キャシー・モランはここでバーテンダーをしたあと、運命に導かれてレイモンド・ケイヒルの別荘下の海岸に行ったのだ。案内係の女性が、巨大な自然石の暖炉に近いテーブルにステイシーを案内した。薄暗い店内を歩きながら、ステイシーは壁の航海用具のあいだにかかった海の景色の写真に惹きつけられた。誰が撮影したのかはキャプションを読むまでもなかった。クラムチャウダーとカキフライにコーラを注文し、食事が運ばれてくるのを待つあいだ、〈シーフェアラー〉の特徴をさっとメモした。

昼食を終えるころには朝霧は晴れ、オーシャン・アベニューにたむろする人々を太陽が照らしていた。空気を冷やす風もなく、めざすベイカー・クラフト法律事務所を見つけたときには、ステイシーは汗をかいていた。ポートランドから電話をかけてヘンリー・ベイカーに面会予約を入れようとしたときには、秘書から彼は脳卒中を患《わずら》ってオフィスにはめったに来ないと言われた。電話をかけた理由を伝えると、秘書は、当時やはりケイヒル事件を担当していたミスター・クラフトと話すよう勧めてくれた。

事務所は〈シーフェアラー〉から三ブロック北にあるビルの二階だった。狭い通路を進むと、キャラメル菓子の店と凧《たこ》の店のあいだに階段があった。ステイシーは二階までのぼり、待合室に入った。中年女性がコンピュータから顔を上げて笑みを浮かべた。

「どういったご用件ですか?」

「ステイシー・キムといいます。ミスター・クラフトと約束を」

女性の笑みが広がった。「ああ、作家の。お待ちですよ。いらしたことをお伝えします」

ステイシーは受付の向かいのソファに坐り、建物のいちばん奥まで続く廊下を見た。数分後に廊下のなかほどにあるドアが開いて、ジーンズにアマースト大学のTシャツを着た若い男性が廊下に出てきた。カールした茶色の髪にやさしげな茶色の眼、親しみのこもった笑顔。遠目には二十代に見えたが、近づいてくると多少白髪があり、日焼けした顔にもしわがあって、最初の印象より十歳は上だと思った。

「初めまして、ステイシー。グレン・クラフトです。ヘンリーは今日、体調がすぐれず事務所に来ていないので、ぼくで勘弁してください」

「会っていただき、ありがとうございます」ステイシーは立ち上がりながら言った。

「あなたの企画には興味があるから、いつでもどうぞ」

クラフトのオフィスはオーシャン・アベニューに面し、壁には法律の学士号と修士号、連邦弁護士協会と州弁護士協会の会員証が飾られていた。しかしステイシーの眼を惹いたのは、巨大な魚の横に立つクラフトの写真だった。弁護士は彼女が見ているものに気づいて、微笑んだ。

「オーストラリアで釣ったクロカジキです。あなたは釣りは?」

ステイシーは〝できればしたくない〟と答えたかったが、ここは場にふさわしい返事をすべきだと考えて、「いいえ。危なくありませんか?」とだけ言った。

「やり方がわかっていて、ちゃんとした道具があれば、危険なことはありませんよ。むしろわくわくする。いつかやってみるといい。しばらくここに滞在するなら、遊漁船でサケを釣ってもいいかもしれません」

「ありがとうございます。おもしろそうですね」ステイシーは精一杯わくわくしている口ぶりで言った。

グレンはおかしそうに笑った。「あまりアウトドア派じゃないんですね？」

ステイシーは苦笑した。「どうしてわかりました？」

「まあ、沖釣りの話をしたら青ざめたから。大きなヒントだ。それにビーチ向きの恰好じゃないし」

ステイシーは顔を赤らめた。「中西部で育ったので、ビーチには縁がなくて」

グレンは笑みを浮かべた。「ぼくもふだんは仕事中にこんな恰好はしないんです。ただ、海岸沿いを歩いてケイヒルの家まで案内しようかと思って。そうすれば、キャシー・モランがあの有名な写真を撮った場所が見られますよ」

「それは最高です」

「短パンかジーンズ、それとスニーカーは持ってきました？」

「ええ。お話がすんだらビーチに行こうと思ってましたから。でも、案内していただけるならありがたいです」

「どこに泊まってるんですか？」

ステイシーは説明した。

「ここからほんの数ブロックだな。あなたのモーテルに行きましょう。着替えるといい。歩きながらケイヒル事件について憶えていることを話しますよ」

グレンは受付係にしばらく外出すると伝えた。ふたりは階段をおりて通りに出た。

「どうしてケイヒル事件に興味を持ったんですか？」ステイシーのモーテルに向かいながら、グレンは尋ねた。

「芸術修士《MFA》を取ったあと、中西部からニューヨークに引っ越したんです。修士時代に書いた短篇をもとに長篇小説を書くつもりでしたけど、行きづまってしまって。そんなときにＭＯＭＡに行って『銃を持つ花嫁』の写真を見て、それが……」

ステイシーは話をやめ、眉間《みけん》にしわを寄せて首を振った。「どう説明すればいいかわからない。でも、なんとなく思ったんです、あの写真に隠された物語を突き止めなければって。そして自分はあの写真から着想を得た小説を書くことが運命づけられていると。だから仕事を辞めてオレゴンに移ってきて、いまここにいます」

ステイシーはきまり悪そうに立ち止まった。「すみません。でも、この本のことを考えるだけで興奮してしまうんです。説明するのはむずかしいんですけど」

「小説を書きたいと思ったことはないけど、わかります。まだ出版契約はないんでしよう？　いわば賭けで本を書いている？」

ステイシーはうなずいた。

「さっと荷物をまとめ、すべてを捨てて夢を追いかける勇気に感服しますよ。とてもロマンチックだ。もっとも、オレゴン州のパリセイズ・ハイツじゃなくて、フランスのパリにいるべきだけどね」

ステイシーは笑った。

「で、ぼくは何をすれば？」グレンが訊いた。

「事件のことを話していただけるといちばん助かります。かかわるようになったきっかけとか、事件や関係者について憶えていることとか」


グレンは、ステイシーが着替えるあいだ、二階の部屋のすぐ外で待っていた。モーテルの裏に浜辺への入口があった。海岸沿いを歩きながら、グレンはヘンリー・ベイカーとどのように事件にかかわったかをステイシーに話した。

「やがてミセス・ケイヒルは記憶の一部が戻ったと主張しました」と話を締めくくった。「警察に、前夫のパーネル・クラウズが彼女とレイモンド・ケイヒルを襲ったと話したんです」

「なぜいま〝主張した〟と言ったんですか？」ステイシーが尋ねた。「あなたは彼女を疑っていた？」

「疑ってたわけじゃない」

「ほかの考えを持ったことはありませんでした？」

「個人的には、なかった。でも、クラウズが犯人というのは彼女にとってずいぶん都合がよかったんです」

「どうして？」

「クラウズはメーガンに告発されてからすぐに、林道の車のなかで射殺されて発見された。その車から、ミスター・ケイヒルのコレクションのコインが一枚見つかった。クラウズは死に、夫殺しの犯人はクラウズだと言うメーガンに反論する者はいなくなったわけです。さらに検死官が推定したクラウズ殺害時刻に彼女は入院していたから、前夫殺害の嫌疑もかけられなかった」

「ジャック・ブースは、それでもミセス・ケイヒルはふたつの殺人に関与したのかもしれないと言っていました。共犯者がいて、ミセス・ケイヒルの入院中にクラウズを殺し、彼女のアリバイを作ったのだとしたら」

「それもひとつの可能性でした」グレンは認めた。「だが別の可能性もあった。レイモンド・ケイヒル殺害の捜査中に、ゲイリー・キルブライドという仮釈放された服役囚が、キャシー・モランの家に押し入って撃ち殺されたんです」

「ミスター・ブースはキルブライドのこともみんな話してくれました」

「なるほど。だったら警察の推理のひとつも知ってるかな。キルブライドは《ガゼット》の記事を読んでレイモンド・ケイヒルのコレクションのことを知り、クラウズと組んで犯行に及んだのかもしれない」

「その記事をぜひ読んでみたいわ。どこでコピーが手に入るかわかります？」

「あなたが来ると聞いて、メーガンの事件のファイルを倉庫から出しておきました。たぶんそのなかにコピーがあるので、オフィスに戻ったら読めばいい」

「ありがとう。ミセス・ケイヒルは容疑が晴れたあと、どうしました？」

「LAに飛んで戻りました」

「記憶はすべて取り戻しました？」

「わからない」

「あなたは、ミセス・ケイヒルは潔白だと思いますか？」

「本人はそう主張したけれど、捜査で明らかになった事実を客観的に見ると、どちらもありえますすね」

グレンは立ち止まり、向きを変えて海のほうに進んだ。

「ここです」彼は言った。

ステイシーはほんの数秒、戸惑ったが、すぐにグレンが言っていることを理解した。銃を持った女性に催眠術をかけた永遠の潮の満ち干《ひ》を、自分もいま見つめているのだ。心臓の鼓動が速くなった。美術館を運命的に訪問して以来、ずっと待ち望んでいた瞬間だった。深呼吸して気持ちを落ち着け、想像力を働かせて時をさかのぼる。夫を殺すのに使われたスミス&ウェッソンのリボルバーを持って月光のなかに立つメーガン・ケイヒルに、自分を重ね合わせた。

ステイシーは海に背中を向けた。ケイヒルの家が上方に聳えていた。風雨で傷《いた》んだ灰色の木製の階段がテラスに続いている。ピクチャーウィンドウの一部と、椅子《いす》とパラソルが見えた。ステイシーは、こういうときのために速記用のメモ帳を持ってきていた。家の印象や、日差しを受けた感じ、海の見え方をすばやく書き留めた。

最後に、〈シーフェアラー〉の方角の浜辺を見やり、キャシー・モランになったつもりで、個展に使える素材を探しているうちに一生一度のチャンスに出くわすところを想像してみた。

32

グレンは、ケイヒル事件のファイルが入った保管箱を、廊下の突き当たりの無人のオフィスに運び、ステイシーをその宝の山とともに残した。彼女は箱をひとつずつ、てきぱきと調べて中身を把握し、メモをとっていった。レイモンド・ケイヒルの記事が載ったパリセイズ・ハイツ・ガゼット紙は〝その他〟に仕分けられた箱にあった。その新聞を取りのけ、まずケイヒル殺害とクラウズ殺害、キルブライドの射殺に関する警察の捜査報告と検死報告を読んだ。

日が沈みかけたころ、ステイシーはようやく《ガゼット》の社交欄のページを開いて、レイモンド・ケイヒルの記事に取りかかった。ほとんど読み終えたころ、グレンがオフィスに入ってきた。

「どんな具合?」彼が訊《き》いた。

「すばらしいわ。ファイルの情報のおかげで本がとてもリアルになりそうです。検死官の場面を書くのが不安だったけれど、検死報告をもとに会話に書き直せばいいから」

「情報が役に立ってよかった」

「どれほど助かったか想像もつかないと思います」

「今日の仕事はもう終わったから何か食べに行こうと思うんだけど。いっしょにどうです？」

ステイシーは腕時計を見た。「七時！　もうこんな時間？」

グレンは笑みを浮かべた。「どうする？」

「ちょっと準備させて」

「受付で待ってます。シーフードは好きですか？」

「パリセイズ・ハイツでは好きと言うしかない。でしょ？」


グレンは海を見渡せるレストランまで車を走らせ、ステイシーが夕日を眺められるように、ピクチャーウィンドウの横の席を確保した。

「本当にすばらしい眺め」ウェイターがカクテルの注文を聞いて去ると、ステイシーは言った。

「これがパリセイズ・ハイツに住む特権のひとつかな」

「ここでの仕事は気に入ってます？」

「ええ。でも最初はそうじゃなかった。ロースクールを卒業したときには、ポートランドの大きな事務所で働きたいと思ってたけど、働き口が本当に少なくて、どんな仕事にもつけずに困ってたんです。そんなとき、父が知り合いだったヘンリーにぼくの窮状を話したところ、運よくヘンリーの事務所のアソシエイトが辞めたばかりだった。

　故郷に戻るのは気が進まなかったし、小さな町での弁護士業にはまったく期待が持てなかった。ところがおもしろいことに、しばらくすると、顔のない企業より生身の人間を弁護することが愉《たの》しくなりはじめた。ポートランドの大きな事務所じゃないから、大金は稼げないけど、ここも悪くないかな。窮地に陥った人を救ったり、たいへんな離婚をうまく解決できたりしたときには気分がいい。いまはこの仕事につけて運がよかったと思ってます」

「あなたは運がいいわ。わたしが小説を書くためにニューヨークに引っ越したときには、マンハッタンの大手事務所の受付をしてたんですけど、誰も自分の仕事を愉しんでいるようには見えなかった。それに、弁護士の労働時間ときたらひどいでしょう。一日十二時間から十六時間。わたしは一年もいなかったけど、深刻な飲酒問題を抱える人も何人かいたし、自殺者もひとりいて、離婚した人もちらほら」

「パリセイズ・ハイツでもストレスはありますよ」

「そう?」ステイシーは言いながら、グレンは離婚したのだろうかと思った。

グレンは肩をすくめた。「ここもほかと同じです。小さな町に住む人も離婚をするし、飲みすぎたりもする。パリセイズ・ハイツでは、ただ美しい環境のなかでつらい思いをするだけで」

ステイシーが笑ったとき、ちょうどウェイターが飲み物を持ってきた。彼女はカクテルをひと口飲み、太陽が水平線の下に旅を終えるのを見た。しばらくパリセイズ・ハイツにいる理由を忘れたくなったが、ケイヒル事件に関する思考がどうしても割りこんできた。

「レイモンド・ケイヒル殺害事件は、いつか誰もが納得する形で解決すると思いますか?」彼女はグレンに訊いた。

「小説を書きながら、あなたが解決できるかもしれない。犯人を突き止めれば本の宣伝になると思ったらどうかな」

ステイシーが微笑《ほほえ》むと、グレンはグラスを持ち上げた。

「ベストセラーに」

「そうなりますように」

「本の映画化の話がきたら、メーガンは本人役を演じられるかもしれないね」グレンは言った。「映画スター並みにきれいだから」

「彼女に会うことはありますか？」ステイシーは尋ねた。

「たまにね。メーガンはまだあの家を所有しているから」

「それもジャック・ブースから聞きました。でも、手放さないなんて不思議じゃありません？　嫌な思い出があるから、ふつうだったら売ると思うけど」

「ちょっと意外だよね」

「キャシー・モランとメーガン・ケイヒルからは、ぜひとも話を聞きたいんです」ステイシーはしみじみと言った。

「ミズ・キム、いまが絶好のチャンスです」グレンはニヤリとした。「この話はあとにとっておこうと思ったんだけど、あなたが言いだしたから」

「なんの話？」

「キャシーの展覧会は、ニューヨークのＭＯＭＡでの開催が終わって、ポートランド美術館に移ることになっている。でも、キャシーがその合間の一週間、ここパリセイズ・ハイツの地元の画廊でも自分の作品を披露する機会を作ってほしいと言ったんですよ。だから展覧会は明日、エレン・デヴェローの画廊で初日を迎える。キャシー・モランとメーガン・ケイヒルはその主賓です」

「信じられない！」

ステイシーが興奮するのを見てグレンはうれしくなった。「これですばらしい一日になったならうれしいけど」

「一日どころか一世紀よ」そこでステイシーは真顔になった。「ふたりはわたしと話してくれると思いますか？　ケイヒル家に入って、なかをこの眼で見られたら、これほどすばらしいことはないんですけど」

「メーガンに訊かないとね。キャシーは少し自分の殻に閉じこもっている。しばらく掛け値なしの有名人で、写真家としてのキャリアも順風満帆だったけど、またドラッグをやりはじめてつぶれてしまった。オーバードーズで死にかけもした。リハビリ施設を出て、パリセイズ・ハイツに戻ってきたものの、いまは極端に人づき合いを避けています。

聞いた話だと、ＭＯＭＡの担当者がニューヨークでのオープニングに出席してもらおうとしたとき、彼女は断ったそうです。《ガゼット》の記事によると、彼女自身は展覧会にぜんぜん関与せず、たんに自分の作品の展示をＭＯＭＡに許可しただけだったようで」

「彼女とは知り合いですか？」

「あまり。でも、画廊であなたの魅力をふりまいて様子を見たらどうです？」

「なんとお礼を言えばいいかわかりません」

「小説が世に出るとき、登場人物にぼくの名前を使ってもらってもいいよ」

「取引成立」ステイシーは手を差し出した。

グレンが握手をすると、ステイシーは必要以上に長く彼の手を握った。グレンが結婚指輪をしていないことに気づき、つき合っている人はいるのだろうかと思った。たしかオフィスには、女性といっしょに写っている写真はなかった。パリセイズ・ハイツにも、それを言えばオレゴンにも長居するつもりはないのに、恋愛のことを考えるなんてどうかしてる、と自分をたしなめた。それでもグレンのことが気になってしかたがなかった。

33

エレン・デヴェローの画廊は、オーシャン・アベニューとサード・ストリートの角の広大な土地を占めていた。ステイシーとグレンが到着すると、大勢の客が歩道に集まっていて、画廊のなかも満員だった。何人かでオードブルをつまみながらしゃべっている人たちもいれば、ワイングラスを片手に画廊をまわって展示を見ている人々もいる。ステイシーは無理やりなかに入り、キャシー・モランかメーガン・ケイヒルがいないか見まわしたが、ふたりの姿はなかった。

「ワインはどう?」グレンが訊いた。

「ありがとう。赤をお願いします」

「名産のオレゴン・ピノを出してるかな。すぐ戻ります」

奥の壁沿いにデヴェローが設置したバーにグレンが向かうのと入れちがいで、ジャック・ブースが画廊に入ってきた。

「ミスター・ブース」

ジャックは驚いたようだったが、すぐに笑みを浮かべた。

「こんばんは、ステイシー」

「どうしてここに？」

「展覧会を見に来た。キャシーの写真は『銃を持つ花嫁』のほかに数点しか見たことがないので。あなたは取材に来たんでしょうね？」

「ええ。グレン・クラフトといっしょに。オフィスでケイヒル事件のファイルを見せてもらいました。彼のことは憶《おぼ》えていますか？」

「もちろん。私がケイヒル事件にたずさわったとき、彼はヘンリー・ベイカーのアソシエイトだった」

「いまはパートナーです」

「知っています。二、三年前、ある訴訟で彼が相手方の代理人だったから」ジャックは言った。そこへグレンがワイングラスをふたつ持って戻ってきた。

「ジャック」グレンはステイシーにグラスをひとつ渡しながら言った。「またお会いできて光栄です。パリセイズ・ハイツにはどうして？」

「いまステイシーに説明したところだが、キャシー・モランの写真はあまり見たことがなくてね。《オレゴニアン》の記事で、ポートランド美術館に移るまえにここで展覧会があることを知った。展覧会の移動日から長期の裁判が始まることになっていて、それが途中で和解しなければ、キャシーの作品を見る機会は今日しかないんだ」

「きっと愉しめますよ」ステイシーは言った。「ミズ・モランはすばらしい写真家ですから」

「偶然ふたりに会えてよかった」ジャックは言った。「私もワイングラスを手にキャシーの写真を見てまわることにしよう」

ステイシーは、ジャック・ブースがバーに行く途中で立ち止まり、白髪交じりの髪をマリンカットにした長身のたくましい男に挨拶するのを見た。

「あれはジョージ・メレンデス？」ステイシーは尋ねた。

「ええ。彼はまだここの警察署長で相変わらず活躍している」

「テディ・ウィンストンはいまも地区検事ですか？」

「いや、彼は判事になった。いま地区検事はゲイル・サトクリフです。そろそろ見ますか？」

写真は画廊の壁に展示されていた。ステイシーがニューヨークで見た写真すべてに加えて、エレン・デヴェローが集めたものも数点あった。

「人生っておかしなものね」作品を全部見終わったあと、ステイシーが感慨をこめて言った。

「どうして?」

「考えてみて。レイモンド・ケイヒルが殺されなかったら、キャシー・モランはたぶん西海岸のわずかな画廊で作品を展示する無名の写真家だった」

「たしかに」グレンが同意したとき、エレン・デヴェローが大きな声を出して部屋じゅうの注目を集めた。

デヴェローは活力にあふれていた。年齢は五十代のどこかだろうとステイシーは思った。カールした茶色の髪はほとんど白髪になっているが、青い眼の輝きはまったく失われていない。

「世界的な名声を得た地元のアーティストのためにご来場いただき、ありがとうございます」デヴェローはみなが静かになったところで言った。「十年前、レイモンド・ケイヒルがパリセイズ・ハイツ・カントリークラブでメーガンと結婚式を挙げた夜、恐ろしい悲劇が起きました。ふたりが帰宅したとき、新郎が強盗に殺されたのです。

あれほどおぞましい出来事に好意的な解釈はありえませんが、一方で、あの悲劇からすばらしい芸術作品が生まれました。キャシー・モランは深夜すぎ、当画廊で企画していた個展のために、撮影素材を探しながら浜辺を歩きまわっていました。そのとき、波打ち際《ぎわ》に立っているメーガン・ケイヒルに遭遇したのです。彼女が撮影したあの忘れられない写真は注目の的になりました。さらに『銃を持つ花嫁』はピューリッツァー賞を受賞し、キャシーの才能は証明されたわけです。

今宵みなさんがご覧になる展示作品は、キャシーのピューリッツァー賞受賞十周年を記念してニューヨークの近代美術館で最近まで公開されていたもので、今後、ポートランド美術館で公開されます。ですが、キャシー自身の強い希望により、彼女の第二の故郷のかたがたにも、『銃を持つ花嫁』をはじめとする類《たぐい》まれな作品を、このかぎられた期間にご覧いただけることになりました。

キャシーは町から出て、ユタ州のザイオン国立公園に写真撮影に行っていましたが、今朝パリセイズ・ハイツに戻ってきました。ここで巨匠キャシー・モランと、彼女の最高の作品のモデルであるメーガン・ケイヒルをご紹介できることを、たいへんうれしく思います」

キャシーとメーガンがデヴェローのオフィスから出てくると、画廊にいた人々から拍手が湧《わ》き起こった。キャシーはデヴェローの隣に立ち、拍手が鳴りやむのを待った。モランは相変わらずきれいだが、つらかった人生の爪痕《つめあと》が明らかに残っているとステイシーは思った。メーガン・ケイヒルのほうは、グレンが言ったように、ステイシーの小説が映画化されれば主演できそうなくらい、いまでも美しかった。

「エレン・デヴェローは、わたしがまったく無名のころから、わたしとわたしの作品を支え、つねに信じてくれていました。この展覧会は、彼女の信頼に対するわたしなりの感謝の気持ちです。わたしとエレンのすてきな画廊の応援に来ていただいたみなさんに、お礼申し上げます。今晩のために、わざわざカリフォルニアから駆けつけてくれたメーガン・ケイヒルにはとくに感謝します」

人々はメーガンに拍手を送った。彼女は頰を紅潮させ、しばらくうつむいてから、まえに進み出た。

「今回の展覧会のためにパリセイズ・ハイツに来るかどうか決心するのに、しばらく時間がかかりました。こんなにも多くの人々に驚きを与えたキャシーの写真が、当然ながら、私には本当につらい記憶を呼び起こすからです。それでも、来ることにしました。『銃を持つ花嫁』は、この上なく恐ろしい状況からも、すばらしいものが生まれる可能性があることを証明しているのですから。会場にはほんの少しまえに到着したばかりなので、みなさんがキャシーの驚くべき写真の数々を見られるのと同じタイミングで、わたしも『銃を持つ花嫁』を初めて見ることになります。みんなで愉しみましょう」

「では、キャシー・モランのすばらしい写真をご覧ください」エレン・デヴェローが言った。

ほとんどの客が展覧会か、食べ物が置かれたテーブルやバーのほうに流れていったが、デヴェローやキャシーやメーガン・ケイヒルに近づいて話しかける客もいた。

「さあ」グレンがステイシーをうながした。「チャンスだ」

ステイシーは気持ちを落ち着け、主賓を囲む人々のうしろについた。メーガン・ケイヒルのまわりの人垣がまばらになると、近づいた。

「ミセス・ケイヒル、わたしはステイシー・キムといいます。『銃を持つ花嫁』から着想を得た小説の取材でパリセイズ・ハイツに来ました。いまとてもお忙しいのはわかっていますが、こちらに数日滞在する予定ですので、インタビューの時間をいただけると非常にありがたいのですが。ご都合のいいときでけっこうです」

メーガンは困った様子だった。「結婚式の夜に起きたことは考えたくないの」

「お気持ちはよくわかります。ただ、現実の事件を扱うノンフィクションではないので、今回の取材は参考にさせていただく程度です。それがわたしにとって大きな意味があるんです」

メーガンはステイシーの肩越しに誰かが近づいてくるのを見て、すばやく決断した。「パリセイズ・ハイツにいるときのわたしの住まいはご存じ?」メーガンは訊いた。

「はい」

「明日の朝十時ごろ来られますか。そのときに話しましょう」

「ありがとうございます。手短にすませるとお約束します」

メーガンはもどかしそうな笑みを浮かべた。「では、明日」

ステイシーはメーガンが会話を切り上げたがっているのを察した。うしろに下がると、がっしりした年配の男性にぶつかりそうになった。

「どうしてここに、ケヴィン?」メーガンが言った。

「きみと話がしたかったんだが、避けられてるから、ここなら会えると思ってね」

ステイシーは振り向いて、キャシー・モランが空いているかどうか確かめたが、彼女はジャック・ブースと話していた。ステイシーはグレンのところへ戻りながら、ブースがパリセイズ・ハイツに来たのはキャシー・モランの写真を見るためなのか、それとも彼女に会うためなのかと思った。

「どうなったでしょうか?」ステイシーは興奮してグレンに言った。

「メーガンが取材させてくれる」

「正解！　彼女の家で。だから犯罪現場を見られることになったわ。明日の朝」

ケヴィン・マーサーとメーガン・ケイヒルは、画廊の隅の展覧会の奥のほうに移動していた。マーサーは並んだ写真に背を向けて立ち、怒っているような身ぶりだった。メーガンのほうは首を振っていた。そのとき大柄な男が足を引きずりながら彼らに近づき、マーサーの横に立った。杖《つえ》をつき、顔の左側がゆがんでいて、脳卒中を起こしたことがわかる。グレンも彼を見た。

「ヘンリーだ」グレンは驚いた口調で言った。

「あなたのパートナーの？」ステイシーは訊いた。

「ええ」

メーガンはベイカーのほうを向き、彼を見つめた。するとふいに手で口を押さえ、くるりと振り返って画廊から駆け出していった。

「メーガン」マーサーが彼女のうしろ姿に叫んだが、メーガンは止まろうとしなかった。

ステイシーが見ていると、キャシー・モランとジャック・ブースが逃げていく彼女のほうに首をめぐらした。キャシーはすぐさまマーサーに近づき、ジャックも彼女の数歩うしろからついていった。キャシーはメーガンがさっきまでいた場所で止まった。

「彼女に何を言ったの？」強い口調でマーサーに訊いた。

「別に何も。どうしてメーガンが走り去ったのかわからない」

「何かしたはずでしょう」

「本当に、なぜこうなったのか見当もつかない。ヘンリーが来たあと、メーガンが急に怯《おび》えた表情で飛び出していった」

キャシーはヘンリー・ベイカーのほうを向いた。「どうしてメーガンが走り去ったか、わかります？」

ベイカーは首を振った。「私はただ挨拶しようとしただけだ」呂律《ろれつ》がまわらず、やっとのことで言った。

キャシーは何か言いかけたが、やめて顔をしかめた。それからまた怒りをあらわにした。

「オープニングを台なしにしてくれてありがとう、ケヴィン」

彼女は踵《きびす》を返すと、ジャック・ブースをしたがえて去り、マーサーに答える隙《すき》を与えなかった。

「すごく変だったな」グレンがステイシーに言った。

「え？」ステイシーは訊いた。ジャック・ブースとキャシー・モランが立ち去るのを見ていて、グレンの言ったことを聞いていなかった。

「メーガンが飛び出した様子。おかしかったと思う」

「たしかに」ステイシーは同意し、顔を曇らせた。「ミス・モランに取材の申しこみをしたいけど、いまはタイミングが悪そうね。エレン・デヴェローとは懇意ですか？　つまり、ミス・モランとのあいだを取り持ってとお願いできるくらい」

「じつは懇意にしてる。うちの事務所で彼女の法律業務をしたことがあるから。明日彼女に電話してみよう」

「ありがとう、グレン。ぜったい小説に登場させます、重要な役で！」

グレンは笑った。「さあ、ヘンリーに紹介しますよ」

グレンはステイシーを部屋の反対側に連れていった。

「調子はどうです、ヘンリー？」

ベイカーは杖をついてグレンのほうを向いた。

「無理しないようにと医者から言われましたよね」グレンは気遣って言った。

「そうなんだが、この展覧会は見逃したくなかったんだ。メーガンも来ると聞いたし。彼女にはずいぶん会ってなかったから」

「椅子を持ってきましょうか？　だいじょうぶですか？」

「大騒ぎしなくていい。隣人のヘレン・ドゥーリーがここまで車で連れてきてくれた」ヘンリーは、入口に近い部屋の端で写真を見ている中年女性を杖で示した。「展覧会を見終わったら家に連れて帰ってくれる。さあ、きみの友人を紹介してくれ」

「すみません、ヘンリー。ステイシー・キムです、取材でこの町に来ているとお伝えした」

「ケイヒル事件にもとづいたフィクションを書いているということでしたか？」ベイカーが言った。

「はい」

「その本は読まないとな。誰がレイやパーネル・クラウズを殺したか、もう突き止めましたか？」

「いいえ。でも、事件を解明するつもりはないんです。事実を小説の骨組みに使いたいだけで」

「残念だな。ぜひとも犯人を知りたいのに」

「事件を解決すればすごい宣伝になるよと彼女に言ったんです」グレンが言った。

「そりゃそうだ。かなり頭のいい人たちが解明しようとしてきたけれど、誰も成功していないわけだから」

「クラウズがレイモンド・ケイヒルを殺したんだと思っていました」ステイシーが言った。

「彼がやったのかもしれないし、そうではないかもしれない。クラウズは完全に潔白で、真犯人が彼を嵌《は》め、例のコインをこっそり置いて強盗に加わったように見せかけたのだとしたら？」

ステイシーはその可能性について考え、眉《まゆ》をひそめた。「クラウズがケイヒルの家にいなかったとしたら、彼が強盗を働いたというメーガン・ケイヒルの証言は嘘《うそ》になります」

「結論はどうしてもそうなるね」ベイカーも同意した。「しかも彼女は浜辺でキャシーに発見されたとき、凶器を手にしていた」

「メーガンが夫を殺したとお考えですか？」ステイシーは訊いた。

「いや。私は彼女の話を信じていますよ。あなたが小説の構想を練る手助けをしたまでです」

「まあ」

ベイカーは笑みを浮かべようとしたが、口角を上げようとして顔がゆがんだ。

「会えてよかった、ミス・キム。疲れてきたから、まだ元気なうちにキャシーの写真を見ることにします。私のアドバイスが必要になったらグレンに言ってください」

ベイカーは足を引きずりながら写真のほうに向かった。グレンは腕時計を見た。

「まだ早いな。軽く食事するか飲みに行きます？」

グレンともっといっしょにいるほうが、モーテルの部屋に帰るよりステイシーには魅力的だった。

「いいですね。オードブルを食べそこなっておなかペコペコ」

「じゃあ、行こう」

「あれはいったいなんだったと思う？」メーガン・ケイヒルが画廊を飛び出した直後に、ジャックはキャシーに尋ねた。

「メーガンとさっき食事をしたの。ケヴィンとの厄介な離婚協議が長引いていると話してたから、きっとそれよ」

「ところで、元気だった？」ジャックは訊いた。

「すごく、本当に。写真を撮るのはやめなかったけど、しばらくわたしのキャリアは、ドラッグやリハビリ後のパリセイズ・ハイツへの自主亡命で停滞していた。そんなときにＭＯＭＡが今回の展覧会を発表して、またにわかに注目を浴びることになったの」

「なら、また各地で展示を再開する？」

「ニューヨークとLAでショーがあるし、シアトルの画廊からも展覧会の相談をしたいと言われてる。それに商業用の撮影の話も来てるのよ」

「すごいな」

ジャックは会場を見まわした。メーガンが画廊から走り去ったときには一瞬しんとしたが、何もかも口論のまえの状態に戻ったようだった。

「彼らの口喧嘩《くちげんか》で会場の雰囲気が変わることはなかった。みな本当に愉しそうだ」

「どうしてここに、ジャック？」

「ん？　これは単刀直入だな」

キャシーは答えなかった。

「ステイシー・キムのせいだよ」ジャックはニヤリとして言った。

「誰？」

ジャックはステイシーを手で示した。「グレン・クラフトと話しているあの女性が、あなたの写真から着想を得た小説を書いていて、ポートランドのうちの事務所にケイヒル事件の取材に来た。あなたとも話したいと言ってくると思うから、応じるといい。

なかなかいい娘さんで、熱意にあふれてる。いいことをした気になるよ」

「あなたはまだわたしの質問に答えていない」

ジャックは肩をすくめた。「ケイヒル事件をまた思い出して、あなたのことを考えた。そこへこの展覧会がニューヨークからポートランドに移る合間に短期間、パリセイズ・ハイツで開催されるという記事を目にした。またあなたに会えたらいいなと思って」

キャシーは微笑んだが、悲しげな顔をした。「あなたがわたしたちの関係を深めたいと思っていたことはわかってる、ジャック。たぶんそうなれた時期もあった。でも、いまはどんなつき合いもあまり興味がないの。あなたに会えてよかったけど、もしパリセイズ・ハイツに来た理由がわたしなら、来るべきじゃなかった」

ジャックは失望を隠そうとしなかった。「フェアな人だな。正直に言ってくれて感謝する」

キャシーは手を伸ばして彼の頰に触れた。「いい人ね。わたしにまだロマンチックな感情を抱いてくれてるなんて、うれしい。この歳《とし》でそんなふうに思われたら、本当に舞い上がりそう。そろそろほかのお客さんにも挨拶《あいさつ》してまわらないと。写真展を愉しんでね」

34

ステイシーは翌朝、上機嫌で目覚めた。モーテルから数ブロックの家族経営のレストランで朝食をとって浜辺を散歩し、メーガン・ケイヒルにする質問を考えた。九時半になると、オーシャン・アベニューを歩いてメーガンの家に向かい、玄関のベルを鳴らした。家が海風をさえぎっているので、迎え入れられるのを待つあいだ、暖かな日差しを感じた。数分後、またベルを鳴らした。まだ返事がない。

すばらしくいい天気だから、きっとメーガンはテラスで日光浴をしていてベルの音が聞こえなかったのだろうと思った。ドアを押してみると、開いていた。待たれていた証拠だ。

「こんにちは」ステイシーは叫んだ。「ミセス・ケイヒル、ステイシー・キムです」

返事はなかった。敷石の通路に足を踏み入れると、悪臭が鼻をついた。レイモンド・ケイヒルが殺されたとき、死体が発見された書斎の外の廊下でひどいにおいがした、とジャック・ブースが言っていたのを思い出した。胃の奥がむかむかしはじめた。

嫌なにおいはリビングからのぼってきた。ステイシーはそれを嗅《か》がないように息を止め、勇気を奮い起こして手すりから見おろした。あわてて手で口を押さえた。メーガン・ケイヒルが仰向けに倒れていたのだ。着ている白いTシャツは赤錆色《あかさびいろ》に染まり、頭のまわりを光輪のように血が取り囲んでいた。眼を大きく見開き、両腕を広げ、驚いたように口を開けている。完全に意表を突かれて死んだ形相だった。

ステイシーはそのときのことをあとで振り返り、よく叫び声をあげなかったものだと自分を褒めたくなった。とはいえ、思わぬすばやさであとずさって家を出たのはまちがいなかった。オーシャン・アベニューに出るが早いか、九一一に電話した。


グレン・クラフトがジョージ・メレンデスのオフィスに入ると、ステイシーが警察署長の向かい側に坐《すわ》って、縁が欠けたマグで紅茶を飲んでいた。グレンのネクタイはゆるみ、法廷で着ていたスーツも髪もくしゃくしゃだった。ステイシーはその様子を見て、急いで助けに来てくれたのだと思い、リビングのカーペットに倒れたメーガン・ケイヒルを見てから初めて気分がよくなった。

「すぐ来られなくて申しわけない」グレンは言った。「電話をもらったときには裁判中で、休廷するまでメッセージを聞けなかった」

　彼は警察署長のほうを向いた。「ステイシーは面倒なことに?」

「いや、ぜんぜん」メレンデスは言った。「彼女は目撃者だ。何があったか聞いたかね?」

「あまり聞いていません。ステイシーの電話のメッセージでは、メーガン・ケイヒルが死んでいたのを発見したとしか」

　メレンデスはうなずいた。「犯行現場から彼女を遠ざけるために、私がケイヒルの家からここまで連れてきた」

「メーガンは殺されたんですか?」グレンは訊いた。

　警察署長はうなずいた。

　グレンは不安げに、「だいじょうぶ?」とステイシーに尋ねた。

「まだ動揺してるけど、だいじょうぶ」

「犯人は家にいなかったんですよね?」

「検死官によれば、ミセス・ケイヒルは昨夜遅くに殺された。ミズ・キムが訪ねるよりずっとまえだ」

「それだけは感謝すべきだな」グレンは言った。「何があったんですか?」

「ミセス・ケイヒルの遺体はリビングで発見された」メレンデスは言った。「刺されていたが、バルコニーから落ちて首を折った。おそらく死因はそれだろう」

「なんてひどい。強盗ですか？　何者かが押し入ったんでしょうか」

「ちがうと思う。無理やり入った形跡がないし、家が荒らされた様子もない。おそらく犯人が玄関のベルを鳴らしたとき、ミセス・ケイヒルは寝ていたんだ。玄関ドアを開けたときに刺され、その後手すりからリビングに転落したか、突き落とされた」

グレンはステイシーの顔から血の気が引いていることに気づいた。「ステイシーはまだいたほうが？」

「いや。供述はもう取ったから」

「帰してもかまいませんか？」

メレンデスはうなずいた。

「ありがとう、ジョージ」

ステイシーは立ち上がった。紅茶を飲んで落ち着いたが、まだ少し動揺していた。死体について読んだり書いたりするのと、実際に見るのとでは大ちがいだ。

「本当のところ、調子はどう？」郡庁舎の外の歩道に出ると、グレンは訊いた。

「あまりよくない」

「車はどこに？」

「モーテル。ミセス・ケイヒルの家には歩いていったから」

「モーテルまで送りましょうか？」

「いいえ、あまり、その……いまはひとりでいたくないの」

グレンはしばらく黙った。少し迷っている顔だった。「ぼくの家に来る？　ゲストルームがひと部屋ある。モーテルから入り用なものを取ってきて、今晩泊まればいい」

「ありがとう。そうさせてもらいます」ステイシーは疲れきった笑みを浮かべた。

「やさしいのね、グレン」

彼は赤面した。「いや、たいしたことじゃない。週に一度は囚《とら》われの姫君を助けてるからね」

グレンは浜辺から一ブロック離れた近代的な箱型の二階建ての家に住んでいた。玄関のドアを開けるとリビングがあり、ガラスの引き戸から海に面したテラスに出られた。彼はステイシーを二階へ案内し、寝室のドアを開けた。彼女が部屋に入ると、スーツケースをクイーンサイズのベッドに置き、バスルームを見せた。ドアの向こうは海が一望できるベランダだった。ステイシーは外に出た。新鮮な空気が心地よかった。

「すばらしい家ね」ステイシーは言った。

「楽なものに着替えたら？　着替えがすんだらおりてくるといい」

グレンがドアを閉めると、ステイシーはデッキチェアにへたりこんだ。家は海に近く、浜に打ちつける波の音が聞こえる。そのホワイトノイズの催眠術で、さっき見た光景を忘れられればいいのにと思ったが、眼を閉じた瞬間、メーガン・リイヒルの血まみれの死体のイメージが押し寄せてきた。

メーガンの両脚が体の下でどんなふうにねじれ、頭が血の海にどう浸《つ》かっていたかを思い出した。玄関に応対に出たメーガンに犯人が襲いかかるところを想像した。メーガンは攻撃をかわそうとしてうしろによろめき、腰がバルコニーにぶつかったはずみで手すりを越えてまっさかさまに落ちてしまったのだろう。気の毒な女性の頭蓋骨《ずがいこつ》がリビングの床に激突するところを想像して身震いした。せめてメーガンが即死して苦しまなかったようにと願った。

首を振って死体のイメージを消そうとしたが、どうしても消えなかった。突然ひとりでいることに耐えられなくなり、寝室に入ってスーツを大急ぎでジーンズとTシャツに着替えた。

ステイシーがリビングに入ると、グレンが振り向いた。彼女の表情からグレンは何かを感じ取った。

「だいじょうぶ?」彼は訊いた。

「死体のことを考えつづけてしまうの」

グレンは少しためらったあと、ステイシーを抱きしめた。彼女は身をゆだね、すすり泣きはじめた。抱きしめられて気持ちがとても楽になった。

「だいじょうぶだよ」グレンが言った。

ステイシーはうしろに下がって涙をぬぐった。

「ごめんなさい」

「謝らなくていい。何か飲む? 上等のシングルモルトがある」

ステイシーは鼻をすすり、無理に微笑んでみせた。「それがいいかも」

「テラスに出よう」グレンはそう言いながら角氷をグラスに入れ、ステイシーのために強い酒を注いだ。ステイシーは外に出てラウンジチェアに身を沈めた。グレンも自分のグラスを持ってあとに続き、ふたりは黙って飲んだ。グレンが殺人事件について訊かないことがステイシーにはありがたかったが、いくつか引っかかることがあって、結局話しはじめた。

「画廊で起きたことは、メーガンの殺害と何か関係があったと思う？　今回の殺人はレイモンド・ケイヒルの死と関係があるのかしら」

「ぼくもその両方について考えたけど、彼女の死が十年前の事件とどう結びついているのかわからない」

「画廊にはケイヒル事件にかかわった人が大勢いた。ジャック・ブース、あなたのパートナー、キャシー・モラン、それからケヴィン・マーサー」

「ぼくもね」グレンは笑みを浮かべて言った。

ステイシーは笑みを返した。「あなたは最初からわたしの第一容疑者よ。でも、こんなによくしてもらったあとでそれを言ったら失礼でしょう」

「ほう」

ステイシーはまた真顔になった。「メーガンは、画廊から逃げ出す直前に起きたことに衝撃を受けた。でも、いったい何があった？　ケヴィン・マーサーと口論してたけど、彼女が走り去ったのはミスター・ベイカーが来てからだった。ミスター・ベイカーがメーガンの行動の引き金になった可能性は？　彼を見るなり動揺したということ？」

グレンは顔をしかめた。「あんなふうに彼女が走り去るようなことをヘンリーがしたとは思えないな」

「ミスター・ブースは、ミスター・ベイカーが死刑裁判専門の弁護士でもないのにミセス・ケイヒルの弁護人になったことに驚いたと言っていた。適任でないなら、どうしてあんな重大事件を引き受けたのかしら。そもそもミセス・ケイヒルはなぜ彼を弁護人にしたがったの？」

グレンはことばに詰まり、ため息をついた。「ぼくの考えを聞いても胸にしまっておくと約束してくれます？　これは本当に小説には書いてほしくない」

「約束します」

「ヘンリーがメーガンと知り合ってまもなく、彼の妻がヘンリーのもとを去った。離婚で深く傷ついた彼は酒を飲み、自分の外見もまったく気にしなくなった。仕事もおろそかになって、本当に心配だったんだ。そんなときメーガンの代理人になる話が舞いこんで、彼は元気を取り戻した。メーガンはじつにきれいな女性だ。十年前の彼女はもう息を呑《の》むような美しさだった。ぼくには何も言わなかったけど、ヘンリーは彼女に夢中だったんじゃないかな。死刑裁判を扱った経験がないのに弁護人になることを約束したし、メーガンは弁護士報酬も支払えなかったんだ。レイモンド・ケイヒルの遺言執行人は、彼女がレイを殺していないことがはっきりするまで遺産を渡さないつもりだったから。事件はヘンリーが深みにはまるまえに終結したけど、あのときメーガンが起訴されていたら、ヘンリーは目を覚ましたかどうか」

「あなたはその……」ステイシーは言いよどんだ。「ヘンリーとメーガンが……」

「つき合っていたかって？　そうは思わない。彼女がヘンリーと寝ていたとしても、ぼくは知らなかった」

ステイシーは眉を寄せた。「いま馬鹿《ばか》げた考えが浮かんだの。ミスター・ベイカーがミセス・ケイヒルと初めて会ったのはいつ？」

「ぼくが彼女に会った日だと思う。ヘンリーとアルマ、それにぼくと両親がカントリークラブで食事をしていたときに、レイが来てメーガンを紹介した」

「つまり、ヘンリーが彼女と知り合ったのは結婚式の夜よりまえね？」

グレンはぽかんと口を開け、すぐに吹き出した。「まさかヘンリーが謎《なぞ》の第三の男だと言い出すんじゃないだろうね？」

ステイシーは肩をすくめた。「ふと思っただけ」

「あなたの本ではおもしろい展開になるかもしれないけど、ヘンリーが誰かを殺すなんて想像できないな。そもそも彼がメーガンの共犯者だとしたら、どうして彼を見ただけでメーガンが動揺する？　それに、ヘンリーがメーガンを殺すのには無理がある。

彼を見たでしょう。脳卒中で弱り、足元がふらつく。あんな状態でどこに彼女を刺す力がある？」

ステイシーはため息をついた。「あなたの言うとおりね。辻褄《つじつま》が合わない。疲れきって頭が働かないんだわ」

「あんなことを体験したあとでは無理もないよ。さあ、ゆっくりして。何かさっと作れるランチを考えるよ」

グレンはなかに入った。ステイシーは海を眺めながらこの招待主のことを考えた。昨夜、ディナーのときに聞いた話では、グレンは去年婚約を破棄されてから誰ともつき合っていないらしい。婚約者は彼と結婚するよりシカゴで働くことを選んだそうだ。パリセイズ・ハイツに短期滞在しているあいだ、わざわざいっしょにいてくれるのだから、好意を持たれているのだろう。グレンには会ったその日から惹《ひ》かれたが、友だちでいたほうがいいと思っていた。パリセイズ・ハイツで取材が終われば、ここを去る。この沿岸部の町で弁護士として生活しているグレンは、ここを離れる気はないだろう。それでも殺人事件が起きてグレンにこうして助けられると、ステイシーはふたりの関係を続ける方法はないだろうかと考えずにいられなかった。彼ほどいっしょにいて愉しいと感じた人は、最近では思い当たらなかった。

「ランチができたよ」十分後、グレンが大きな木製のボウルをテラスのテーブルに運んできた。「サラダにした。あまり重たいものは食べたくないだろうと思って」

「ありがとう」ステイシーは言った。

グレンはまたなかに入り、アイスティーふたつとナプキン、ナイフとフォークを持って戻ってきた。

「それはそうと」彼はステイシーの考えがメーガンの殺害からそれることを願いながら訊いた。「昔から作家になりたいと思ってた?」

ステイシーは笑った。「作家というのは両親の計画にはなかったわ」

「そう?」

「うちの家族はみんな優秀なの。姉は三百人規模の法律事務所のパートナーで、兄は神経外科医。わたしは科学がすごく得意だったから、両親は医学部に行くものと思ってた」

「それがどうして?」

「すべて順調だった。わたしは医学部進学課程《プリメド》でオールAの成績をとってハーバードの医学部に合格し、婚約者はハーバードのロースクールに進学が決まった。でもある日、本当は医学部に行きたくないし、婚約者に夢中なのはわたしじゃなくて両親のほうだって気づいたの。だから卒業を控えた一カ月前に勇気を出して両親に言った。婚約を解消して秋から都心部の高校で英語を教えたいと」

「ご両親の反応は？」グレンは笑みを浮かべて訊いた。

「かなりまいってたわ。心臓発作を起こしたかと思った。わずかな給料しかもらえないと心配してたし、ふたりとも、スラム街の学校でわたしがどういう男性と出会うか思い浮かべて、ぞっとしてた。でも、わたしは考えを変えなかった」

「どうしてＭＦＡを取得してニューヨークに住むことに？」

「四年間教師をして燃え尽きてしまったの。以前から作家にはなりたいとひそかに思ってたけど、作家としてのキャリアに挑戦する勇気も経済的な安定もなかった。でも教師を辞める年のなかば、祖母が亡《な》くなって六桁《けた》の数字の遺産を相続して、それで州立大学のＭＦＡ課程に応募して入学したの。あとは——よく言うように——ご承知のとおり」

「それで、パリセイズ・ハイツでの取材を終えたらポートランドに戻る？」グレンは尋ねた。その表情は興味本位で訊いているわけではないことを物語っていた。

「作家はどこでも書けるから」ステイシーは慎重に答えた。「初稿を書くあいだ、パリセイズ・ハイツにいてもいいかもしれないけど」

「モーテルに滞在すると金がかかるだろう。そのうえポートランドのアパートメントの家賃も払いつづけるとなると」

ステイシーは笑みを浮かべた。「家賃を節約する方法を知ってるの？」

「考えたんだけど、いまみたいに〈ベイカー・クラフト〉の空いた部屋で仕事をしながら、このゲストルームに滞在したらどうかな」

「予算がかぎられてるから、それはまちがいなく助かるわ」ステイシーは落ち着いた口調を保とうと懸命に努力しながら答えた。「ありがとう。よく考えてみる」

「もちろん」グレンはビジネスライクな口調で言った。「すぐに決める必要はない」

ステイシーはよく考えてみると言ったが、すでに心は決まっていた。

35

ジャック・ブースは、キャシー・モランの展覧会を見に沿岸部まで行くという考えが浮かんだとき、最終的に彼女と結ばれるというひそかな望みを抱いて、その晩泊まる部屋を予約していた。しかし、キャシーからその気はないとはっきり言われたので、夜はひとりでしばらくモーテルのバーにいた。朝起きると、頭をすっきりさせるために浜辺を走った。そして朝食をしっかりとり、正午を少しまわったころチェックアウトした。海岸沿いのハイウェイに向かう途中、エレン・デヴェローの画廊のまえを通ると、警察車が二台駐《と》まっていて、ジョージ・メレンデスが歩道で警官と話をしていた。

ジャックは車を歩道の脇《わき》に駐め、警察署長に近づいた。

「どうしたんです?」ジャックは訊いた。

「こんな小さな町なのに事件が多すぎる。ゆうべメーガン・ケイヒルが何者かに殺された」

「え？」

「例の作家ステイシー・キムが、十時ごろ取材に行って遺体を発見したんだ。すると今度はエレン・デヴェローから、画廊に不法侵入があったと通報が入った」

「その二件の犯罪は関係があるんですか？」

「現時点ではなんとも」メレンデスはそこでことばを切った。「ポートランドに戻るのかな？」

「ええ。でもなぜ？」

「あなたがもう検察にいないのはわかっているが、レイモンド・ケイヒル殺害事件でテディ・ウィンストンの支援に来たときの働きぶりには感銘を受けた。そしていまレイの妻が死んで、画廊が侵入された。ふたつの犯罪に関連はないのかもしれないが、あなたはレイの事件の表も裏も知っている。今回の殺人か過去の殺人が、画廊で起きたことと関係しているのかどうか、別の視点を提供してもらえるとありがたいんだが」

「おっしゃることはわかります」

「不法侵入はただの蛮行かもしれないが、私は偶然というものをあまり信じないほうでね。もう少しここに残ってもらえないだろうか」

「もちろんです、お役に立てるのなら」

画廊に入ると、椅子があちこちに放り投げられ、オードブルを置いていたテーブルは倒れ、ごみ箱もひっくり返されていた。モラン展の部屋では、壁にかかっていた写真がなくなった場所を警察の撮影係が撮影していた。ほかの写真は床の上に散らばっていた。

エレン・デヴェローは怒りで顔を引きつらせて事務室の机にかじりついていた。ジャックと警察署長が部屋に入ると、顔を上げた。

「何があったんです?」メレンデスが訊いた。

デヴェローはドアの向こうの画廊を指差した。「正午に開けたらこのありさま。どこかのろくでなしが裏口から押し入って、めちゃくちゃにしたのよ」

「鍵《かぎ》をかけたのはいつ?」

「昨夜の十一時半ごろ」

「誰が、どんな理由でこんなことをしたか心当たりは?　誰かに恨まれているとか、誰かと最近諍《いさか》いがあったとか?」

「敵なんていないじゃない、ジョージ。くそ画廊をやってるだけなんだから」

「まああ、エレン。わかるよ。しかし訊くのが私の仕事なんだ」

デヴェローはがっくり肩を落とし、後悔の表情を浮かべた。「ごめんなさい。あなたに食ってかかってもしかたないのに。気が立ってるだけ」

「無理もない。それで、何がなくなった？　現金は置いてなかったのかな？」

「小切手や現金は金庫にしまってあったけど、キャシーの写真が何枚かなくなってる」

「保険には入っているかね？」メレンデスは尋ねた。

「ええ、写真を借りるまえにポートランド美術館から保険に入れと強く言われたから。ほとんどの写真は個人蒐集家《しゅうしゅうか》のものなの」

「盗まれた写真は替えがきくのか？」

「きくものもある。現場を見てすぐにキャシーに電話したら、なくなった写真の大半にはネガがあると言ってたわ。彼女はこっちに向かってるところ」

「何がなくなったか教えてくれるかね？　盗まれた写真を把握したい」メレンデスは言った。

デヴェローは机にあったフォルダーを開け、展覧会で撮った一連の写真を取り出すと、ジャックとメレンデスを事務室から冒瀆《ぼうとく》された画廊へと連れ出した。

展示されていた写真が二点なくなった壁のまえに立ち、手にしていた展覧会の写真を示した。

「この写真がここにかかってた」デヴェローは言った。

ジャックはメレンデスの肩越しに、バーカウンターの向かいの壁の鏡を見つめているひげの男の写真を見た。鏡に映る悲しみをたたえた男の顔のまわりに酒壜《さかびん》が並んでいる。もう一枚は、満月に照らされてそそり立つ岩に波が当たって砕ける写真だった。

「キャシーはこの海の景色を撮った直後に、メーガン・ケイヒルを別荘の下の浜辺で見つけたの」画廊のオーナーは言った。

ジャックはその壁のまえから移動しかけて、メーガン・ケイヒルが画廊から逃げ出す直前にそこに立っていたことに気づいた。

「これはわたしの大好きな一枚だった」デヴェローは怒った口調で言いながら、土砂降りのあいだにキャシーがオーシャン・アベニューで撮った写真を指差した。両手を頭にかざし、避難場所を求めて走る人々や、通りを飛んでいく新聞。雨が引き起こした大混乱をとらえていた。

画廊の正面に近い展示コーナーからは、もっと多くの写真がなくなっていた。デヴェローは展覧会に出ていた写真をさらに数枚示した。

「キャシーはこの四枚を、二年前にジェファーソン山に登ったときに撮ったの」

そのあと誰かが何か言うまえに、キャシーがファイルを抱えて画廊に駆けこんできた。

「どうなってるの、ジョージ？　最初はメーガンが殺されて、今度はこれ。同一犯ですか？」

「殺人とこの盗難を結びつけるのは時期尚早だ。画廊の裏口から不法侵入があった。見てのとおり、めちゃくちゃだ。泥棒が会場を荒らしまわって、手当たり次第に写真を持っていったような状態だから、たんなる蛮行かもしれない」

「そんなの信じられない」キャシーが言った。

「現時点ではどんな可能性も排除するわけにはいかない。いずれにせよ、仮説にもとづいて捜査するのは大まちがいだ。事実をその説に合わせようとして何か見落とすかもしれないからね」

「ネガは何枚見つかった？」デヴェローがキャシーに訊《き》いた。

「あなたが盗まれたと言った写真のうち三枚以外はすべて」

「よかった。どれがないの？」

「オーシャン・アベニューの暴風雨と、バーのひげの男と、海の景色は手元にネガがないの。でも、ジェファーソン山のはあった。暴風雨やバーの男みたいな比較的初期の作品は、いろいろな画廊で個人に買われた。展示していた画廊がネガを持っているかもしれないから、今日あとで電話してみましょう」

キャシーはデヴェローにファイルを渡した。画廊のオーナーがそれに目を通すあいだ、キャシーは無残な展覧会を見ていた。

「こんなことになって残念だ」ジャックが言った。

キャシーは彼のほうを振り向かず、歯を食いしばった。「こんなことをしたやつを懲《こ》らしめてやりたい」

「いまはひどい状態だけど、警察が引きあげたら、すぐまたもとに戻すから」デヴェローはキャシーに請け合った。

「われわれはまもなくいなくなる」メレンデスは女性たちに約束した。「あとでフランクに調書を取りに来させるよ。手がかりになりそうなことを何か思い出したら電話してほしい」

ジャックはキャシーを元気づける話題がないかと考えてみたが、彼女が世間話をする気分でないのは明らかだったので、警察署長のあとについて外に出た。

「どう思った?」メレンデスが訊いた。

「とくに何も」ジャックは答えた。「自分の直感では若者が暴れただけかと」

「ああ、そのとおりだろうね。だが、メーガンが画廊から飛び出したことがどうしても気になる」

「言いたいことはわかります。ですが、関連があるとしても私にはわからない」

実際、ジャックにはわからなかった。その後、ポートランドに車で戻るあいだに何か引っかかる気がしたが、何であるかは突き止められなかった。だから無視することにして、週末までに提出しなければならない準備書面に集中した。

Part Six

THE SMOKING GUN

2015

第六部　動かぬ証拠

二〇一五年

36

グレンは週末、ステイシーがポートランドのアパートメントから自分の家に引っ越すのを手伝った。ふたりは節度のある関係を保とうと数日努力したが、惹《ひ》かれ合う気持ちが勝り、一週間もたたないうちに、ゲストルームにあるのはステイシーのスーツケースだけになった。

メーガンの殺害事件で爆発した感情は、ステイシーが人生で最高に幸せな時間をすごすうちに消えていった。ふたりは、平日はグレンの法律事務所で働き、帰宅後はテレビを見たり本を読んだりして、大いに愛し合った。週末はグレンの友人たちと交流したり、海岸沿いを見てまわったりした。グレンはステイシーを釣り船にも乗せ、彼女は人生最高というほど愉《たの》しんだ。

グレンは浜辺を走ることを朝の日課にしていた。ステイシーはあまり運動が得意ではなかったが、高校時代にはクロスカントリーのチームに入っていた。大会で上位に入賞することはなくても、意志の強いランナーで、ときおり活躍してチームの得点獲得に貢献した。ステイシーの大学はディビジョン1に属するスポーツ強豪校だったから、クロスカントリー・チームに入ることは最初からあきらめていたが、ニューヨーク市に移るまで運動のためにランニングは続けていた。ランナーと同居するようになったいま、ステイシーはもとの引き締まった体に戻ろうと決意し、毎朝グレンといっしょに走っていた。

キャシー・モランの助けを借りて、エレン・デヴェローは盗まれた写真のうち三枚を除くすべてをもとに戻すことができた。殺人と不法侵入が世間の耳目を集めたせいで、画廊には予想外に多くの人が詰めかけ、展覧会は大成功に終わった。ステイシーはよほどデヴェローに頼んでキャシー・モランに取材の話を通してもらおうかと思ったが、展覧会がポートランド美術館に移るのを待ってから、改めて取材の道を探ることにした。じつは、どちらにしても関係なかった。グレンがデヴェローに話して、ステイシーの取材を受けてくれるかどうかキャシーに訊《き》いてもらったのだが、キャシーは応じなかったからだ。取材は実現しなかったものの、そもそもキャシーのレイモンド・ケイヒル殺害事件への関与は、浜辺でメーガンを発見したことだけだ。もちろんあの有名な写真を撮った人物ではあるけれど。ステイシーは想像力を駆使して、小説に登場する写真家のキャラクターを肉づけすることにした。小説のタイトルは『銃を持つ花嫁』に決めていた。

恋愛にエネルギーをもらって、小説の大筋はかなり固まってきたが、殺人事件の解決につながる重要な鍵《かぎ》をどうするか決まらず、苛立《いらだ》っていた。読者は小説の結末に納得がいかなければ怒るだろう。しかし実際の事件と同様に、決め手となる解決策が出てこなかったのだ。

ある晩、ステイシーとグレンはテラスに坐《すわ》り、ワインを飲みながら夕日を見ていた。

「ケイヒル事件のことを考えていて、ひとつ閃《ひらめ》いた」グレンが言った。

「そう?」

「警察の捜査報告書によると、フランク・ジャノウィッツがテディ・ウィンストンとジャック・ブースと話したとき、個人の秘密のコレクションのために盗品を買う不徳な蒐集家《しゅうしゅうか》がいると言っていた。もしクラウズが殺人犯じゃなかったら? つまり、ケイヒルのコレクションの一部が盗品で、ケイヒルが泥棒から買っていた可能性はないかな。《ガゼット》の記事には、例の稀少《きしょう》な切手を含む盗品がいくつか紹介されていた。あの記事を読んだ泥棒が、ケイヒルから警察に名前がもれるのを怖《おそ》れて彼を殺したのだとしたら?」

「なぜケイヒルが泥棒の名前を明かすの？　彼が泥棒を雇って盗ませたと警察に思われるかもしれないじゃない。共犯になってしまう」

グレンは肩をすくめた。「ほんの思いつきだよ。実際はちがったとしても、小説の筋の展開には使えるかと思ってね」

ステイシーは笑った。「ありがとう」

「本をベストセラーにしたいんだ。そうすれば、ぼくはヒモになって、ビヴァリーヒルズの豪邸で贅沢三昧《ぜいたくざんまい》に暮らせる。その横できみはパソコンに向かって何時間もぶっ続けに働く」

「せいぜい夢でも見てなさい。何百万ドルも稼ぎはじめたら、あなたなんかさっさと捨てて年下の愛人を作るから」

グレンは笑い、ステイシーの手をぎゅっと握った。「忘れないうちに言っとくけど、複数の老人ホームを経営する企業を相手取った訴訟があって、原告団のひとりの代理人になった。宣誓供述書を取りにポートランドに何日か行くことになって、依頼人が〈ヒースマン〉を予約してくれる。そのホテルはかなり豪華で、部屋にはキングサイズのベッドがある。知り合いの女性たちにいっしょに泊まらないかと声をかけたけど、みんな忙しいらしいんだ。きみはどう？」

ステイシーはニヤリとした。「ほんとにやな人ね。でも、ポートランドの高級レストランでごちそうしてくれるなら、泊まってあげてもいいわ」

「取引成立」グレンは言った。


二日後、ステイシーとグレンは正午にポートランドへと出発し、三時すぎにホテルの部屋に入った。外で食事をしてから映画を観《み》て、愉しい時間をすごした。ステイシーは『銃を持つ花嫁』を書き終えたらどうするか、真剣に考えだした。オレゴンのすべてが気に入っているし、パリセイズ・ハイツが日に日に好きになっている。作家はどこでも仕事ができるということばを、くり返し自分に言い聞かせていた。それにグレンがいる。知り合ってまだ日が浅いが、彼のことを特別な存在だと思いはじめていた。

ポートランドでの最初の朝、グレンは早起きしたが、ステイシーは八時半までベッドにいた。ホテルで朝食をとったあと、カフェ・ラテを持って部屋に戻り、ノートパソコンに向かって仕事を始めた。昔のウェスタン・リボルバーを小説の重要な鍵にしようと漠然と考えていると、ケイヒルがどうやってあのスコフィールドを手に入れたのか気になりはじめた。どうすれば突き止められるだろう。そう思ったのとほぼ同時に、答えが見つかった。

　ステイシーはメモを調べてサンフランシスコの店の電話番号を見つけた。その番号にかけ、呼び出しているあいだ、そわそわしながら待った。

「〈アンティークス〉です」男が言った。

「フランク・ジャノウィッツさんですか？」

「はい」

「作家のステイシー・キムといいます。いまパリセイズ・ハイツに住んで小説の取材をしています。キャシー・モランがメーガン・ケイヒルを撮ったあの有名な写真から着想した小説です」

「この電話はメーガンと何か関係があるんですか？」ジャノウィッツは不安もあらわに訊いた。

「いいえ、直接にはありません。ですが、彼女の遺体を発見したのはわたしです」

「なんてことだ、さぞ怖かったでしょう」

「ええ。彼女に取材する予定でした。それで家に行ったら……」

　ステイシーはことばを切った。「そのことはあまり話したくありません」

「お気の毒に。よくわかります。でもなぜぼくに電話を？」

「あなたならわかるのではと思うことがあるんです。レイモンド・ケイヒルのコレクションの一点について。ミスター・ケイヒルは、ワイアット・アープが所有していたかもしれないスコフィールド四四口径、スミス&ウェッソンのリボルバーで撃たれましたよね？」

「ええ」

「ミスター・ケイヒルがどうやってその銃を手に入れたか、ご存じですか？」

「ぼくが彼のコレクションの手伝いを始めたときには、レイモンドはすでにあの銃を持っていましたから、入手経路は知りません」

「彼のまえに誰が所有していたか聞きませんでした？」

「ええ」

「わたしの理解では、ミスター・ケイヒルはワイアット・アープがあのリボルバーをOK牧場の決闘で使ったと信じていたそうですが、事実でない可能性もあるようですね」

「そうです」

「ミスター・ケイヒルの主張の裏づけをとろうとしたことはありますか？」

「彼に雇われた直後、確認してみようかと提案したんですが、知りたくないと言われてね」ジャノウィッツは笑った。「正確には〝知らなければ傷つくことはない〟と。ワイアット・アープの銃だと信じて満足していたから、その幻想を打ち砕くような真実は知りたくなかったんだと思います」

電話を切ったあと、ステイシーはグレンが数日前に言ったことを思い出した。ケイヒルがコレクションの一部を泥棒から入手したかもしれないと彼は言った。そのことを考えると、疑問が生まれた。ケイヒルはなぜ、ワイアット・アープがOK牧場であのリボルバーを本当に使ったかどうかをジャノウィッツに調べさせたくなかったのだろう。所有している銃がワイアット・アープのものではなかったと判明するのが怖かった？　それとも、あの銃が盗品であることにジャノウィッツが気づくのを怖れた？

ステイシーのカフェ・ラテは、ジャノウィッツとの電話が終わるころには冷めていた。彼女はそれをひと口飲むと、ジャック・ブースのオフィスに電話をかけた。

「ステイシー、今日はまたどんな用で？」つながった電話でジャックが言った。

「数日間ポートランドにいるんですが、ひとつうかがいたいことがあって」

「どうぞ」

「小説のなかで犯人逮捕に役立つ重要な鍵をどうしようかと考えていたところ、実際の事件について考えはじめたんです。それで、あの事件でいちばん興味をそそられるのは銃だという結論に至りました」

「それが何か？」

「パーネル・クラウズがなぜスコフィールドを凶器に使ったのか、不思議に思ったことはありませんか？　クラウズが銃を持っていなかったのなら、ワイアット・アープの銃でミスター・ケイヒルを撃つことは理解できます。ですが、ミセス・ケイヒルの話では、クラウズは銃を持っていた。だとしたら、なぜ彼はわざわざガラスケースを壊して、使い物になるかどうかもわからないあの古い銃に弾をこめたんでしょう」

「その点については当時、われわれも議論した。地区検事のテディ・ウィンストンは、警察の弾道検査でケイヒルを殺害した弾が自分の銃と一致するのをクラウズが怖れたからかもしれないと考えたんだが、私はその説には納得できなかった。警察がクラウズの車やアパートメントを捜索しても銃は見つからなかった。本人が処分したんだろうね。海岸には武器を捨てられる場所がいくらでもあるから。そもそもケイヒルの家の裏には大海原が広がっている。銃を捨ててしまえば、弾道検査で自分と結びつく心配はなくなる。どのみち彼の銃は盗まれたものか、シリアルナンバーをやすりで削り落としていただろう。つまり、手持ちの銃を使っても彼につながる可能性はなかった」

「それならどうしてスコフィールドを使ったんでしょうね」

「誰も納得のいく説明はできなかった。いまだにわからない。謎《なぞ》が解けたら知らせてほしいね」

「せっかくですので、もうひとつ。わたしの小説に登場する写真家の生い立ちを肉づけしたくて、キャシー・モランの幼少時代について調べているんです。でも、大人になってからの情報はたくさんあるのに、幼少期の情報はあまりない。あなたは彼女とポートランドのころからの知り合いで、パリセイズ・ハイツでもいっしょにすごしましたよね。彼女の家族のこととか、育った場所について憶《おぼ》えていませんか?」

「両親は彼女が幼いころ亡《な》くなったと思う。私の記憶が正しければ、彼女が中学生のときに」

「どうして亡くなったか、ご存じですか?」

「いや、知らない」

「両親の死後、誰に育てられたんでしょう」

「母方のおばだそうだ」

「そのおばさんの名前は憶えていますか?」

「憶えてないな。モンタナに住んでたと思う」

「ご両親が健在だったときに、ミス・モランがどこに住んでいたかは？」

「それは知ってたはずだが……いや、待てよ、思い出した。たしかカリフォルニア州アーリントンだった。聞いてアーリントン国立墓地を連想したのを憶えているから」

「ありがとうございます」ステイシーはメモをとった。「たいへん助かりました。ほかに何か思い出されたら、わたしは〈ヒースマン〉に宿泊しています」

37

ステイシーが電話を切るなり、ジャックは、かつてキャシーがキルブライドに不利な証言をすることに同意した際、司法取引の条件のひとつとして麻薬がらみの罪を認めたことを思い出した。キャシーは司法取引上の役割を果たしたことで不起訴になったが、裁判所が判決前報告書の提出を命じ、その作成者が彼女の生い立ちをまとめていた。ジャックもその報告書は読んだが、なにぶん昔のことなので内容をあまり憶えていなかった。地区検事局でかなり出世した友人に頼めば、それを手に入れてくれるはずだ。

マルトノマ郡地区検事局に電話をかけはじめて、途中でやめた。判決前報告書の情報は機密扱いだ。キャシー・モランの承認なしにステイシーに渡すべきではない。ジャックはキャシーの番号を調べて電話をかけた。

「はい」キャシーが出た。

「やあ、ジャック・ブースだ」

「どうしてわたしに電話を?」キャシーは怪訝《けげん》そうな口調で訊いた。

「ステイシー・キムのことを話しただろう? あなたが撮ったメーガン・ケイヒルの写真に触発されて小説を書いている」

「彼女がどうかした?」

「電話があった。小説に登場させる写真家の経歴に使うために、あなたの生い立ちを調べようとしていると」

「彼女はどんなことを知りたがったの?」

「両親や、育った場所や、おばさんについて訊かれた」

「それであなたは何を話した?」

「何も。地区検事局のレックス・バロンに電話して、ステイシーにあなたの判決前報告書を読ませてもらえるか訊くつもりだった。報告書には生い立ちのことも含まれているから。ただあれは機密情報だから、あなたの承認なしには何もしたくなかった」

「ねえ、そんなこと許さないから」キャシーは激しい口調で答えた。「あの人、疫病《やくびょう》神《がみ》ね。このまえ取材しようとしたかと思えば、今度はわたしの私生活を嗅《か》ぎまわってる。ぜったい認めないわよ。彼女にわたしの報告書をみせたら、あなたと郡を訴える。

スーパーで売ってるくだらないタブロイド紙で自分の私生活を目にするなんて。そういうのはもうたくさん」

「だから電話したんだ。あなたを傷つけるようなことは断じてしない。それだけはわかってほしい」

電話の向こう側がしばらく静かになった。やがてキャシーが深く息を吸うのが聞こえた。

「ごめんなさい、ジャック。あなたに怒りをぶつけるべきじゃなかった。電話してくれてありがとう。いろいろありすぎたの。いまはプライバシーを守りたいだけ。わたしにはもうそれしか残ってない」

ジャックは電話を切り、正午まで仕事をした。天気がよかったので、サンドイッチとソフトドリンクを買って外で食べることにし、パーク・ブロックスに行った。いくつもの公園がほとんど途切れることなく街を貫いている場所だ。ポートランド美術館の向かいのベンチに坐ると、キャシー・モラン展を宣伝する横断幕が掲げられていた。そこで突然、考えが浮かんだ。メーガン・ケイヒルは一瞬起きた何かのせいでエレン・デヴェローの画廊から飛び出し、その夜殺されたのだった。メーガンの突然の逃走と、殺害事件と、画廊の写真の盗難にはこれといった関連はなさそうに見えるが、こうした出来事の一部だけでもまったく無関係に起きたとは信じがたい。もしかしたら全部が関係しているのではないか。

　画廊で起きたことについては何度か考え、ケヴィン・マーサーの言動か、ヘンリー・ベイカーに関係した何かにメーガンはショックを受けたという結論に達していた。しかしふと、もうひとつ別な可能性があると思った。メーガンは画廊での短いスピーチで、キャシーの写真展を見るのは初めてだと言っていた。画廊から走り去るまえ、彼女はマーサーとベイカーのうしろの壁にあった写真が見える位置に立っていた。その写真のどれかに写っていた何かを見て、動揺したのだろうか。

　ジャックは昼食を終えるとすぐにポートランド美術館の入場券を買い、モラン展の写真一点一点を注意深く見ていった。どの写真にもとくに驚くべきものは見当たらなかった。エレン・デヴェローの画廊に不法侵入があった際、デヴェローはジャックと警察署長に、盗まれた写真とその展示場所について説明した。彼女が写真のいくつかについて話していたとき、ジャックはメーガンが画廊から逃げる直前に立っていた場所に自分もいると思ったのだった。眼を閉じて、メーガンが見た写真は盗まれたうちのどれだったか思い出そうとした。そして微笑《ほほえ》んだ。歳《とし》とった脳もまだ働いている。デヴェローは二枚の写真について話していた。一枚はキャシーがメーガンを浜辺で発見する直前に撮った海の景色。もう一枚はバーの鏡を見つめるひげ面《づら》の男だ。ジャックは眉《まゆ》をひそめた。どちらかの写真の何がメーガンに画廊から飛び出すほどの衝撃を与えたというのか。しばらくその問題について考え、やはりそれはないと結論した。

38

ポートランド出張から二日後、グレンは数日にわたる連邦裁判所管轄《かんかつ》事件の公判前審問のためにレーン郡まで車で出かけた。彼が家を留守にした初日、ステイシーはゆっくり起きて走りに行った。ほとんど風のない爽《さわ》やかな朝だったが、いまや人の住んでいないケイヒルのビーチハウスでふたつの殺人があったことを思うと、そばを走るときには思わず身震いした。警察はまだメーガンの殺害犯を特定できていないようだ。何か進展があればガゼット紙に記事が載るはずだから。この事件についてしばらく新聞では何も目にしていなかった。

キャシー・モランは、『銃を持つ花嫁』がピューリッツァー賞を受賞して、写真が法外な値段で売れはじめてからの収入で、海を見渡せる崖《がけ》の上に家を購入していた。ケイヒルの家をすぎて三キロほどで地平線にキャシーの家が現れる。ステイシーはそのあたりを走るたびに、海岸を散歩する写真家にばったり会えたらと思った。直接話すことさえできれば、キャシーと打ち解けることができるのに。

彼女の家の下を走ったとき、誰かが窓辺に立っている気がした。その人影がキャシー・モランで彼女の注意を惹けたらと思い、ステイシーは立ち止まって手を振った。数歩走ると見え方が変わり、ピクチャーウィンドウのガラスに光が反射して視界がさえぎられた。誰かがこちらを見ていると思ったところまで歩いて戻ったが、誰もいなかった。ステイシーは顔をしかめた。たしかに窓辺に誰かいたけれど、走りながらおかしな角度で見上げたから幻だったのかもしれない。キャシーが話をしに浜辺までおりてきてくれることを期待して、家の下で待ってみた。しばらくして、そんなに都合のいいことは起きないと思い直し、ランニングを続けた。

リズムに乗ってくると考えがあちこちに飛んだ。ワイアット・アープの銃を小説の重要な鍵にするという可能性にまだ魅せられていたので、その銃について知っていることを片っ端から考えはじめた。インターネットの情報によると、合衆国騎兵隊の兵士が片手で発砲できるようにジョージ・スコフィールド少佐が考案した銃だった。騎乗中に銃身を開いて弾を再装塡《さいそうてん》できる。西部開拓時代のガンマン、ジェシー・ジェイムズやワイルド・ビル・ヒコックも使っていた。スコフィールド・ロシアンは帝政ロシア政府愛用の拳銃《けんじゅう》だった。こうした情報はどれも興味深いが、小説の鍵として銃を使いたいステイシーの役には立たなかった。

今度はケイヒル事件のファイルにあった銃の情報を思い出した。《パリセイズ・ハイツ・ガゼット》の記事に掲載された銃の写真。警察の捜査報告書には、ジャック・ブースとテディ・ウィンストンがフランク・ジャノウィッツから聞いた話の内容が書かれていて……。

ステイシーは急に立ち止まった。ジャック・ブースは、キャシー・モランがカリフォルニア州アーリントンで育ったと言っていた。その場所について以前聞いたことがあるのに気づいたのだ。同じコースを引き返してグレンの法律事務所に向かった。キャシーの家を一キロほどすぎたところで、ふと肩越しにうしろを見ると、何者かが五百メートルくらいうしろから海岸沿いを走ってきていた。黒い服を着て、顔はスウェットシャツのフードで隠れている。ついてくるのが男なのか女なのか、この距離ではわからなかった。

ステイシーはまえを向いて走りつづけたが、心配になってきた。もう一度ちらっと振り返ると、そのランナーはまだうしろにいた。距離が縮まった気がする。走るペースを上げたものの、馬鹿《ばか》らしく思えた。誰かに尾《つ》けられるわけがない。あの人も運動しているだけだ。みな四六時中ビーチを走っている。それにしても、これほど暖かい夏の朝にスウェットシャツというのはどうも怪しい。

オーシャン・アベニューまで数ブロックの住宅地につながる入口を見つけた。ステイシーはすばやく向きを変えて、砂浜をそちらに走った。呼吸が浅くなってきた。歯を食いしばって狭い砂の小径《こみち》に急いで入り、海岸から離れた安全な場所に向かった。オーシャン・アベニューに出たときに振り返ってみた。うしろには誰もいなかった。脚は痙攣《けいれん》しはじめ、息も荒くなったので走る速度をゆるめた。往来の騒音を聞いてほっとした。商業地区の端の建物も見えはじめた。もう一度あたりを見まわして誰もいないことを確認したが、彼女はまわりに人が大勢いる場所に無事たどり着くまで走りつづけた。

ステイシーは〈ベイカー・クラフト〉のオフィスに入るなり、目当てのファイルが入った保管箱をすぐに見つけた。レイモンド・ケイヒルのインタビューが載ったパリセイズ・ハイツ・ガゼット紙を取り出すと、ページをめくった。探していた文には、まさに思っていたとおりのことが書いてあった。

レイは成人してからカリフォルニア州の海辺の高級住宅地アーリントンで暮ら

しているが、その後も毎年一週間は祖父母の家ですごしていた。……。

ステイシーは椅子《いす》の背にもたれた。レイモンド・ケイヒルとキャシー・モランは、ふたりともカリフォルニア州アーリントンに住んでいた。そこにどういう意味があるのだろう。思いがけないふたりのつながりだが、そもそもどういうつながりなのか。ケイヒルはキャシーよりずっと年上だ。キャシーの両親を知っていたのか？

レイモンド・ケイヒルについて知っていることを思い出してみた。大学を中退した彼は、二十代前半には富豪になっていた。突然大金を手にして、すぐアーリントンの大邸宅を購入した。キャシーの両親は彼女が若いころ亡くなり、キャシーはモンタナのおばに育てられた。だから、ケイヒルとともにアーリントンに住んでいたときには若かったはずだ。

ふいにこの発見からある可能性が生まれるかもしれないと思った。キャシー・モランがケイヒル事件のたんなる目撃者ではないとしたら？　レイモンド・ケイヒルの殺害に関与したということはありうるのか？　もしそうなら、メーガン・ケイヒルは無実かもしれない。そしてメーガンが無実だとしたら、パーネル・クラウズが夫を殺したという彼女の話は事実だったのだ。クラウズが強盗殺人にかかわったことを示す証拠は充分ある。パリセイズ・ハイツにいたというだけでも関与が考えられるし、車のトランクから盗まれたコインも発見された。しかし、オレゴン州に住んでいたキャシーが、テキサス州で育ちカリフォルニア州オークランドに住んでいたクラウズとどうして知り合う？　それに、キャシーにレイモンド・ケイヒルを殺さなければならないどんな動機があるというのか。

しばらくたってステイシーは考えるのをあきらめ、帰宅してシャワーを浴びることにした。グレンの家に帰る途中、尾けられている気配が少しでもないかよく確かめたが、とくに変わったことはなかった。家に着くころには、メーガンの遺体を発見したことで怖気《おじけ》づき、神経が昂《たかぶ》っていたのだろうと思った。そのうち、黒い服を着た人は朝のランニングをしていただけで、怖れる必要はなかったのだと確信した。

39

シャワーを浴び、簡単に昼食をすませると、ステイシーは法律事務所に戻った。キャシー・モランがレイモンド・ケイヒル殺害事件に関与したという考えを振り払うことができなかった。あの有名な写真を撮った夜、彼女は本当に個展のために写真撮影をしていたのだろうか。それともあれは犯行を隠蔽《いんぺい》するための口実だった？　さらに、パーネル・クラウズを殺したのは誰だろう。クラウズは月曜の夜に殺された。ジャック・ブースが月曜の午後、キャシーに警察署で事情聴取したことは聞いたが、警察署を出たあとの彼女の行動については誰からも聞いた記憶がない。キャシーはブースに、月曜の夜は仕事をしていたと言ったが、本当にバーで働いていたのだろうか。その疑問に答えられるのは誰だろうと考えていたとき、ヘンリー・ベイカーが足を引きずって現れたので、ステイシーは驚いた。

グレンの共同経営者は大男だが、弱って見えた。杖《つえ》にもたれ、肌は病的に青白く、顔の左側はたるんでいた。モラン展のオープニングのあと何度かオフィスに顔を出したが、すぐに疲れてしまうので長時間いることはめったになかった。ステイシーは挨《あい》拶《さつ》をする以外、彼とあまり接したことがなかった。

「本のほうはどうですか？」ベイカーが尋ねた。

「はかどっています」

「それはけっこう」

ベイカーはためらった。また口を開いたときには、感情を抑えているようだった。

「あなたはその……メーガン・ケイヒルを発見したそうだね」

「ええ」

「さぞ怖い思いをしたにちがいない」

「はい。ケイヒル夫妻のことはよくご存じでしたか？」

「それほどは。レイの法律業務をして、いっしょにゴルフを数ラウンドまわった程度だ。レイが殺されたあとは、短期間メーガンの弁護士をした。彼女は自由になったとたん、カリフォルニアに帰ってしまったよ」

「でも、彼女はミスター・ケイヒルの別荘を手放さなかったんですよね。しょっちゅう来てたんでしょうか？」

「ときどきだな」

「彼女がこの町にいるときには会いましたか?」

「カントリークラブでね。どうしてそんなことを訊くんだね?」ベイカーは怪訝そうに尋ねた。

「ほんの好奇心です。彼女を発見したから……あんなかたちで。生きているときにはどんな感じだったのか、ちょっと知りたいんです。モラン展のオープニングでほんの少し会っただけだからイメージできなくて」

「いい人だったよ。結婚式の夜にあのように夫を殺されて……それで変わってしまった」

「どうして彼女が画廊から走り去ったのかわかりますか?」

「いや。あれには本当に驚いた」

ベイカーはしばらく眼を閉じ、ドア枠にもたれた。

「すまない。近ごろはあまり体力がなくてね。本がうまくいくことを祈ってますよ」

彼はそう言うと、廊下を自分のオフィスへと向かった。

ステイシーは彼が出ていくのを見つめた。メーガン・ケイヒルの話題になったときのベイカーの反応には、押し殺した強い感情がうかがえた。

ステイシーはキャシー・モランに考えを戻した。そして、レイモンド・ケイヒルが殺された日に彼女が警察署からどこに行ったか教えてくれそうな人物に。

ステイシーが〈シーフェアラー〉に入ったとき、店には客が数人しかいなかった。バーテンダーは大柄で筋骨たくましい男だった。頭は丸刈りで、巨大な腕にはタトゥーがびっしり入っている。ステイシーは勇気を出してカウンターの端の席に坐った。

「グレイディ・コックスさんですか?」注文を取りに来たバーテンダーに彼女は訊いた。

「ああ」コックスは気さくな笑みを浮かべて答えた。

「わたしはステイシー・キム。作家です」

彼女はそこでことばを切り、相手の反応を確かめたが、コックスの表情は変わらなかった。

「メーガン・ケイヒルを撮ったキャシー・モランの有名な写真に着想を得て、小説を書いています。写真家も小説に登場させるつもりです。あの名高い写真を撮ったとき、キャシー・モランはここで働いていたということなので、彼女の印象を訊きたいと思いまして」

「働き者だし、いっしょにいて愉しい人だったよ」

「有名になるまえから、彼女が才能ある写真家だということは知ってました？」

「写真をエレン・デヴェローの画廊で展示してたから、おれも見たことがあった。この店にもいくつか作品をくれた」彼はモランの写真が飾られている壁を顎《あご》で示した。

「ミス・モランはパリセイズ・ハイツに越してくるまえ、あなたの弁護士をしていたそうですね」

コックスはうなずいた。

「優秀でしたか？」

「よくやってくれた」

「レイモンド・ケイヒルの遺体を発見してすごく動揺したでしょうね」

「そりゃそうさ」

「あの夜、仕事に来て事件のことを何か言ってました？」

「たぶんね。憶えてないが。昔のことだから」

「彼女はミスター・ケイヒルの遺体を発見した夜もシフトにつきました？」

コックスの顔から笑みが消えた。「書いてる本はフィクションだろう。どうしてそんなことまで訊く？」

「ただの参考情報です」

コックスはステイシーをきっと睨《にら》んだ。「そうは思えないな。キャシーのスキャンダルを探してるんなら、場ちがいだ」

「そんなこと。ミス・モランがどんな人か知りたいだけで、迷惑になるようなことはいっさい書きませんよ」ステイシーはバーテンダーを取りこもうとあわてて言った。

「いいかい、ミス……」

「キムです。ステイシー・キム」

「おれは本が大好きだが、あんたはおれの協力なしに書くしかない。キャシー・モランは親友なんだ。おれは彼女を傷つけるようなことはぜったいしない」

コックスはステイシーに背を向け、カウンターの反対側に行った。彼女が店を出ると、携帯電話を取り出して、キャシーにかけた。

「若い女がここに来て、あんたのことやレイモンド・ケイヒルが殺されたときのことをいろいろ訊いたよ」

「ステイシー・キムだった？」

「ああ、そう名乗ってた」

「彼女に何を話した？」

「うせろって言ってやった」

「どんなことを訊かれた？」

「あんたが才能ある写真家だってことを知ってたか、優秀な弁護士だったか、ケイヒルの遺体を発見した日に〈シーフェアラー〉にいたか……そんなことだ。早々にやめさせた」

「電話をありがとう、グレイディ」

しばらく話したあと、コックスは電話を切り、ショットグラスを磨きはじめた。バーテンダーは嘘《うそ》を嗅ぎ分ける勘が働く。ステイシーがキャシーについて訊きたがる理由はわからなくても、それが小説のためなどではないことはわかった。キャシーは昔さんざん苦労した。コックスは彼女にこれ以上つらい思いをさせるつもりはなかった。

40

ステイシーは突然ベッドで起き上がった。何か物音がして目が覚めた。わずかな音も聞きのがすまいと耳をすましたが、風が吹いているだけだった。心臓がドキドキするので、深呼吸して気持ちを落ち着けた。夢だったのだ。馬鹿みたい。そう思って横になりかけたとき、かすかにガタガタいう音がした。誰かがドアノブをまわしているような。

ベッドから出た。もう何も聞こえない。誰かが家に押し入ろうとしているのだろうか。それとも想像力が働きすぎている？　すぐにまた音がした。全部のドアに鍵をかけたかどうか思い出そうとしながら、電話を取って九一一にかけた。オペレーターを待つあいだ、寝室を見まわして、武器になりそうなものを探した。クローゼットのすぐ横にグレンのゴルフバッグが置いてあった。

「ステイシー・キムといいます。デューン・ビュー・ドライブ六十七番地からかけています」緊急通報のオペレーターと話しながら、ゴルフバッグからドライバーを抜き取った。「誰かが家に押し入ろうとしていると思います」

ステイシーはゆっくりと廊下に出た。

「どうしてそう思われるんですか？」オペレーターが尋ねた。

ステイシーはためらった。警察が来てこれが誤報だったら、とんでもなく恥ずかしくない？　その瞬間、ガラスの割れる音がした。

「いまキッチンのドアのガラスが割られました！」彼女は大声で言いながら廊下を走った。「お願い、早く誰か！」

キッチンに駆けこんだ瞬間、裏口のドアの割れた窓ガラスから手袋をはめた手が伸びるのが見えた。ステイシーは声をかぎりに叫びながら、ドアノブを握った手にクラブのヘッドを叩《たた》きつけた。侵入者はうめいて手をひっこめた。ステイシーが残ったガラス窓から外を見ると、スキーマスクをつけた人物も見つめ返した。

「出てけ!!」ステイシーは叫びながら身を守るためにクラブを振り上げた。相手はたじろいだ。そのときサイレンが聞こえ、侵入者は走り去った。いなくなる直前、月明かりで大きなナイフの刃が光った。ステイシーは吐きそうになった。メーガン・ケイヒルは刺されて死んだのだ。

警察車がタイヤを軋《きし》ませてドライブウェイに停まった。ステイシーは玄関から飛び出した。少し腹の出た年配の警官と若い警官が車からおりてきた。

「犯人は裏庭から逃げました」彼女は家の裏手を指差して言った。

「落ち着いて、何があったのか話してください」年配の警官が言った。

「いま逃げてるのよ」ステイシーはなおも言った。

「誰を探せばいいんです？　特徴を教えてもらえますか？」

「スキーマスクをして黒い服を着てた。浜辺のほうへ逃げました」

「武器を持ってましたか？」

「ナイフを持ってた」

年配の警官は若い相棒に手を振った。「追ってみてくれ。私は彼女から話を聞く」

若い警官は家の横をまわって走り去り、年配の警官はステイシーに付き添って家のなかに入った。彼女はいくつか明かりをつけた。

「坐ってひと息ついてください。テッド・ランドルフといいます。落ち着いたところで何があったかうかがいます」

ステイシーがソファに坐ると、ランドルフは手帳と鉛筆を取り出した。

「眠ってたら物音がして目が覚めたんです。玄関のドアノブをまわす音がしました。

そ……それで九一一に電話して、このゴルフクラブを取りました。そのあと彼は裏口のドアのガラスを割りました。わたしは駆けこんでその手にクラブのヘッドを叩きつけました」

「ずいぶん勇敢でしたね」ランドルフは言った。

ステイシーは赤面した。「本当に馬鹿でした。相手は銃を持ってたかもしれないのに。でも、まともに考えられなかったんです」

「その男はどんな外見でした？」ランドルフは訊いた。

ステイシーは答えようとして、あることに気づいた。「男だったかどうかわからない。つい〝彼〟と言ったけど、黒い服を着てスキーマスクをしてたから。それにとても暗かったし。月明かりはあったけど……特徴は説明できません」

若い警官が入ってきた。「誰もいませんでした。脇道《わきみち》にひそんでいるのかもしれません。浜辺まで走りおりたのだとしても、暗すぎて足跡は見えません」

「わかった、裏口を調べてみよう」ランドルフが言った。

ステイシーはさらに明かりをつけた。ランドルフは犯行現場の保全のために、相棒とステイシーをうしろに下がらせた。裏口のドアはキッチンに通じている。ステイシーはキッチンの入口で待った。ガラスの破片がドア付近の床に飛び散っていた。ランドルフはそこをよけて通り、ドアを調べた。

「侵入者は素手でしたか？　それとも手袋を？」

「手袋をしてました」

「なら指紋は採れない」ランドルフは言った。「報告書を書いて、明日の朝、鑑識からひとり来てもらいます。誰かに明日このあたりを確認させましょう。いまは暗すぎて足跡も見つからない。だが正直に言えば、犯人が見つかるとはあまり思えませんね。おそらくどこかの不良の仕業でしょう。今晩泊まるところはありますか？」

ステイシーはグレンの友人を何人か知っていたが、泊めてほしいと無理を言えるほどの仲ではなかった。

「いいえ、わたしならだいじょうぶです。犯人が戻ってくるとは思えないし。たぶん明るくなるまで起きてますから」

「こうしましょう」ランドルフは言った。「われわれが朝までときどき巡回します。とはいえ、あなたの言うように、犯人は戻ってこないと思いますが」

十五分後に警官たちが帰ると、ステイシーは決心した。グレンに今日の出来事を話せばきっと飛んで帰ってくるだろうが、彼の仕事の邪魔はしたくない。かといって、この家にひとりでいるわけにもいかない。押し入ろうとしたのは不良などではなかった。パリセイズ・ハイツにひとりでいるのは論外だ。グレンが戻ってくるまで滞在する場所はひとつしか思いつかなかった。ノートパソコンを起動させると、カリフォルニア州アーリントンへの行き方を調べた。

41

ステイシーは日の出前に海岸線を南下する旅に出た。途中で停まったのは簡単な昼食をとったときだけだった。運転中、何度か黒っぽい車に尾けられていると思ったが、かなりうしろにいたので車種はわからなかった。同じ車なのか判然としないこともあった。睡眠不足と恐怖の体験で被害妄想になっているのだと自分に言い聞かせた。

アーリントンは海辺の高級住宅地だった。リゾート施設もホテルもステイシーの予算をはるかに上まわるので、十五キロほど南にあるグレイヴス・ポイントのモーテルに泊まることにして、チェックインと荷解《にほど》きのあと車でアーリントンまで戻った。このカリフォルニアのリゾート地とパリセイズ・ハイツのちがいは一目瞭然《りょうぜん》だった。パリセイズ・ハイツに家を持つ億万長者もいるが、アーリントンのビーチのそばに家を構える人は、ほとんどが桁《けた》はずれの大富豪だ。オーシャン・アベニューの店が中流階級を相手にしているのに対し、アーリントンの海に続く通りに並ぶブティックや宝石店や高級レストランの常連客は、小銭を数える必要のない富裕層だった。

一九四七年創刊のアーリントン・エグザミナー紙のオフィスは、海から四ブロック離れた二階建ての煉瓦《れんが》の建物に入っていた。ステイシーは受付係に小説の下調べをしていると伝え、新聞のバックナンバーを閲覧できるか尋ねた。受付係は、新聞はすべてコンピュータにスキャンされており、二階の図書室でファイルを見ることができると教えてくれた。

ジャック・ブースの話では、キャシー・モランの両親は彼女が中学生のときに亡くなったということだから、両親の死亡時には十二歳から十五歳だったのだろう。バックナンバーのスクロールを始めて一時間後、ある記事が彼女の眼を惹《ひ》いた。アーリントンに住むセオドアとマージョリー・クロムウェル夫妻が強盗に殺され、友人の家のお泊り会から帰宅した十二歳の娘がふたりの遺体を発見していた。娘の名前はキャサリン。

ステイシーはメーガン・ケイヒルの死体を見つけたときの気持ちを思い出して震えた。十二歳の子が両親の死体を発見するのは、あれよりはるかに恐ろしかったにちがいない。

ステイシーはさらにクロムウェル夫妻に関する記事を検索した。セオドアの死亡記事によると、彼の祖父は第一次世界大戦中に軍服を供給する事業を始め、そこから得た利益でほかの基幹産業へ多角化を図った。セオドアはそのいくつかの事業の顧問弁護士だった。当時スポーツウェアを製造していたクライアントの西海岸支社を監督するためにカリフォルニアに移り、アーリントンに落ち着いた。死亡記事の一行にステイシーの眼は釘《くぎ》づけになった。セオドアは有名な蒐集家《しゅうしゅうか》だったのだ。しかし死亡記事に詳細は書かれていなかった。

クロムウェルのコレクションについてさらに情報を検索しようとしたとき、受付係が五時なのでオフィスを閉めると言ってきた。ステイシーはあまりに集中していて、立ち上がりざまに一瞬ふらつき、疲れきっていることに初めて気づいた。桟橋の店で食事をしてからモーテルに帰ることにした。そして不足した睡眠時間を取り戻すのだ。

穏やかな天気で、アーリントンの通りはにぎわっていた。ステイシーはウィンドウショッピングのあと、書店に立ち寄ってペーパーバックの小説を一冊買った。新聞社の受付係から美味《おい》しそうなイタリアンレストランを紹介してもらっていた。レストランの案内係の女性が、太平洋に突き出た桟橋の下で遊び戯《たわむ》れる太ったアザラシたちを眺められる外の席に案内してくれた。ステイシーは食事を注文してから本を読みはじめた。すばらしい食事と眺めに加え、小説もおもしろく、夕食のあいだはケイヒル事件のことを忘れるくらい気分転換ができた。ただ、ワインを一杯飲んだのはまちがいで、睡眠不足とキャンティの鎮静効果でほろ酔いになってしまった。

モーテルまで車を走らせるあいだに、キャシー・モランと『銃を持つ花嫁』のことが一気に脳裡《のうり》に甦《よみがえ》った。それに気を取られていなかったら、部屋のドアを開けた時点で異変に気づいたかもしれない。部屋に一歩足を踏み入れたとき、黒い服を着た人物が襲いかかってきてナイフが胸に突き刺さった。あまりの衝撃に叫ぶこともできなかったが、アドレナリンが出て反射的に足が伸び、襲撃者の膝頭《ひざがしら》に当たった。相手がぐらっとなった隙《すき》にステイシーはよろめきながら部屋から出て、モーテルの事務室に向かった。まもなく混雑したロビーでくずおれ、息も絶え絶えに「助けて」と叫んだあと気を失った。

42

ステイシーの病室のドアが開き、胸板の厚い男が入ってきた。赤い癖毛、そばかすの散った色白の顔、緑色の眼。黒いTシャツの上にタン色のスポーツジャケットを着て、グレーのスラックスをはいていた。ステイシーのベッドの横に立つと、バッジを見せた。

「こんにちは、ミス・キム。刑事のジョン・コールマンです。今回の事件を捜査しています。モーテルで何があったか話せそうですか?」

「鎮痛剤のせいでまだ少しぼんやりしていますが、話せます」

「危ないところでしたね」

襲撃のことがいきなり思い出されて、ステイシーは眼に涙を浮かべた。

「すみません」彼女は言った。

「謝ることはない。私も襲われた警官を何人も知っています。非常に勇敢で訓練された男女ですが、みなこういうことがあると動揺します」

「ナイフはわずかに心臓をはずれていました」ステイシーは感情を抑えた口調で言った。「お医者さんから運がよかったと言われました。傷が完治すれば、もとどおりになるって。でも、怖いんです」

「心配する必要はありません。この病室の外に警官をひとり、二十四時間体制で配置しますから。誰がやったのか言ってくれれば、すぐ犯人を捕まえて、二度と危険な目に遭わないようにします」

「ありがとうございます」

コールマンは椅子を引き寄せ、ステイシーのベッドの脇に坐《すわ》った。看護師がベッドの背を上げていたので、ステイシーの上体は起きていた。

「きっと疲れているでしょう」刑事は言った。「さっそく本題に入りましょうか。休みたくなったら言ってください。まず、あなたを刺した犯人をしっかり見ましたか?」

ステイシーが答えるより先にグレン・クラフトが入ってきた。コールマンはすぐさま立ち上がり、グレンとステイシーのあいだに入った。

「私は刑事です。ミス・キムに事情聴取をしているので、ここには入れません」

「待ってください」ステイシーが言った。「グレンにはいてもらいたいんです。ケイヒル事件の経緯をわたしよりずっとくわしく知ってますから。あの事件について説明してもらうなら彼です」

「ケイヒル事件とは？」コールマンが訊《き》いた。

「レイモンド・ケイヒルが十年前に殺害された事件です。わたしが襲われたのはそのせいなんです」

「レイモンド・ケイヒルとかケイヒル事件については初耳です」コールマンが言った。

「わたしもそうでした。あの写真を見るまでは」

コールマン刑事はステイシーのベッド脇に坐り、グレンとステイシーがパリセイズ・ハイツの殺人事件のことを話すあいだ、メモをとりながら熱心に耳を傾けた。

「つまり、キャシー・モランがあなたを刺した。そう考えているんですね？」ステイシーが話し終えると、コールマンは訊いた。

ステイシーはためらった。キャシー・モランが自分を殺そうとしたのはまちがいないと思うが……。

「いいえ。ミス・モランが襲撃者だとは断言できません。部屋には明かりがついてなかったし、わたしを刺した人は黒い服を着てスキーマスクをつけてました。パリセイズ・ハイツの家に押し入ろうとした人とまるで同じ。でも、ほかに誰が？」

コールマンは鉛筆をメモ帳に置いた。「別人の可能性もあります」

「モランとレイモンド・ケイヒルがふたりともアーリントンに住んでいたという事実はどうです？」グレンが言った。

「その事実だけでは、モランがあなたの友人を刺したことを疑いの余地なく立証することはできません。鑑識班にモーテルの部屋を調べさせましたが、襲撃者の逮捕につながるような証拠は何も見つからなかった。ミス・モランの犯行と考える気持ちはわかりますが、確実な証拠もなく憶測だけで逮捕するわけにはいきません」

ステイシーはしばし沈黙した。やがてある考えが閃《ひらめ》いた。

「医師から数日入院して静養するように言われています。クロムウェル夫妻殺害事件のファイルを持ってきてもらえないでしょうか？」

コールマン刑事は一瞬ためらったが、すぐに笑みを浮かべた。

「ええ、いいでしょう。未解決事件ですし、ひょっとしたら何か見つけられるかもしれない。あなたはすばらしい想像力を持っているようだから」

「ありがとうございます。何も見つからなくても、ここでやることがあったほうがいいし」

「うしろ向きなことばかり言ってしまって申しわけない」刑事は言った。

「いいえ、刑事さんの言うとおりです。わたしの勘でキャシーを逮捕するわけにはいきません」

「モーテルでの襲撃事件の報告書を書き上げたら、コピーを差し上げます。メレンデス署長にそれを見せて、私に話したことを彼にも伝えればいい。これまで誰もモランを調べていないでしょう。署長が彼女に注目すれば、何か発見があるかもしれません」

刑事が帰ると、グレンはステイシーの手を取った。「致命傷にならなくて本当によかった。刺されたと聞いたときには……」

少しのあいだことばを詰まらせた。ステイシーは彼の手を握りしめた。

「侵入未遂は怖すぎる」落ち着きを取り戻すと、グレンは言った。「電話してくれたらよかったのに。すぐに戻ってきた」

「そう思ったけど、あなたにしてもらえることはなかったし、仕事の邪魔をしたくなかったの」

グレンはステイシーの眼をまっすぐに見つめた。「愛してる、ステイシー。心から。ぼくの人生できみほど大切なものはない。きみを失ったかもしれないと思うと……」

ステイシーは眼に涙を浮かべた。「わたしもあなたを愛してる。手術のあと意識が戻ったとき、まずそう思った。わたしは死んだかもしれない。そしたら、わたしたちもう二度と……」

彼女の話はそこで中断した。グレンが顔を近づけてキスをしたのだ。

「痛っ」ステイシーが短く叫んだ。

グレンは体を離し、顔を真っ赤にした。「ごめん」

ステイシーは笑った。「謝らないで。それだけの価値はあったから」

43

〝煙の出ている銃《スモーキング・ガン》〟とは、犯人の有罪を決定づける証拠のたとえだ。ケイヒル事件の場合、その証拠は文字どおり銃だった。キャシー・モランの逮捕につながるほど確実な証拠ではなかったので、厳密には〝スモーキング・ガン〟ではなかったが。ステイシーは、古い事件のファイルにセオドア・クロムウェルのコレクションから盗まれた品のリストがあるのを見つけた。そのうちのひとつは、スコフィールド四四口径、スミス&ウェッソンのリボルバー。OK牧場の決闘でワイアット・アープが使ったと噂《うわさ》された銃だった。

「パリセイズ・ハイツの強盗殺人にそっくりじゃないか」ステイシーからそのスコフィールドのことを聞くなり、グレンは言った。

「そこから興味深い疑問がふたつ生まれるわ。セオドア・クロムウェルから盗まれた銃とレイモンド・ケイヒル殺害に使われた銃は同じものか。そして、もし同じ銃だとしたら、レイモンド・ケイヒルはどうやってセオドア・クロムウェルのスコフィールドを手に入れたのか」

「きみの小説のためにぼくがした提案を憶《おぼ》えてる？」

「ケイヒルはリボルバーを盗んだ人から買ったという説？」

グレンはうなずいた。「また別のシナリオも思いついた。ケイヒルがクロムウェル夫妻を殺して銃を盗んだのだとしたら？　ケイヒルについて報告書には何か書いてあった？」

「いまのところ何も」

「当時ケイヒルの名前が捜査線上に浮かび上がらなかったかどうか、コールマン刑事に訊いてみるべきだ」


ジョン・コールマンがステイシーの病室のドアを開け、ランニングシューズにジーンズ、明るい緑の半袖《はんそで》シャツという恰好《かっこう》の男といっしょに入ってきた。薄くなりかけた白髪と日焼けした顔のしわから、ステイシーはその新しい客を六十代後半と見たが、体つきはがっしりしていて、まだ老《ふ》けこんではいないようだった。

「こちらはリン・メリット」コールマンが言った。「五年前にアーリントン警察から退職しました。クロムウェル夫妻殺害事件を担当した刑事のひとりです」

「来てくださってありがとうございます」ステイシーが言った。

「ジョンからオレゴンの殺人事件とあなたの発見について聞いたら、来ないわけにはいきませんでした。クロムウェル夫妻の事件は、刑事になった最初のころに担当しましたが、数少ない未解決事件のひとつでもあった。で、何が訊きたいんです?」

「オレゴンの殺人事件でわたしが怪しいと思っている女性は、キャシー・モランといいます。キャサリンはクロムウェル夫妻の娘の名前です。ふたりが同一人物かどうか、わかりますか?」

「ええ。キャサリンは目撃者だったから、裁判になったときのために居場所を把握しておく必要があったんです。彼女はモンタナに引っ越して、セルマ・モランというおばに育てられた」

「ビンゴ!」ステイシーは顔をほころばせた。男たちも思わず微笑《ほほえ》んだ。

「次の質問は?」メリットが訊いた。

「レイモンド・ケイヒル殺害に使われた銃と、セオドア・クロムウェルから盗まれた銃が別物だとしたら、偶然にしてはできすぎという気がするんです。なにしろケイヒルとクロムウェルは同じ町に住み、ふたりとも蒐集家でしたから。捜査でレイモンド・ケイヒルの名前が出てきたことはありましたか?」

「ありました。クロムウェルとケイヒルは本格的な蒐集家で、ときには特定の品をめぐって競い合うこともあった。ふたりともアーリントン・カントリークラブの会員だったが、クロムウェル夫妻が殺される数カ月前、ふたりが言い争っているのを、ほかの何人かの会員が聞いていた。

　ケイヒルに事情聴取したときには、口論などしていないと言いました。珍しいコインの競売でクロムウェルに競《せ》り勝って、クロムウェルからそれを買いたいと言われたが、売る気はないと断ったということでした。クロムウェルは自分のコレクションにそのコインを加えたかったので、腹を立てたらしい」

「ケイヒルについても捜査しましたか?」

「あまり時間はかけなかったが、聴取した人たちの話では、ケイヒルはあまり好かれていなかった。みんな、彼が急に金持ちになって思い上がっていると感じていたようです。容赦ない人物という評価もよく聞いた。欲しいものがあればあらゆる手を尽くし、人が傷つくことなどおかまいなしだと」

「クロムウェルのコレクションから稀覯品《きこうひん》が盗まれたときに彼は容疑者になりました?」

「なったとは言えませんね。警察でもその可能性について議論したけれど、追跡する価値があるとは誰も思わなかった」

「いまはどう思います？　ケイヒルが盗まれたスコフィールドを所持していた可能性が高いとわかったいま」ステイシーは尋ねた。

44

「その怪我《けが》、どうしたんです？」ジョージ・メレンデスが訊いた。グレンがステイシーに手を貸して警察署長のオフィスに入り、椅子《いす》に坐らせたときだった。

「ステイシーがぼくの家にひとりでいたときに、誰かが押し入ろうとしたのはご存じですね？」

メレンデスはうなずいた。

「ステイシーはひとりでいるのが怖くて、車でカリフォルニア州アーリントンまで行き、キャシー・モランの生い立ちを調べようとしました。モランが育った場所です。そして向こうにいるあいだに何者かに刺された」

「えっ?!」

「キャシー・モランの昔の苗字《みょうじ》はクロムウェルでした」ステイシーが言った。「彼女は十二歳のとき、セオドアとマージョリー・クロムウェルという両親のもと、カリフォルニア州アーリントンで暮らしていました。夫妻は強盗に殺され、キャシーがふたりの遺体を発見しました。

クロムウェル夫妻が殺されたときには、レイモンド・ケイヒルもカリフォルニア州アーリントンに住んでいました。ケイヒルとセオドアはふたりとも熱心な蒐集家で、稀覯品をめぐって競い合うこともありました。その強盗殺人のときに盗まれた品のひとつがスコフィールド四四口径、スミス&ウェッソンのリボルバーで、OK牧場の決闘でワイアット・アープが使ったと信じられているものでした。レイモンド・ケイヒル殺害に使われた珍しいアンティークの銃と同じ型です」

「同じ銃なのかね？」

「わかりません。もし同じ銃なら、キャシーにはそれを使ってケイヒルを殺す充分な動機があった」

「キャシー・モランが両親の仇《かたき》をとるためにケイヒルを殺したとでも？」メレンデスは疑うような口調で訊いた。

「ケイヒル夫妻の結婚式の直前、キャシーは《パリセイズ・ハイツ・ガゼット》に掲載された夫妻の記事のために写真を撮りました。レイモンドはその記事を書いた記者に、スコフィールドをはじめとするコレクションの珍品をいくつか見せました。キャシーは新聞に載ったリボルバーの写真を撮影しています。ケイヒルがそのスコフィールドを父親から盗んだと彼女が考えたのだとしたら、その銃でケイヒルを殺害した理由が説明できます。ケイヒルのコレクションから盗まれた品がいっさい表に出てこない理由も、やはり説明がつく」

「どういうふうに？」

「レイモンド・ケイヒル殺害の動機は物欲だと誰もが考えた。でも、動機が復讐《ふくしゅう》だったのなら、キャシーは自分に結びつかないように、コレクションから盗んだ品を処分したでしょう」

「なるほど、話はわかった。だが、彼女はなぜ十年後にメーガン・ケイヒルを殺した？」

「さあ……でも、キャシーの家から誰にも見られずに浜辺に駆けおり、メーガンの家に行くのはたやすかったはずです。さらに、彼女がパーネル・クラウズと共謀していたのなら、浜辺でメーガンを見て『銃を持つ花嫁』を撮ったとき、本当にただ個展のために写真撮影をしていたのかという疑問が湧《わ》きます。クラウズによるレイモンド・ケイヒル殺害を手伝うために、ケイヒル夫妻の家に向かうところだったのかもしれない」

「キャシーがクラウズと知り合いだったという証拠は?」

「ありません。でも、そのことはずっと考えていました。彼女がかよっていたバークリーのロースクールはオークランド・レイダースのスタジアムからそう遠くない」

「それは証拠とは言えないね」

「署長は何者かがステイシーを殺そうとしたことをお忘れでは?」グレンが言った。

メレンデスはステイシーを見た。「犯人を特定できましたか?」

「いいえ。わたしはモーテルに泊まっていました。誰かがその部屋に忍びこんでいたんです。明かりは消えていて、ドアを開けるなり刺されました。襲ってきた人は黒い服を着てスキーマスクをつけていました。すべてが一瞬のことで」

「このまえ家に侵入しようとしたのは、あなたを刺した犯人と同じ人物でしたか?」

「同じ人とは断言できません」

「私はどうすればいい、ステイシー?」メレンデスは訊いた。

「その……キャシー・モランがレイモンドとメーガン・ケイヒル、それにパーネル・クラウズを殺害し、さらにわたしも殺そうとしたのか捜査してもらえたらと」

「考えてみるが、捜査を再開するには現実的に問題がある。キャシーがあなたを殺そうとしたと断言はできない。そうだね?」

「ええ」

「レイモンド・ケイヒルを殺した犯人はパーネル・クラウズだという証拠はそろっている。キャシーとパーネル・クラウズのあいだに、さっきのバークリーの話より決定的なつながりを見つけられないかぎり、キャシーをレイモンド殺害に結びつけることはできない」

「キャシーにクラウズが殺されたときのアリバイがあるかどうかは確かめられますよ。彼女が警察署でジャック・ブースから事情聴取を受けたあと、勤務先のバーに現れたのかどうか、グレイディ・コックスが知っているはずです」

「それでも、キャシーがレイの殺害後十年たってから、なぜほとんど面識のなかったメーガン・ケイヒルを殺したのかは説明できない。メーガンも殺すつもりだったのなら、レイを殺したときになぜいっしょに殺さなかった?」

「署長を説得できなかった」ステイシーは足を引きずってグレンの車に乗りこみながら言った。

「たしかに彼は半信半疑だけど、追跡調査としてコックスに話を聞いたり、何か見落としてないか証拠を洗い直したりはできる。これまでの捜査でモランに注目したことはなかったわけだから」

ステイシーはため息をついた。「何も見つけられないと思う。彼女は自分の痕跡《こんせき》をことごとく消してるから」

「もう自分の小説に集中したほうがいいんじゃないかな。警察の仕事は警察にまかせて」

「そうね」彼女はしゅんとなって同意した。

グレンはステイシーに腕をまわし、傷口に触れないようにやさしく引き寄せた。

「愛してる。きみが危険な目に遭うのは耐えられないんだ。フィクションのなかの犯罪に専念して、現実の犯罪は警察にまかせよう。そうすれば安全でいられる」

45

ジャック・ブースが建設訴訟の準備書面を作成していると、キャシー・モランから電話が入っていると秘書に言われた。画廊の展示会でキャシーと話した際に、つき合うつもりはないとはっきり言われたので、なんの用だろうと不思議に思った。

「助けてほしいの、ジャック」電話がつながったとたん、キャシーは言った。

「助ける？」

「本当に優秀な弁護士が必要なの」

「それはどうして？」

「メーガンとレイ・ケイヒルを殺した容疑をかけられてるの」

「誰がそんなことを」

「ジョージ・メレンデスと地区検事のゲイル・サトクリフ。昨日ニューヨークから戻ってきたら、今朝ふたりが家に来て、メーガンが殺されたときにどこにいたかと訊かれた。それと、パーネル・クラウズが殺された夜、仕事に行ったかどうかも」

「ふたりはあなたがクラウズも殺したと思ってるんですか？」

「彼らが何を考えているのかはわからない。でも、あなたのお気に入りのあの小娘がうしろにいるのはまちがいないわ」

「小娘？」

「ステイシー・キムよ。彼女がジョージとゲイルを説得して、わたしを大量殺人犯に仕立て上げたんだわ」

「どうしてステイシー・キムがジョージの捜査に肩入れしていると？」

「彼女はわたしの私生活を嗅《か》ぎまわってた。あなたにもわたしの子供時代のことを訊いたでしょう。グレイディ・コックスが教えてくれたの、パーネル・クラウズが殺された夜、わたしが〈シーフェアラー〉で働いてたかどうか訊かれたって。ぜったいキムがわたしに関する噂を広めてる。それを阻止したいの」

「メレンデスと地区検事から殺人事件について訊かれて、どう答えたんですか？」

「わたしだって馬鹿《ばか》じゃない。依頼人にいつもアドバイスしていたようにしたわ。つまり、いっさい何も言わなかった」

「どうしてここに電話を？」

「こっちに来て、ジョージとゲイルとあの小娘に言ってほしいの。わたしに干渉するのをやめないなら、この魔女狩りに加わった人を全員訴えるって」

「職務で捜査中の警察や検事を訴えることができないのは知ってるでしょう。それとも、ジョージか地区検事が個人的な理由であなたを捜査していると信じる根拠があるんですか?」

「おそらくあのあばずれはメレンデスと寝てる」

「おっと、キャシー。頭を冷やしてよく考えたほうがいい」

キャシーがふうっと息を吐くのが聞こえた。また話しだしたときには声に後悔がにじんでいた。

「ごめんなさい。でも、こんなのあんまりよ。わたしはメーガンを殺してなんかいない。彼女のこともレイモンド・ケイヒルのことも、ほとんど知らないのに。浜辺でメーガンを見つけたことを除けば、彼女とすごしたのは画廊の展示会のまえに夕食をしたのが初めてだった。いったいどんな理由でわたしが彼女を殺さなきゃならないの?」

「車でそっちに行って、ジョージと地区検事と話しましょう」

「助かるわ。わたしのキャリアはMOMA展までパッとしなかった。いままた軌道に乗りかけたところなの。こんなのまっぴら」

「ちょっと片づけなきゃならない仕事があるけど、明日の午後、パリセイズ・ハイツに向かえると思う」

「ありがとう、ジャック。いくら払えばいい？」

「ディナー代ということで」

「冗談でしょ。ただ働きさせるつもりはないわ」

「すごく高い店を選ぶから心配しなくていい。本当に助けが必要になったときには弁護士報酬をもらうけど、メレンデスと話すまでは、あなたが実際困ったことになっているのかわからない」

46

「どうも、ジョージ」警察署長室に通されると、ジャックは言った。

「ずいぶん早く戻ってきたな」メレンデスが言った。ジャックとは先日、エレン・デヴェローの画廊で少し話していた。

「あいにく仕事でして」

「ほう?」

「あなたは本気でキャシー・モランを怒らせたようですよ。彼女は理由を知りたがっている」

「怒る理由がどこにあるのかな」

「とぼけるのはやめてください、ジョージ。メーガンとレイ・ケイヒル、それにパーネル・クラウズの殺害犯同然の扱いを受けたと聞きました。連続殺人犯の疑いをかけられたら、私だって怒る」

「決してキャシーに疑いをかけてるわけじゃない、ジャック。最近持ち上がった問題を解明するために任意聴取しただけだ。だが、彼女がきわめて有能なポートランドの弁護士を雇ったというのは興味深いな」

「まじめに話しませんか？　十年もたってから突然キャシーに矛先が向いた理由を説明してもらえますか？」

「いいかね、ジャック。まったく的はずれだといいんだが、最近非常に気がかりな情報を得たのだ」

「というと？」

「レイモンド・ケイヒルもキャシーの両親もカリフォルニア州のアーリントンに住んでいたのを知っていたかね？　キャシーが十二歳のときだ」

「いいえ」

「じつはそうなのだ。キャシーの父親は蒐集家で、母親といっしょに家で強盗に殺された。そのときに盗まれたもののひとつが四四口径スコフィールド、スミス＆ウェッソンだった。ＯＫ牧場の決闘でワイアット・アープが使ったかもしれないという代物《しろもの》だ」

ジャックは、法廷に立つ法律家として鍛えたすべての技術を用いて驚きを隠した。

「それに、キャシー・モランはパーネル・クラウズと知り合いだった可能性もある。彼女がバークリーのロースクールにかよっていたとき、クラウズは近くのオークランドでレイダースの選手だった」

「それは飛躍しすぎですよ、ジョージ。ふたりが知り合いだったという確実な証拠はあるんですか？」

「まだない。だが、事件をもう一度くわしく調べているところだ。何者かがステイシー・キムを殺そうとしたんでね」

「えっ？」

「ステイシーはグレン・クラフトと同居している。一週間前、グレンが仕事でユージーンに行き、彼女が家にひとりでいたときに、何者かが家に侵入しようとした。ステイシーは犯人を追い払ったが、そいつはナイフを持っていたらしい。そのあと彼女は、グレンの家にひとりでいるのが怖くて、キャシーの幼少時代のことを調べようとアーリントンまで行った。途中、オレゴンから一台の車に尾《つ》けられているような気がしたそうだ。

ステイシーが地元の新聞社で調査をしたあと夕食をとり、モーテルに戻ると、部屋に何者かがいて、ドアを開けた彼女を刺した。グレンの家に侵入しようとした犯人と同一人物かどうかはわからないらしいが、どちらも同じ服装だった」

「ステイシーは無事ですか？」

「運がよかった。順調に回復しているが、とても怖がっている。無理もない。こちらに戻ってくるとすぐに、調べたことをすべて私に報告してくれた。セオドア・クロムウェルが殺されたときに、彼のコレクションからスコフィールドが盗まれたことを含めてね」

「ステイシーは小説の取材で私のところにも来ました。好人物だと思いましたが、キャシーにレイモンド・ケイヒル殺害の嫌疑をかける根拠は何もない。そのバークリーの話以外にキャシーとパーネル・クラウズを結びつけるもっと確かな証拠があれば別ですが。ケイヒルが殺される直前にキャシーと接触した証拠がないかぎり、彼女を殺人で有罪にする陪審員はいませんよ」

「その点についてはあなたの言うとおりだろう。だが、ひとつ気になることがある。クラウズが殺されたときのキャシーのアリバイを確認しようとしたんだが、〈シーフエアラー〉のグレイディ・コックスは、彼女が警察署であなたから事情聴取を受けたあと、仕事に来たかどうか憶えていないんだ」

「別に驚くようなことじゃない。十年もたっていますから」

「たしかにそうだが、あれほど衝撃的な殺人事件だぞ。しかもキャシーは目撃者だ……この町で凶悪犯罪はめったに起きない。あの事件は全国報道もされた。もしキャシーが仕事に行ったのなら、何があったかグレイディに当然話すだろうし、グレイディだってあの夜のことは憶えてるはずだ」

「十年前ですよ」

「昔のことにしてもだ」メレンデスは肩をすくめた。「なおかつグレイディは、あの夜のキャシーへの支払い記録が見つからないと言っている。つまり、キャシーにはクラウズが殺された時刻の確実なアリバイがない。彼女が話してくれるなら、クラウズが殺されたときにバーで働いていたことを証明できるかもしれない。そうすれば、じつに助かる」

「いいですか、ジョージ。ステイシーが襲われたのは本当に気の毒だと思います。ですが、小説家というのは想像力がたくましい。彼女の話を信用しすぎじゃありませんか？」

「そうかもしれん。だが、キャシーの弁護人になるのはよく考えたほうがいいな。あなたはレイモンド・ケイヒルとパーネル・クラウズが殺害されたとき、検察の一員だった。利益相反になるかもしれないぞ」

47

キャシーは、パリセイズ・ハイツから海岸線を数キロ下った町にあるレストランを選んだ。そこなら誰かに見られる可能性はまずなかった。彼女は奥のボックス席を指定した。飲み物の注文をするとすぐに、ジャックは警察署長から聞いた話をした。

「本当に誰かがステイシー・キムを殺そうとしたの？」キャシーは訊いた。

「そのまえには家に押し入ろうとした。なぜジョージが今回の件を真剣に受け止めているかわかるだろう」

「ええ、でも、すべてはわたしがそのリボルバーについて知ってるかどうかにかかっているわけね。わたしは知らなかった。両親が殺されたとき十二歳だったのよ。男の子や服や音楽に夢中で、父のアンティークに興味なんてなかった。父がワイアット・アープの銃を持ってたなんて、ジョージから聞いて初めて知ったわ」

「さぞ怖かっただろうね。両親がそんなふうに亡《な》くなり、遺体を発見したなんて」

キャシーはテーブルに視線を落とした。「想像できないでしょうね。わたしは完全に道を踏みはずしてしまったの」

「何があった？」

「わたしを引き取りたいと言った親族は、おばのセルマ・モランだけだった。おばは夫に先立たれて、モンタナ州のスウィート・プレーリーに住んでいた。その町は月と同じくらいアーリントンからかけ離れていた。おばに連れていかれたとき、わたしはまだショックから立ち直っていなくて、その町の何もかもが嫌だった。おばにはつらい思いをさせてしまったわ。

十四歳のとき、わたしは年上の仲間とつるみはじめた。ドラッグや押しこみに熱中してる人たちだった。そのうちわたしの運も尽きて、ドラッグに使う金を盗みに入った家で逮捕された。おばは見るに見かねて、弁護士を雇って前科がつかない扱いにしてくれた。

そんなおばも、高校入学前の夏にわたしが妊娠したときには堪忍袋《かんにんぶくろ》の緒が切れた。かなり進歩的な考えの人だったから中絶の手配はしてくれたけど、今後ちゃんとしないかぎり縁を切るときっぱり言われたわ。高校に入学してからは品行方正になろうと真剣に努力した。成績はうんと上がって、ドラッグからも昔の仲間からも離れた。大学に行く直前、おばへの感謝の気持ちから苗字をモランに変えたの。いわば象徴的に、新しい人生を始める印として」

「そんなにたいへんな人生だとは知らなかった」

「ええ、まあ、すべて過去のことだから。悪い過去は過去にとどめておきたいの。だから、力になってほしい。ステイシー・キムが刺されたのは気の毒だけど、だからといってわたしを殺人で告発する権利はないから。この件を蕾《つぼみ》のうちに摘み取ることはできる？」

「ジョージに捜査をやめさせることはできない」

「好きなように捜査させればいいわ。わたしが誰かを殺したことなんて証明できるわけがない。だって、やってないんだから」

ウェイトレスが飲み物を運んできた。「いまの人生でこんなことはもうたくさん」

ウェイトレスが去ると、キャシーは言った。

「ほかにも話し合わなきゃならないことがある」ジャックは言った。「ジョージに指摘されたことだけど、あなたの弁護人には利益相反があってなれないかもしれない」

「どんな利益相反？」

「クラウズとレイモンド・ケイヒルが殺されたとき、私は検察の一員だった」

「そんな馬鹿な。彼はあなたにわたしの弁護をさせたくないだけよ。裁判で相手にしたら検察に勝ち目がないとわかってるから」

「弁護士会に相談してみるけれど、ちょっと心配だ。本当に利益相反になるなら、別の弁護士を探さなきゃならない。それを伝えておきたかった」

キャシーは手を伸ばしてジャックの手を包みこんだ。「わたしを見捨てないで、ジャック。あなたが必要なの」

「できるだけのことはする」

「ありがとう」

キャシーに強く惹かれているジャックは、彼女に触れられて、場の親密な雰囲気に心をかき乱された。キャシーは手を放さず、彼の眼をじっと見た。ジャックは胃の収縮を感じ、その下が興奮してくるのを必死で抑えた。

「ディナーのことは忘れましょう」キャシーはほとんどささやき声で言った。

「本当に?」

キャシーはジャックの手を放し、財布を開けた。ジャックを見つめたまま百ドル札を一枚取り出してテーブルに置いた。

「家まで送って、ジャック」

キャシーはジャックの上に転がり、脚を彼の脚にからめた。ジャックは汗だくで息を切らしていた。キャシーは指を羽根のように軽く彼の胸に——乳首をかすめながら——走らせた。

「何を考えていたのかしら」キャシーは言った。「わたしたち、長いこと時間を無駄にしたのね」

ジャックは答えなかった。消耗しきって、ことばを発することができなかった。この瞬間を十五年間待ち望んでいた。それはまさに夢見ていたとおり、いやそれ以上だった。キャシーの頰に触れた。互いにキスをし、ジャックは少し体を起こしてキャシーの体にぴたりと寄せた。いつまでも続くと思われたキスと愛撫《あいぶ》のあとで、キャシーの指が彼の股間《こかん》をまさぐり、ジャックはうめき声をあげた。彼もやり返し、ふたりはいっしょに動きはじめた。あえぎながら激しく動くと、ジャックはもう我慢ができなくなった。キャシーを仰向けに倒して彼女のなかに入ると、眼を閉じた。息がますます速くなり、まもなく理性は消え去った。

ふたりは休んだあと、また愛し合った。キャシーはいつしか眠りに落ちた。ジャックはうとうとするまでしばらく時間がかかり、ひどく嫌な夢を見て寝返りを打った。夢のなかで彼は画廊を歩きまわっていた。展示されているのは犯行現場や検視解剖のおぞましい写真ばかり。どこを見ても内臓が飛び出した胴体や、切断された手足や、ぞっとする頭部の傷があった。頭部の写真で最悪なのは、近くを通ると生気を失った眼が追いかけてくるところだった。とりわけ衝撃的な頭部は、こめかみにむごたらしい銃創があり、何かを伝えようとするかのように口を開けたり閉じたりしていた。夢のなかのジャックは、それが何を言っているのか聞こうとして、血まみれのちぎれた唇に思わず耳を寄せた。

現実のジャックはカッと眼を開けた。心臓は早鐘を打っていた。いまの夢はメーガン・ケイヒルが画廊から逃げ出した理由と関係がある。そう確信した。仰向けになって天井を見つめた。潜在意識が何かを訴えようとしているが、それが何なのかわからない。眠っているあいだもそのことが頭の片隅からずっと離れず、目覚めたいまも見えないところにあり、つかめそうになるとかならず朝靄《あさもや》のように漂っていった。

時計を見ると六時半だった。キャシーはぐっすり眠っていた。ジャックはベッドから起き出して静かに服を着た。メモを書き残したあと、車でモーテルに戻り、シャワーを浴びた。七時半を少しまわったころ、キャシーの家の玄関ドアをノックした。彼女は裸足《はだし》で、ショートパンツにTシャツを着、ブラジャーはつけていなかった。乱れた髪で眠そうな眼の彼女は最高にセクシーだった。ジャックは途中でベーカリーに立ち寄っていて、クロワッサンがふたつ入った紙袋とコーヒーの入った紙コップ二個を差し出した。

「どこに行ったのかと思った」キャシーは脇《わき》にどき、ジャックをなかに入れた。彼はテラスに出て、紙コップと袋を置いた。

「眠れなかった。興奮しすぎたせいだな」

「あら」キャシーは笑みを浮かべて言った。

「あなたはぐっすり眠っていた」

「無垢《むく》なる者の眠り」彼女はふざけて言った。「法廷で証拠として認められないのが残念だわ」

ジャックは笑った。「心配する必要はないと思う。ジョージから聞いたことをあらゆる面から考えてみたけど、証拠をそろえて大陪審に持ちこめる状況にはほど遠いから」

「安心した」

ジャックはクロワッサンをかじり、ひと口コーヒーを飲みながら、海を眺めた。日差しは暖かく、海は穏やかだった。キャシーが傍らにいれば、このテラスに永遠に坐《すわ》っていられる。ややあって、彼はため息をついた。

「どうかした？」キャシーが訊《き》いた。

「仕事だ。宣誓供述書を取りにポートランドに戻らなきゃならない。心から望んでいるのは、あなたとここにいることだけなのに」

キャシーは微笑んだ。「うれしいこと言ってくれるのね」

「週末にまた出かけてこられるよ」

「すてきな提案だけど、ファッション誌の写真撮影で二週間、東アフリカに行く予定なの」

ジャックは失望を隠せなかった。キャシーはまた笑った。

「そんなに悲しそうな顔しないで。あなたと同じくらい、わたしだってあなたといたい。戻ってきたらすぐに連絡するから」

ジャックは顔をほころばせた。

「笑ってるほうがいい」キャシーは言った。

ジャックはコーヒーを飲み終えると、立ち上がった。

「玄関まで見送るわ」

ふたりで玄関まで行く途中、ジャックはリビングにかかっている額入りの『銃を持つ花嫁』のまえで立ち止まった。

「本当にすばらしい作品だ」

「ありがとう」彼女はジャックの腕のなかに身をまかせた。しばらく抱き合ったあと、キャシーはそっと体を離した。

「またね」彼女は言った。

48

ジャックは荷物をまとめに車でモーテルに向かった。気分は最高のはずだったが、嫌な感じがした。おぞましい夢を思い出し、エレン・デヴェローの画廊で開かれたキャシーの個展に考えが及んだ。すると今度は、メーガン・ケイヒルがあわてて出ていく光景が甦《よみがえ》った。彼女は何に怯《おび》えたのだろう。懸命に考えたが、新たに思いつくことは何ひとつなく、モーテルの外に車を駐《と》めた。

手早く荷物を詰めた。キャシーの個展のカタログを持参していたので、それをスーツケースに入れようとしたそのとき、ある考えが浮かんだ。メーガンが逃げ出す直前、彼女の視線の先にあった二枚の写真。そのうちの一枚に注目して、顔をしかめた。仕事のために持ってきたノートパソコンを起動した。

プロフットボールの試合はいつも見ているが、パーネル・クラウズの外見ははっきり憶えていなかった。控えのランニングバックだったからだ。犯行現場と検死解剖の写真でクラウズの顔のクローズアップは見たものの、死因となった頭の傷に集中していて、顔の特徴は観察しなかった。彼の頭の傷は、夢のなかの写真で見た傷のようだった。

パーネル・クラウズの写真をインターネットで検索した。元レイダース選手はどの画像でも、犯行現場や検死解剖の写真と同じようにきれいにひげを剃《そ》っていた。ジャックはキャシーのカタログの写真をじっくりと見た。百パーセント確実ではないが、盗まれた写真の一枚に写っていた男——バーカウンターの奥の鏡を見つめる陰鬱《いんうつ》なひげ面《づら》の男——が、クラウズにそっくりだった。

ジャックは椅子の背にもたれた。メーガン・ケイヒルは画廊から逃げ出す直前、キャシー・モランが撮った元夫の写真を見たのだ。写真のクラウズに気づき、キャシーは彼と知り合いだったのに、自分にもほかの誰にもそのことを話していない、と瞬時に悟ったにちがいない。

キャシーはカリフォルニア大学バークリー校のロースクール、ボールト・ホールにかよい、同じころクラウズはレイダースに所属していた。バークリーはレイダースのスタジアムの近くだ。ふたりはおそらくサンフランシスコ・ベイエリアにいたときに知り合ったのだろう。もしキャシーがクラウズと共謀してレイモンド・ケイヒルを殺し、自分の写真の一枚にクラウズが写っていることをメーガンに悟られたと気づいたのだとしたら、メーガン・ケイヒルを殺す強力な動機が生まれる。

ジャックの胃がむかついた。ケイヒル事件の捜査にかかわっていたあいだじゅう、キャシー・モランがただの目撃者であることに一度も疑いを抱いたことはなかった。彼女はジャックを含め、捜査にたずさわった全員をだましていたのだ。ジャックはカタログを閉じた。『銃を持つ花嫁』が表紙を飾っている。その謎《なぞ》めいたすばらしい傑作を見つめた。これほどの芸術作品を生み出せる者が、冷酷な殺人者でもありうるのか？　ふたりですごした夜にも思いをめぐらした。キャシーの家をあとにしたとき、久しぶりに女性を愛しているような気持ちになった。いまとなっては、あそこであったことは偽りだったように思えた。自分はキャシーに好かれているのだろうか、それとも彼女の弁護に力を入れるように操られているだけなのか。

これからどうする？　自分はキャシーの弁護士だから、メレンデスに相談するわけにはいかない。そもそもキャシーを起訴できる証拠すらないのだ。クラウズの写真から証明できるのは、ほぼ二十年前に彼女がクラウズを知っていたという事実だけだ。キャシーにはクラウズとのつながりを隠すもっともな理由があるのかもしれない。キャシーの家に戻って本人に写真のことを訊くしかない。ジャックはカタログを手に取って立ち止まった。もう一度『銃を持つ花嫁』を見た。気づいたのはそのときだった。驚きのあまり息が止まった。さらにくわしく見て自分の発見に気づくと、吐き気がした。

「話がある」キャシーが玄関のドアを開けるなり、ジャックは言った。

「あら、深刻そうね」

ジャックはカタログを持ってきていた。ひげ面の男の写真のところを開けた。

「どうしてこれを、ジャック？」

「誰だかわかる？」彼はその写真を指差した。

「いいえ、知らなきゃいけないの？」

「この男はパーネル・クラウズだ」

「え？」キャシーは顔を近づけた。

「クラウズだよ。どうして彼と知り合いだったことを警察に言わなかった？」

「だって知らなかったから。つまり、その写真の人が誰か知らなかった。撮ったのはロースクールにかよってたときよ。オークランドやサンフランシスコの貧しい地域を歩きまわって、興味を覚えた景色や人物を撮影してた。別にそうした男たちとつき合ったわけじゃない。彼らの許可を得ないこともあった。だから、もしその写真がクラウズだとしても、あなたがたったいま教えてくれるまでまったく知らなかった」

ジャックはキャシーを信じたかった。誠実にそう言っているように思えた。が、彼女は明らかに嘘《うそ》をついている。彼はカタログを閉じ、表紙の写真『銃を持つ花嫁』をテーブルに置いて、彼女のほうに押しやった。

「この傑作をしっかり見た」ジャックは言った。「レイモンドが殺された直後、事情聴取した警官やぼくにあなたは言った。〈シーフェアラー〉からケイヒル家に向かって歩いているときに、メーガン・ケイヒルを見つけて写真を撮ったと。だが、この写真はメーガンのうしろやや右寄りから撮影されている。つまり、あなたはケイヒル家から浜辺に向かったときに撮ったんだ」

キャシーは身じろぎひとつしなかった。やがて疲れた笑みを浮かべた。

「やっと突き止めたのね。いままで誰ひとりとして気づかなかった」キャシーは笑った。「十年もみんなの鼻先にあったのに。《オレゴニアン》がわたしの写真を一面に載せたいと言ったとき、本当に興奮したの。いったん掲載を許したら、もうあとには戻れなかった。ニューヨークやLAのあらゆる新聞に載った。手遅れになるまでわたし自身も問題に気づかなかったの」

「誰もこの写真を綿密に調べなかったし、あなたがただの目撃者だということを疑わないかぎり、そんなことをする理由はなかった」ジャックは言った。

「わたしの傑作をきっかけに、あの小娘がケイヒル事件について小説を書こうなんて思いつかなければ、わたしはいまも安泰だった」

「あの夜、何があったんだ？」ジャックは尋ねた。

「わたしが家に着いたとき、メーガンは意識を失い、レイモンドは椅子に縛りつけられていた」キャシーは答えた。「パーネルは彼を拷問《ごうもん》して金庫の組み合わせの数字を聞き出していた。でも、わたしの指示どおりレイは生かしておいた。わたしがとどめを刺せるようにね。わたしたちは金庫に入り、わたしはあの銃に弾をこめた。それから、レイに自分の素性を明かした。レイは殺さないでくれと懇願したわ。わたしは両親も懇願したかと訊いた。彼は下を向いて答えなかった。そのとき、あいつが両親を殺したってわかったのよ。くだらないアンティークを自分のコレクションに加える、ただそれだけのために。あの男を撃ったあと、わたしは銃を床に落とした。ケイヒル殺害は強盗目的だと思わせたかったから。そして何を盗めばいいかパーネルに指示するために、いっしょに金庫に入った。入ったときにはメーガンは意識を失っていたのに、出たときには姿を消していた。スコフィールドもなかった」

「なぜ写真を撮った?」

キャシーの表情が変わった。十年前に取調室で写真について尋ねたときと同じように、夢見るような表情になった。

「撮らずにはいられなかったの。だってあまりにも……」彼女は首を振った。「生きているあいだに二度と出会えない光景だと思った。だからメーガンは殺さなかった。彼女を殺したら、この写真を発表できなくなるから」

「あなたが夫を撃ったことをメーガンが警察に言うとは思わなかったのか?」

「ええ。わたしが同じ部屋にいたとき彼女の意識はなかったし、意識が戻ったのはわたしが金庫にいたときだったから。それに、浜辺で見つけたときにはショック状態だった。かりに彼女がそんな状態でなかったとしても、わたしがレイモンドを殺したことは知らなかったはずよ。記憶が戻ったらパーネルのことは思い出す。だからあの夜、わたしはパーネルを殺すつもりだった。写真を撮ったあと、彼女のうしろについて、〈シーフェアラー〉のほうから浜辺を歩いてきたふりをした」

「どうやってパーネル・クラウズを巻きこんだんだ?」

「ロースクール時代にオークランドのバーでパーネルの写真を撮った。彼のキャリアは地に落ち、結婚は破綻《はたん》していた。写真を撮ってから彼に一杯おごって、結局寝たの。

ベッドでパーネルは本当にすごかったから、卒業してポートランドに移るまで、くっついたり離れたりしてた。

ケイヒルの家で写真撮影をしてあのスコフィールドを見つけたあと、パーネルに声をかけた。彼はメーガンを憎んでたの。ふたりでケイヒルを殺してメーガンに罪をなすりつけようと持ちかけると、すぐに飛びついた。わたしは、盗んだものは全部彼にあげるとまで約束した。パーネルは破産して金が必要だったから、引き入れるのは簡単だった」

ジャックはキャシーが言ったことを考えた。

「これからどうするつもり、ジャック？　この自白はジョージには話せない。あなたはわたしの弁護士だから」

「あなたが内密に話したことはジョージに伝えられない。だが、クラウズとメーガンの写真を見せることはできる。この二枚の写真のことは、あなたから聞いたわけじゃない。この二枚の意味はぼく自身が突き止めた。ジョージも自分で結論を引き出せる」

「そんなことしないで、ジャック。母と父の仇《かたき》をとったわたしをどうして罰するの？　わたしたち、お互い最高の相手でしょう。いっしょにいることを先延ばしすべきじゃなかった」

　ジャックは立ち上がった。「あなたのことは大切に思っている、キャシー。でも、これは事が大きすぎる」

　ジャックはカタログを取り、背を向けて帰ろうとした。もう少しで玄関というところで、銃の撃鉄を起こす音がした。振り返ると、キャシーが拳銃《けんじゅう》を向けていた。

「撃つことはできないぞ、キャシー。そんなことわかってるだろう。ジョージはあなたを調べているが、大陪審に持ちこめる材料はない。そういう状況でぼくを殺せば、みずから注目を引き寄せるようなものだ。ジョージは州警察やＦＢＩを呼び入れる。ほかの誰かが『銃を持つ花嫁』をつぶさに観察して、証拠にたどり着く」

「こうするほかないでしょう」

「いや、だめだ。行かせてくれ。あなたのことはなんとかする。ケイヒルがあなたに何をしたかもわかったし、ゲイリー・キルブライドがあなたに味わわせた地獄も理解している。かならず最高の弁護士をつけるよ。司法取引になるだろう。ケイヒルはあなたの両親を殺したんだから。ぼくを行かせることがあなたのためになる」

　キャシーは笑ったが、まったくおもしろそうではなかった。「レイモンドを殺しただけなら、それももっともね。でもあなたは、パーネル・クラウズやメーガン、ステイシー・キム、それにゲイリー・キルブライドのことを都合よく忘れてるわ」

ジャックはキルブライド殺害のことを忘れていた。彼の表情からキャシーはそのことに気づいた。

「そうよ、ジャック。あいつが仮釈放されたのを知ったから、《ガゼット》の記事を送ってわたしの家におびき寄せた。放っておいてくれるなら金を払うと約束してね。あのくそサディストを殺したときには、ケイヒルを撃ったときと同じくらいすっきりしたわ」

「ぼくを殺してどんな快感を味わうんだ?」ジャックは尋ねた。「ぼくの唯一《ゆいいっ》のあやまちは、初めて会ったときからあなたを愛してしまったことだ」

キャシーの表情が変わり、一瞬銃を持つ手が震えた。

「行くよ」ジャックは言った。「撃ってもかまわないが、うしろから撃つしかない。そのあと死体や車を始末しないとな。この家にあるぼくのＤＮＡの痕跡をすべて消せるといいが。

われわれの写真は新聞の一面を飾り、テレビのニュースでも取り上げられる。あなたは、昨夜ぼくたちがいっしょに食事をして、いっしょに帰ったことをレストランにいた人たち全員が憶《おぼ》えていないことを祈るしかない。そのなかには、食事をしてもいないのに百ドル札のチップを受け取ったウェイトレスもいる。

あなたの力になると言ったのは本心だ。そんなふうに両親を失った気持ちは想像もつかない。ゲイリー・キルブライドは死んで当然の人間だったと検察官に口添えすることもできる。だが、死んでしまったら何もできない」

銃を持つ手がまた震えた。ジャックはゆっくりとうしろを向き、玄関に向かった。

「やめて」キャシーは言ったが、その声に力はこもっていなかった。

ジャックはドアノブに手を伸ばした。

「お願い、やめて」キャシーは言った。

ジャックはドアノブをまわした。銃声がしたが、彼の横の壁に当たった。ジャックは外に出て、車に向かった。それ以上銃声はしなかった。車を発進させてオーシャン・アベニューのほうに曲がったとき、開いたままの玄関に彼女が見えた。それがキャシー・モランを見た最後だった。彼女はジャックの去ったあとに立ちつくし、銃をだらりと脚の横に垂らしていた。

49

ジョージ・メレンデスは、キャシーに発砲されたとジャックから聞くなり、援護の車二台とともに彼女の家に向かった。警察署長は撃たれた理由を尋ねたが、ジャックは弁護士と依頼人の秘匿《ひとく》特権があるからその質問には答えることができないと言った。キャシーが銃を持っているので、全員がSWATの装備で臨んだ。警官たちが銃を構えて用心深く家に近づくあいだ、ジャックは警察車のなかにいた。メレンデスが慎重にドライブウェイを進むと、正面玄関は開け放たれていた。

「キャシー、ジョージ・メレンデスだ」家の側面に体を押しつけながら、警察署長が呼びかけた。「こちらから見えるところまで出てきてもらえないか？　銃を持っているとジャックから聞いた。こっちに銃を投げ、両手を開いて見せてくれ。誤ってきみを撃ちたくない」

返事はなかった。

「お願いだ、キャシー。私のことはわかっているだろう。あなたを不当に扱ったり、傷つけたりはしない。状況を取りちがえてあなたが撃たれるようなことになったら、私はひどく後悔する」

メレンデスは辛抱強く待った。やはり返事はない。玄関の両脇にいる部下たちに援護させて潜入した。リビングには誰もいなかった。寝室のドアが開いている。メレンデスは部下たちが家のなかに入るのを待ってから、もう一度キャシーに大声で呼びかけた。返事がないので、寝室の入口の脇まで進むと、身をかがめ、ドアとドア枠の隙《すき》間《ま》からなかをのぞいた。

「なんてことだ」一秒後に彼はそう言い、銃をホルスターにしまって寝室に入った。

キャシーは服を着てベッドに横たわり、止血帯にゴム管を使っていた。その横に、致死量のヘロインを注射した注射器が転がっていた。


一時間後、ジョージ・メレンデスとジャック・ブースはベイカー・クラフト法律事務所の階段をのぼり、ステイシーとグレンに面会を求めた。

「キャシー・モランの家から来たところです。さっきキャシーがジャックを殺すと脅したが、幸い未遂に終わった。彼女はメーガンとレイ・ケイヒル、パーネル・クラウズを殺したことをジャックに話した。両親を殺されたことへの復讐《ふくしゅう》として、レイモンドの家での強盗殺人も企てたと自白したよ」

「彼女は勾留《こうりゅう》されてるんですか?」グレンが訊いた。「ステイシーに危険は?」

「ミス・モランは死んだ。大量のヘロインを注射して自殺した」警察署長は言った。

ステイシーは思わず手で口を押さえた。

「ステイシーを殺そうとしたことも認めたんですか?」グレンが尋ねた。

ジャックはうなずいた。

「では、すべて終わったんですね」ステイシーは言った。

「ええ。この事件はあなたの助けなしにはぜったい解決できなかった」署長は言った。

「だからここに来て、直接お礼を言いたかったんです」

ステイシーは大喜びしてもよかったが、むなしい気持ちになった。それに、キャシー・モランを憎んで当然なのに憎めなかった。身の危険が去ったいま、キャシーがなぜレイモンド・ケイヒルを殺したのかについて考えた。両親が残忍に殺され、人生をめちゃくちゃにされたあとで、その犯人がわかったとしたら、自分ならどうしただろう。

「キャシーはなぜミスター・ブースを脅したんでしょう」ステイシーが訊いた。

「メーガンが画廊から逃げ出した理由と、『銃を持つ花嫁』のおかしな点に彼が気づいたからだ。くわしくはジャックに説明してもらおう」

「信じられない」ジャックが話し終えると、ステイシーは言った。「証拠が最初から眼のまえにあったなんて」

「だが、ジャックが気づくまで誰もそこまで頭を働かせなかったわけだ」メレンデスが言った。

「ステイシーがキャシーの捜査をうながす証拠を発見しなかったら、私だってあの写真を改めて見ようとは思いませんでしたよ」ジャックは言い添えた。

ジャックは警察署で供述を終えると、ジョージ・メレンデスから解放された。ポートランドに戻る途中、心がどうしようもなく痛んだ。朝あったことの記憶が甦った。キャシーはまちがいなく彼を殺すつもりだったが、迷いが生じたのだ。愛していると ジャックが言った直後のことだった。彼女の顔にためらいが見て取れ、銃を持つ手が震えた。自分はキャシーを愛していたのだろうか。誰かを愛することなんてできるのだろうか。ずっとまえに妻だったアドリアンナのことは愛していたつもりだったが、しょっちゅう彼女を裏切って浮気をした。愛していたなら、浮気などしただろうか。

キャシーは人を愛することができたのだろうか。結局、自分は彼女に殺されなかった。キャシーの手は震えていた。ふたりはどちらも欠陥人間で、互いに見つけ合った。けれどもジャックは、キャシーに対する自分の気持ちにも、自分に対するキャシーの気持ちにも確信が持てなかった。その確信のなさが彼の呪縛《じゅばく》だった。自分はあと何年生きるのだろう。二十年から四十年？　その歳月を、愛する人も愛してくれる人もなくひとりで生きるのだろうか。あまりに寂しくむなしい。今朝キャシーの家をあとにしたときには、記憶にあるかぎりでいちばん幸せだった。希望があった。ところが、その感情は一時間も続かず、いまやすっかり消えてしまった。もう二度とあの感情を取り戻せないと思うと、ジャックの胸に虚無感が広がった。

50

ステイシーは書店主のうしろに立って、自分の紹介が終わるのを待っていた。全国規模のブックツアーの三週目でへとへとだったが、情熱は少しも失われていなかった。司会者からの紹介が終わりに近づくと、ステイシーは聴衆にすばやく視線を走らせた。彼女の小説『銃を持つ花嫁』は、発売後まもなくニューヨークタイムズ紙のベストセラーリストに載ったので、満席だったが、彼女の目当ての人物は後列に坐っていた。グレンを見つけ、彼が親指を上げるのを見て微笑《ほほえ》んだ。

「というわけで、ステイシー・キムをご紹介できることを、とてもうれしく思います」

司会者が壇上からおり、ステイシーが代わりにそこに立つあいだ、聴衆は拍手で迎えた。

「こんな雨の夜においでいただき、ありがとうございます。感謝の気持ちでいっぱいです。わたしは二年前までキャシー・モランの魅力的な写真『銃を持つ花嫁』を見たことがなく、彼女があの写真を撮るきっかけになった悲劇について何も知りませんでした。それがいまだに信じられません。ある日、昼休みに訪れたMOMAで、ピューリッツァー賞受賞十周年を祝うモラン展をたまたま見ました。幸運に導かれたのです。

そのころMFAを取得したばかりのわたしは、ニューヨークで小説を書いていましたが、あまりはかどっていませんでした。ところが、あの写真を見たとたん、それまで書いていた小説をあきらめ、『銃を持つ花嫁』からヒントを得た小説を書こうと心に誓ったのです。でも人生とは不思議なもので、小説の取材を進めるうちに、十年前に起きた殺人事件の背後にあった真実を知りました。ですから、今日ここでお話ししようと思うのは、書きかけて放置している小説のことではありません。四半世紀以上埋もれていた秘密を明らかにするのにひと役買ったことや、みずからも命を落としそうになったこと、そして最終的に現実の犯罪にもとづく本を書き、それがすべての作家の夢であるベストセラーになった経緯についてです」

謝辞

私に投げかけられる質問のなかでもとりわけ多いのが、「小説のアイデアはどこから得るのですか？」だ。本書については、答えは簡単明瞭《めいりょう》である。口絵の写真を見ていただきたい。私がこの写真を初めて目にしたのは、ジョージア州セント・シモンズ島で開かれた作家会議で基調講演をおこなったときだった。私は〈パーマーズ　ヴィレッジ・カフェ〉で朝食をとっていた。そのカフェには、オーナーが所有する画廊から持ちこまれた芸術作品が飾られていて、私が朝食後に手洗いに立ったとき、トイレの上にそれまでもっとも関心をかき立てられる写真がかかっていた——ウェディングドレスを着た女性が浜辺に立ち、西部開拓時代の六連発銃（と私が誤解した銃）を持っている写真だ。「ここで何が起きている？」私は自問した。「彼女は結婚式の夜に新郎を撃ったのか？　それともこれから自殺するのか？　海から岸辺にやってくる誰かを待っていて、その人物を撃とうとしているのか？」私はすぐさまカフェのオーナーに、あの写真を買えないかと掛け合った。そして翌朝、それを撮った名写真家のレスリー・ジーターから、喜んで売るという返事を受け取ったのだ。一丁上がり。これで新しい本のタイトル『銃を持つ花嫁』が決まった。あなたがいま読み終えた物語を生み出すのはもう少しあとになる。

このアイデアを与えてくれたレスリー・ジーターに感謝したい。写真のなかで女性が持っている銃は、私の小説のなかのように古い西部開拓時代の六連発銃ではなく、おそらく現代のルガーであることを教えてくれた、作家仲間で銃の専門家でもあるスティーヴ・ペリーにも感謝する。

クレア・ワクテルとキャロライン・アプチャーが編集してくれなければ、本書を完成させることはできなかった。ハンナ・ウッド、ヘザー・ドラッカーをはじめとするハーパーコリンズ社の最高のみなさんにもお礼申し上げる。

本書がハーパーコリンズ社から出版されたのは、ジーン・ナガーとジェニファー・ウェルツ、怖《おそ》れ知らずのエージェントや友人たち、そして〈ジーン・V・ナガー著作権エージェンシー〉のすばらしいかたがた全員のおかげである。

長年にわたって理想的なアシスタントであるロビン・ハガードにも、その調査技術に感謝したい。家族チームにもお礼を――わが娘で執筆パートナーのアミー・ローム、彼女の夫で私のフェイスブックのページを管理してくれているアンディ、息子のダニエル、そしていたずら好きの孫ふたり、チャーリー（ルーツ）とマリッサ・マーゴリンに。

最後に大事な人、わが智の女神《ミューズ》、ドリーンにも謝意を捧《ささ》げる。彼女はもういないが、忘れることはない。

解説

古山裕樹

写真とはある瞬間を切り取ったものだとよくいわれる。しかし、あるいはだからこそ、撮影された時の状況や、写っている人物の様子から、いろいろなストーリーが思い浮かぶこともある。

本書の口絵に掲載された写真もそうだ。波打ち際《ぎわ》で、こちらに背中を向けて立つドレス姿の女性。背中に回された手は、銃を手にしている。彼女はなぜ銃を持って海辺に立っているのか？　この前に何が起きたのだろうか？　これから何が起きるのだろうか？　さまざまな想像をかき立てる写真だ。

この写真に想像力を刺激され、謎《なぞ》とサスペンスに満ちたストーリーを紡《つむ》ぎ出し、長篇小説に仕上げた作家がいる。作者の名はフィリップ・マーゴリン。完成した作品は、今あなたが手にしている『銃を持つ花嫁』である。

ニューヨークの法律事務所で受付として働くステイシーは小説家志望。マンハッタンに出てきて八カ月、多彩な人々との出会いを期待していたが、現実は退屈な仕事ばかりの日々だった。小説の執筆も思ったようには進んでいない。だが、仕事の合間に訪れた美術館で、たまたま目にした一枚の写真が彼女の日常を大きく変える。『銃を持つ花嫁』と題されたその写真に魅了されたステイシーは、この写真がどんな状況で撮られたのか、写真の裏に何があったのかを突き止めようと決意する。

その十年前。オレゴン州の海辺にある町、パリセイズ・ハイツ。富豪のレイモンド・ケイヒルは、花嫁メーガンとの結婚式を挙げた翌朝、自宅で撃ち殺されていた。そして、花嫁のメーガンはアンティークのリボルバーを持ったまま波打ち際に立って呆然《ぼうぜん》としていたところを発見された。果たして、レイモンドを撃ったのはメーガンなのか？　事件の捜査のためにパリセイズ・ハイツにやって来た州司法次官補のジャックは、メーガンを見つけたという女性に会って驚く。彼女――写真家のキャシー・モランは元弁護士。ジャックには忘れられないある事件で出会っていた。そしてキャシーは、メーガンを見つけた時に、浜辺に立つその姿をカメラで撮影した……。

作者フィリップ・マーゴリンは、法廷スリラーの作家として知られている。弁護士として多くの刑事事件を扱ってきた経験が、作品に活《い》かされている。だが、本書を読めば分かるとおり、その作品の魅力は法廷シーンだけではない。むしろ本書では法廷シーンの比重は控えめで、その外側で展開するできごとが物語の流れを作り上げている。レイモンド殺しの謎を中心に、関係しそうな、あるいは関係のなさそうな数々のできごとが語られる。過去の悲劇が新たな悲劇を招き、些細《ささい》に思えた事柄が実は重大な意味を持ち、意外な真相へと読者を導いていく。

マーゴリンの作品の中では、本書は登場人物の人数も絞り込んで、比較的シンプルな見せ方をとった物語である。第一部、第二部、第三部……とそれぞれ異なる年代を描き、過去の層を幾重にも重ねた構成は一見複雑だ。だが、幾つものできごとが渾然《こんぜん》一体となって描かれるのではなく、それぞれの年代に区切られることで、物語の構図を把握しやすくなっている。過去と現在の事件が錯綜《さくそう》する展開を、混乱なく描き出している。

作者の強みは企《たくら》みに満ちたストーリー展開だが、一方で弱点としてしばしば指摘されてきたのが人物描写の弱さだ。だが、少なくとも本書で重要な役割を担《にな》う三人の女性は、それぞれに印象の強い存在である。

小説家を目指しながらもうまくいかない状況に焦燥感を抱くステイシー。偶然目にした一枚の写真に飛びつくようにして、大西洋側のニューヨークから太平洋側のオレゴン州までやってくる。現状を打破するため、仕事も捨てて突進する行動力の持ち主だ。マーゴリンの作品で真相を明かす役割を担うのは、ほとんどは弁護士などの法曹関係者である。そんな中で、「素人探偵《しろうと》」の彼女は珍しい存在だ。写真を見たことをきっかけに、その背景を探ろうと突き進む。彼女の視点を通じて、読者は事件の真相に迫っていくことになる。銃を手にした女性の写真を見て作者が抱いた好奇心が、ストレートに反映された人物だ。

かつて弁護士として危険で困難な事態に立ち向かい、後に写真家としての才能を開花させたキャシーも忘れがたい。事件のシンボルとなる、海辺に立つメーガンの写真を撮った人物でもある。特にジャックの視点から描かれる彼女は、謎めいたところを感じさせ、彼の心を虜《とりこ》にする存在だ。最初は法廷で対決する弁護士として出会い、やがて写真家となった彼女と再会する。二人の関係は、過去と現在を結ぶ、本書の重要な縦糸である。

結婚式の翌朝に呆然とした状態で発見され、夫殺しの容疑者となってしまうメーガンもまた、物語が進むにつれてしたたかな素顔をのぞかせる。彼女もまた、男性を翻《ほん》弄《ろう》するタイプといっていいだろう。

男性たちもそれぞれに役割を担っているものの、要所を握る彼女たちの輝きが物語の中心にある。女性に翻弄され、あるいは振り回される男性が少なくないことも、女性キャラクターの印象の強さにつながっている。意志の強い女と弱さを抱えた男は、作者が好んで描いてきたキャラクターであり、本書でもそれは変わらない。

マーゴリンの名前を知ったのは本書が初めて、という方が多いかもしれない。その長篇が最後に日本で訳されたのは二〇〇四年。本書は約二十年ぶりの再上陸なのだ。彼の名前をご記憶の方は、過去に訳された海外ミステリをかなり熱心に読んでいる方だろう。

フィリップ・マーゴリンは一九四四年にニューヨークに生まれた。ロースクール卒業後、一九七〇年からオレゴン州の裁判所に勤務し、後に弁護士として独立。刑事裁判を専門に、三十件もの殺人事件の裁判に関わってきた。後の小説にも、過去に自身が扱った事件にヒントを得たものがいくつかあるという。

最初の長篇小説は一九七八年の『封印された悪夢』。その年のアメリカ探偵作家クラブ最優秀ペーパーバック賞の候補となった。六年前の事件を、催眠による新たな証言をもとに裁こうとする物語だ。彼の強み――劇的な展開によるサスペンスと、意外な真相に至る謎解きは、すでにこの作品にも見ることができる。

一九八一年には『氷の男』を発表。映像化された（本人も出演したという）が、この後小説家としては十年以上の空白が生じる。この空白について彼は、大きな事件を手がけるようになったため、弁護士の仕事に集中していたからだと語っている。

その空白を経て、一九九三年に『黒い薔薇《ばら》』を発表した。過去と現在の連続猟奇殺人をめぐる複雑な謎と、錯綜した展開が魅力のこの作品で、彼はベストセラー作家の仲間入りを果たす。一九九六年以降は弁護士を廃業し、専業作家となった。

マーゴリンは、好きな作家としてアガサ・クリスティーから三島由紀夫まで多くの名前を挙げている。特に、数々のインタビューで影響を受けた作家として語っているのが、アール・スタンリー・ガードナーとエラリー・クイーンだ。

クイーンの作品に魅了されたマーゴリンは、自分も読者を驚かせるような意外性のある物語を書きたくなったという。

ガードナーは、マーゴリンの人生を大きく動かした作家だ。そもそも彼が刑事弁護士を志したのは、ガードナー描く弁護士ペリー・メイスンの物語を少年時代に読みふけったのがきっかけだという。後に小説家となってからも、弁護士が登場するミステリを書き続け、ペリー・メイスンのことを強く意識している。作中でもしばしばその名前に言及してきた（本書の第二部4章もその一例だ）。ガードナーが創造したペリー・メイスンは、マーゴリンの二つのキャリアに大きな影響を及ぼした存在なのだ。

なお、最初に日本で訳された作品は『黒い薔薇』。この作品を筆頭に、一九九〇年代から二〇〇〇年代初めにかけて長篇八作が翻訳された。ジョン・グリシャムやスコット・トゥローといった作家たちと並ぶ、法廷ものの書き手として日本でもその名が知られるようになった。残念ながら長らく邦訳は途絶えていたけれど、その原因が作品のクオリティとは無関係であることは、本書を読めばお分かりいただけるはずだ。

マーゴリンは八十代を迎えた今も執筆を続けている。二〇二四年に発表した最新作 *An Insignificant Case* では、自分の絵を売った画家がその絵を盗み出すという奇妙な事件と、映画プロデューサーの性的スキャンダルをめぐる謎が描かれる。

マーゴリンを知らなかった方はもちろん、久しぶりに再会した方にも、本書を、そして彼の他の作品を大いに楽しんでいただきたい。

最後に、本書の謝辞にも少し触れておこう。マーゴリンは謝辞やエピグラフに必ず家族への感謝を記す作家であり、それは本書の謝辞にも表れている。特に末尾にある、妻ドリーンへの言葉が印象深い。

出世作となった『黒い薔薇』で、彼は初めて女性の主人公を描いた。その人物像はドリーンをモデルにしたという。他の作品でもさまざまな形で創作を手助けしてきた彼女だったが、二〇〇七年に亡《な》くなってしまった。

謝辞の末尾にある「もういないが、忘れることはない」は原文ではgone but never forgotten。そして、『黒い薔薇』の原題は*Gone, But Not Forgotten*。家族と作品へのマーゴリンの思いが、最後の文ににじみ出ている。

（令和七年一月、書評家）

フィリップ・マーゴリン著作リスト

【長篇小説】

Heartstone（1978）『封印された悪夢』田口俊樹訳（ハヤカワ文庫NV）
The Last Innocent Man（1981）『氷の男』田口俊樹訳（ハヤカワ文庫NV）※エド・ハリス主演で映画化
Gone, But Not Forgotten（1993）『黒い薔薇』田口俊樹訳（ハヤカワ・ノヴェルズ↓ハヤカワ文庫NV）※ブルック・シールズ、スコット・グレン主演でTVシリーズ化
After Dark（1995）『暗闇の囚人』田口俊樹訳（ハヤカワ・ノヴェルズ↓ハヤカワ文庫NV）
The Burning Man（1996）『炎の裁き』田口俊樹訳（ハヤカワ・ノヴェルズ↓ハヤカワ文庫NV）
Rookgordijn（1997）※オランダでのみ刊行
The Undertaker's Widow（1998）『葬儀屋の未亡人』加賀山卓朗訳（ハヤカワ・ノヴェ

ルズ↓ハヤカワ文庫ＮＶ）
_Wild Justice_*（2000）『野性の正義』加賀山卓朗訳（ハヤカワ・ノヴェルズ↓ハヤカワ文庫ＮＶ）
_The Associate_*（2002）『女神の天秤』井坂清訳（講談社文庫）
_Ties That Bind_*（2003）
Sleeping Beauty（2004）
Lost Lake（2005）
_Proof Positive_*（2006）
Executive Privilege＋（2008）
_Fugitive_*（2009）
Supreme Justice＋（2010）
Vanishing Acts（2011）※実娘アミ・マーゴリン・ロームとの共著による、少女探偵マディスン・キンケイドを主人公としたジュブナイル
Capitol Murder＋（2012）
Sleight of Hand†（2013）
Worthy Brown's Daughter（2014）
Woman With a Gun（2014）※本書

Violent Crimes＊（2016）
The Third Victim #（2018）
The Perfect Alibi #（2019）
A Reasonable Doubt #（2020）
A Matter of Life and Death #（2021）
The Darkest Place #（2022）
Murder at Black Oaks #（2022）
An Insignificant Case（2024）
（＊は弁護士アマンダ・ジャフィ、＋は弁護士ブラッド・ミラー＆私立探偵ダナ・カトラー、†はダナ・カトラーのみ、#は、弁護士ロビン・ロックウッドのシリーズ作品）

【短篇小説】

"The Girl in the Yellow Bikini"（1976）※Mike Shayne Mystery Magazine（May, 1976）掲載

"Angie's Delight"（1998）「アンジーの歓び」田口俊樹訳／ミステリマガジン一九九八年七月号　※『復讐の殺人（*Murder For Revenge*）』（ハヤカワ・ミステリ文庫）所収、二〇〇六年に短篇映画化

"The Jailhouse Lawyer" (1998)「ジェイルハウス・ローヤー」加賀山卓朗訳／ミステリマガジン二〇〇〇年三月号　※*Legal Briefs* 所収

"The House on Pine Terrace" (2009)　※*Thriller 2* 所収

"The Bloody Yellow Shirt: Obtaining Help William Dillon (Florida exo■eree)" (2017)　※有罪判決後に冤罪と証明された人々と作家たちとのコラボレーション *Anatomy of Innocence* 所収

本書は本邦初訳の新潮文庫オリジナル作品です。